COLLECTION FOLIO

Michel Tournier

de l'Académie Goncourt

Le vent Paraclet

Gallimard

En couverture :
Franz von Lenbach (1836-1904) *Le petit berger.*

Renversé sur le dos, la main gauche en visière sur son front, il n'entend plus l'écho lointain des sonnailles de son troupeau. Il ne voit plus les graminées ni les fleurs alpines qui inclinent leur frêle salut autour de son corps. Il écoute le souffle puissant tombé du ciel qui ploie les hautes herbes de l'alpage. Il scrute le vide lumineux. Il se laisse basculer dans ce gouffre d'azur où croisent de lourdes nefs blanches avec une majestueuse lenteur.

C'est sa façon à lui de faire de la métaphysique.

Cherchant un titre pour cet essai composé de souvenirs et de réflexions, l'auteur et ses amis avaient envisagé Altérations, Matrices, Métamorphoses, Mues, Racines, Sources. *Chacun de ces mots exprime en effet l'un des aspects de ce retour en arrière accompagné par un effort pour dominer le désordre naturel de la vie.*

Le vent Paraclet, *c'est ainsi que devait primitivement s'intituler le plus récent roman de Michel Tournier qui parut finalement sous le titre* Les Météores. *Le projet d'écrire le roman du Saint-Esprit en restituant aux phénomènes météorologiques leur dimension sacrée n'avait été que trop partiellement réalisé, semblait-il, et le livre méritait un titre plus modestement profane.*

Mais si l'évocation romanesque de l'Esprit s'est avérée trop difficile, son invocation reste justifiée au seuil et à chaque page d'une sorte d'autobiographie intellectuelle où l'auteur, passant de l'anecdote à la métaphysique et de la chronique à l'esthétique littéraire, cherche à approcher le secret de la création.

C'est qu'en écrivant ce livre, il n'a pas cessé de prier pour que le vent sacré soufflant sur sa vie l'embrase d'intelligence, et lui confère ses trois attributs essentiels, la subtilité, le faste et la drôlerie.

Michel Tournier, né à Paris en 1924, a obtenu le Grand Prix du Roman de l'Académie française pour *Vendredi ou les Limbes du Pacifique*, et le prix Goncourt à l'unanimité pour *Le Roi des aulnes*. Il fait partie de l'Académie Goncourt depuis 1972. Il a récemment publié un recueil de contes : *Le Coq de Bruyère*.

I

L'enfant coiffé

Quand vous aurez fini de me coiffer,
J'aurai fini de vous haïr.

Saint-John Perse.

Mon grand-père maternel avait six ans lorsque les Prussiens firent leur entrée à Bligny-sur-Ouche (Côte-d'Or), son village natal. C'était en 1871. Je l'ai entendu plus d'une fois raconter l'anecdote du « pupitre ». Le pupitre, c'était lui, car le chef de la clique militaire disposée sur la place du village l'avait choisi parmi les enfants du premier rang des badauds pour porter sa partition. Le petit Edouard soutenait à deux mains le grand cahier qui s'appuyait sur son front. On ne le voyait donc pas. Mais on l'entendait, car il hurlait, et ses sanglots bruyants se mêlaient aux flonflons de la fanfare prussienne. Un enfant en larmes caché par l'œuvre qu'il porte, cette petite image traditionnelle dans la famille vient à propos pour fournir une manière de frontispice à cet essai.

Son frère Gustave, de cinq ans son aîné, tira un bien meilleur parti de la pénible situation d'occupé. Il se lia d'amitié avec le flûtiste de la clique et se fit initier par lui à l'allemand et à la musique. C'est à cette source que remonte une double tradition à laquelle la famille est demeurée fidèle jusqu'à présent, la flûte et la « germanistik [1] ».

Vingt ans plus tard, Edouard Fournier ouvrait dans ce même Bligny la pharmacie qui s'y trouve encore. Il devait en rester maître jusqu'en 1938, c'est-à-dire près d'un demi-siècle. C'était un apothicaire à l'ancienne qui faisait tout lui-même, pilules, sirops, cachets, onguents, suppositoires. Il était botaniste, mycologue, grand connaisseur en vins (de Bourgogne, les seuls...), il jouait, comme son frère aîné, de la flûte, et composait des petits poèmes qui paraissaient le dimanche dans l'*Ami des foyers*. Longtemps il fut le photographe des conscrits, des jeunes mariés, des nouveau-nés et des premiers communiants. Lorsqu'il se retira, j'étais trop jeune pour m'intéresser à ses archives photographiques qui furent totalement dispersées ou détruites. Aujourd'hui je regrette ces innombrables clichés qui portaient témoignage sur une époque et singulièrement sur les visages d'une époque. Je crois que chaque génération a un visage à nul autre semblable parce qu'il reflète mystérieusement le monde auquel il fait face. Qui niera que le cinéma, la télévision, les voyages ultra-rapides ont changé les traits et l'expression de l'homme d'aujourd'hui ?

Edouard Fournier avait son banc à l'église et portait la bannière des processions de la confrérie de Saint-Sébastien. Il détestait Flaubert, coupable d'avoir réuni dans l'affreux M. Homais un pharmacien et un anticlérical[1]. C'était un homme jovial, emporté, à la voix tonnante, mais la force de caractère n'était pas sa principale qualité. Il le paya. Rarement un homme dont la vie fut au total assez malheureuse posséda au départ autant d'atouts de bonheur dans son jeu : une santé de fer, une nature de grand jouisseur, une foi de charbonnier, un métier admirable dans une des provinces les plus avenantes de France, cette Bourgogne opulente et raffinée, au climat sec, aux hivers glacés, aux étés brûlants. Mais cela est une autre histoire.

Dès ma plus petite enfance son officine a été le royaume de mes vacances (je l'entends encore rectifier avec une douceur offusquée : « Une pharmacie n'est pas une boutique, c'est une officine. »). Son apparence sage et classique cachait une vraie caverne d'alchimiste. La façade était banalement rectangulaire et toute de bois sombre, mais déjà le dallage était l'œuvre d'une équipe de céramistes piémontais qui avaient exigé de travailler sans témoins. Et il y avait dans la vitrine deux grosses urnes de verre pleines d'un liquide coloré — vert à droite, rouge à gauche — que faisaient flamber des ampoules électriques placées derrière. Les bocaux de porcelaine blanche dont les inscriptions dorées annonçaient d'inoffensives médecines — réglisse, jujube, boules de gomme ou vétiver — s'interrompaient de part et d'autre d'une redoutable armoire toujours fermée dont la petite clef ne quittait pas la chaîne de montre du pharmacien, et qui contenait les toxiques et les stupéfiants. Il y avait un réduit encombré de bouteilles, de sacs, de dames-jeannes, de tonneaux. Un jour ayant débouché une bonbonne, j'ai approché mon nez du goulot. J'ai eu la sensation très précise d'un coup de poing en pleine figure qui m'a fait chanceler en arrière. Ce n'était que de l'ammoniaque, mais cinquante litres d'ammoniaque. D'ailleurs, c'était surtout par les odeurs que ces lieux étaient magiques, par l'odeur au singulier devrais-je dire, car ils avaient une odeur caractéristique, homogène, inoubliable qui devait résulter dans sa complexité des remugles chimiques et médicinaux les plus divers, les plus agressifs, mais fondus, amortis, subtilisés par de longues années de concoction.

Pourtant c'est par les mots que ce milieu m'a le plus enrichi. Des mots, il y en avait partout, sur les étiquettes, sur les bocaux, sur les bouteilles, et c'est là que j'ai vraiment appris à lire. Et quels mots ! A la fois mystérieux et d'une extrême précision, ce qui définit les deux attributs essentiels de la poésie. La suscription d'une fiasque empaillée au col grêle et haut m'est restée en mémoire parce qu'elle chante magiquement à l'oreille : *Alcoolat de coloquinte.* Je devais apprendre plus tard que cette exquise musique désigne le plus amer et le plus dévastateur des purgatifs.

Il y avait aussi sous les combles, dans la mansarde dont les murs et les lambris avaient été tapissés entièrement avec des pages illustrées du *Magasin pittoresque,* une bibliothèque poudreuse principalement d'ouvrages médicaux où je puisais une science terrifiante et délicieuse qui me faisait rire de pitié devant mes camarades de classe réduits au *Petit Larousse* pour découvrir les secrets de l'amour. Cette mansarde meublée d'un seul canapé poussiéreux était un lieu de rêve et de retraite idéal. Quand il pleuvait, l'ensemble des pentes de la toiture avec ses chéneaux et ses gouttières composait une musique complexe et sanglotante que l'on écoutait en regardant tomber la nuit.

Parfois d'un air innocent, j'interrogeais mon grand-père. Je revois son large dos penché sur la balance de précision qu'il avait sortie de sa cage de verre, la calotte repoussée sur la nuque, les lunettes descendues au bout de son nez ; il frappait à petits coups de sa main droite sa main gauche tenant une feuille de papier pliée en deux dans l'angle de laquelle une poudre blanche croulait en infimes quantités dans une cupule.

— Dis, grand-père, qu'est-ce que ça veut dire : DI-U-RE-TIQUE ?

Et lui sans bouger :

— Tu bois un verre t'en pisses deux.

Il y avait encore une cour intérieure dominée par le clocher de la mairie qui sonnait deux fois chaque heure, chaque demie et chaque quart, ce qui faisait un incessant concert. Cette cour donnait sur la rue par un porche assez long pour servir de garage à la silhouette anguleuse et haut perchée de la Citroën B 12 achetée vingt-cinq mille francs-or en 1924, somme formidable qui est inscrite dans le folklore familial. Edouard qui ne se serait jamais hasardé à en lever le capot ne perdait pas une occasion de vanter l'élégance du porte-bouquet de cristal ou la qualité pure laine des sièges et des tapis. A l'autre bout de la cour se dressaient les hautes portes de la grange où dormaient les bûches de l'affouage, les pommes de terre et les bicyclettes de l'été. C'était un lieu de fraîcheur obscure fleurant la pomme blette, le champignon séché et le vin, refuge des chats, des chats-huants, des souris et des chauves-souris, où nous ne nous aventurions pas la nuit.

Trois fois par jour le petit train de la ligne Arnay-Beaune tiré par une mignonne et fulminante locomotive passait à grand raffut devant la maison. Le dernier train était assez tardif pour que nous fussions couchés quand il s'annonçait par un coup de sifflet en entrant dans le village. Mais outre le tintamarre, nous ne manquions rien de la phantasmagorie lumineuse que ses éclairages projetaient au plafond de notre chambre à travers les lames des volets.

On traversait la route, et on changeait d'univers. En face de la pharmacie se trouvait la belle propriété du médecin du village, le docteur Gabriel Roy. C'était un petit homme dont l'air illuminé, les yeux bleus et la barbe blonde s'accordaient à l'esprit quelque peu mystique. On n'imagine pas au demeurant une famille plus intégralement médicale que la sienne. Ils étaient trois frères et quatre sœurs. Celles-là comptaient trois pharmaciennes et une stomatologue. Côté hommes, il y avait outre le généraliste Gabriel, le chirurgien Jean, et Joseph, célèbre homéopathe.

Le docteur Gabriel Roy avait huit enfants qui étaient nos compagnons de jeu. Ma préférée, Geneviève, avait la douceur et la blondeur de son prénom. Dans la pochette-surprise de son destin, elle a trouvé une sorte de conte de fées. Cherchant une gouvernante pour ses enfants Alexandre et Christina, Aristote Onassis s'adressa à l'école suisse de puériculture où Geneviève faisait ses études. Le choix tomba sur elle. La petit campagnarde de Bligny-sur-Ouche se trouva ainsi subitement incorporée à la famille de celui dont Maria Callas disait : « Il est beau comme Crésus ! » Elle dut s'habituer à la présence constante de gorilles aux poches boursouflées qui veillaient à la sécurité de ses trop précieux enfants. Elle passa une partie de sa vie à bord du *Christina*, le plus beau yacht du monde, tellement que les enfants ayant grandi et elle redevenue libre, elle en épousa le commandant. Naturalisée grecque, elle habite depuis à Athènes. Un autre mariage nous rapprochait. Son oncle, le célèbre homéopathe Joseph Roy, était devenu le nôtre en épousant la plus jeune fille du pharmacien, ma tante Marie-Louise.

Pourtant une angoisse insurmontable me tenait éloigné des réunions de cette famille médicale qui prenait à mes yeux des allures ogresses. Car la familiarité de la pharmacie n'a nullement contribué à me rapprocher du milieu médical, bien au contraire. Je comprends aujourd'hui le sens de l'apprentissage que j'y faisais. Tout se passait comme si j'apprenais là à me soigner moi-même pour n'avoir pas à me jeter en cas de besoin entre les mains redoutables des médecins. Cet espoir n'a pas été déçu. A l'heure où j'écris ces lignes, le dernier médecin que j'ai consulté se perd dans un passé si lointain que son souvenir s'est complètement effacé de mon esprit. En fait je vis sur une douzaine de médicaments que j'ai trouvés seul, parmi lesquels il en est certainement qui n'agissent qu'en placebos, et dont j'use parcimonieusement et en toute satisfaction.

C'est qu'à l'aube de ma petite préhistoire personnelle, il y avait eu l'Agression, l'Attentat, un crime qui a ensanglanté mon enfance et dont je n'ai pas encore surmonté l'horreur.

J'avais quatre ans. J'étais un enfant hypernerveux, sujet à convulsions, un écorché imaginaire, perpétuellement en proie à des maladies, les unes classiques, les autres totalement inédites, la plupart sans doute en partie d'origine psychosomatique. Un matin deux inconnus firent irruption dans ma chambre : blouse blanche, calot blanc, au front le laryngoscope flamboyant. Une apparition de science-fiction ou de film d'épouvante. Ils se ruèrent sur moi, m'enveloppèrent dans un de mes draps, puis entreprirent de me déboîter la mâchoire avec un écarteur à vis. Ensuite la pince entra en action, car les amygdales, cela ne se coupe pas, cela s'arrache, comme des dents. Je fus littéralement noyé dans mon propre sang.

Je me demande comment on ranima la loque pantelante que cette agression ignoble avait faite de moi. Mais quarante-cinq ans plus tard, j'en porte encore les traces et je reste incapable d'évoquer cette scène de sang-froid. Au cours de la dernière guerre des fillettes impubères furent violées par la soldatesque. J'affirme qu'elles en furent moins traumatisées qu'un enfant de quatre ans après une pareille scène d'égorgement, et que par conséquent un soudard aviné, armé jusqu'aux dents, ivre d'impunité est moins dangereux pour l'humanité que certains chirurgiens, fussent-ils professeurs à la Faculté. Je dis qu'il est tragique qu'une brute imbécile de l'espèce de mon chirurgien n'eût pas été interdite dès son premier méfait et à tout jamais dans une profession qu'il était aussi visiblement incapable d'exercer. Cet équarrisseur s'appelait Bourgeois. C'était un praticien célèbre. C'est le seul homme au monde que je haïsse absolument parce qu'il m'a fait un mal incalculable m'ayant tatoué dans le cœur à l'âge le plus tendre une incurable méfiance à l'égard de mes semblables, même les plus proches, même les plus chers.

Je n'ai plus entendu parler de lui jusqu'au jour où mystérieusement la nouvelle de sa mort m'est parvenue. Il y a ainsi des êtres auxquels par l'amour ou par la haine nous sommes liés, et dont nous pistons secrètement le destin, même si nous ne les voyons jamais. Ce jour-là, j'ai respiré mieux. Il m'est doux d'imaginer qu'il eut une agonie atroce et interminable.

Cette sanglante mésaventure dont s'éclabousse mon enfance comme d'un grand soleil rouge, je n'ai pas fini de la ruminer et d'en tirer toute sorte de questions, d'idées, d'hypothèses. L'enfance nous est donnée comme un chaos brûlant, et nous n'avons pas trop de tout le reste de notre vie pour tenter de le mettre en ordre et de nous l'expliquer.

Je crois que je me suis assez vite remis de l'épreuve et que mes tourmenteurs purent se féliciter de leur joli travail — si ce n'est qu'il fallut renoncer à m'emmener faire les courses : la vue du tablier blanc maculé de sang du boucher me donnait des convulsions. L'un des aspects les plus paradoxaux de l'enfant, c'est le curieux mélange de fragilité et de solidité dont il fait preuve. Oui, il se révèle à la fois infiniment vulnérable et tout à fait increvable. L'un et l'autre sont sans doute nécessaires, car s'il importe que tout s'imprime et marque sur cette chair tendre, encore ne faut-il pas qu'il meure de ses blessures.

Initiation. Le mot se présente ici sous ma plume, enrichi de tout ce que mes études d'ethnographie m'ont appris sous ce terme. L'initiation d'un enfant se fait par un double mouvement : entrée dans la société — principalement des hommes —, éloignement du giron maternel. En somme, passage d'un état biologique à un statut social. Et cela ne va jamais sans larmes ni cris. Brûlures, morsures, mutilations, arrachage de dents, la liste des supplices infligés à l'enfant dans les sociétés dites primitives, comme prix du statut d'homme à part entière, est inépuisable. Cela peut aller jusqu'à la mise à mort — symbolique — du candidat qui est censé renaître ensuite, reprendre sa vie *ab initio* en ayant cette fois pour mère un homme, le sorcier[1].

L'arrachage des amygdales doit-il être interprété comme le vestige inconscient — et comme à l'état sauvage — d'un rite initiatique ? Je n'y avais pas songé, jusqu'au jour où un médecin pédiatre m'a avoué que la valeur thérapeutique ou préventive de l'opération est tout à fait nulle. L'hypothèse m'a paru confirmée par le fait pour le moins étrange que cette charcuterie est infligée incomparablement plus souvent aux garçons qu'aux filles — lesquelles échappent traditionnellement aux sévices initiatiques. Je l'ai rapprochée alors d'un autre attentat beaucoup plus caractérisé que les hommes commettent sur la personne des petits garçons, la circoncision. Cette mutilation se couvre elle aussi d'un prétexte soit religieux, soit hygiénique. Elle se ramène en fait à une mutilation anti-érotique — une castration symbolique — entraînant une diminution grave et irrémédiable de la sensibilité génésique par suite de la kératinisation de l'épiderme du gland. La fellation devient impossible, ou du moins si laborieuse qu'elle perd tout son charme. Le prépuce est une paupière. Le gland du circoncis est semblable à un œil auquel on aurait arraché sa paupière. Le cristallin exposé à toutes les atteintes extérieures deviendrait à la longue sec, épais, vitreux et perdrait sa transparence. La vision de cet œil ne serait plus que globale, grossière, approximative.

Il y aurait au demeurant une statistique bien révélatrice à établir. Si les chiffres faisaient apparaître que les circoncis sont sensiblement moins souvent soumis à l'arrachage des amygdales que les incirconcis, le caractère de vestige initiatique des deux agressions se trouverait mis en évidence, puisque aussi bien c'est le seul point qu'elles aient en commun et qui leur permette de se substituer l'une à l'autre.

Quant à l'éloignement du giron maternel, je devais en faire l'expérience deux ans plus tard.

J'avais six ans, une tête énorme sur un corps de moineau, ni sommeil, ni appétit. Il était clair que je ne survivrais pas longtemps au climat parisien. C'est sans doute à cet âge que j'ai pris conscience de mon antipathie radicale envers ma ville natale. Pour aimer Paris, pour chanter Montmartre et Pigalle, il faut être américaine comme Joséphine Baker, italien comme Yves Montand, ou danois comme Georges Ulmer. Mais quand on est né rue de la Victoire, dans le IXe arrondissement, quand on a appris à marcher dans le square Louis-XVI, sur les cendres des victimes de la Terreur, à l'ombre du sinistre Mémorial, on ne chante pas, on vomit. Certes la millième partie de cette ville est couverte de monuments superbes et ouvre à l'œil de nobles perspectives, mais on ne vit pas dans les monuments, ni en perspective, et je ne sache pas de ville plus totalement étrangère à l'art du bien-être, plus radicalement inhospitalière, ni où l'arbre ait été plus stupidement sacrifié à l'automobile. Etant né à Paris, je me considère comme n'étant né nulle part, tombé du ciel, météore. C'est le cas au demeurant de tous les Parisiens, lesquels n'existent pas comme tels. Mon père était originaire de Dorignies, près de Douai, dans le Nord, et ma mère de Bourgogne. Paris est ainsi peuplé de provinciaux qui y passent le temps d'une carrière et fuient dès qu'ils le peuvent. Marseille, Lyon, Bordeaux doivent avoir une véritable population autochtone, vieille de plusieurs générations et possédant ses caractères propres, ses traditions, ses habitudes culinaires, un argot. Paris joue le rôle d'une pompe aspirante et foulante qui attire et repousse alternativement les Français provinciaux. Albert Thibaudet avait déjà remarqué combien rares sont les grands écrivains nés à Paris, à coup sûr pas un sur dix, comme le voudrait la simple proportion démographique, même si l'on fait abstraction du facteur qualitatif et culturel qui devrait avantager la capitale.

On prétend qu'Hitler avait en 1944 donné l'ordre à ses troupes d'incendier Paris avant de l'évacuer. Il aurait demandé en apprenant la nouvelle de la Libération : « Paris brûle-t-il ? » question dont on a fait le titre d'un film célèbre. Je me permets de douter de tout cela. Brûler Paris ? Comment une idée aussi sage aurait-elle pu naître dans une tête aussi mauvaise ? Je doute, mais s'il en était tout de même ainsi, je regretterais pour une fois qu'il n'eût pas été obéi, alors que pour une fois il avait si sagement décidé.

Bref je débarquai un soir de novembre 1931 à Gstaad, en Suisse, dans un home pour enfants à la fois souffreteux et dorés sur tranche, le Chalet Flora. Un torrent grondait au pied de la maison et donna à ma première soirée un caractère quasiment métaphysique. Car je m'étonnai de ce bruit, j'interrogeai tout le monde sur sa nature, son origine, et l'on s'étonnait de mon étonnement. Étant nouveau venu, j'étais seul à l'entendre. Cela ne dura évidemment pas, et je m'accoutumai à mon tour, mais quittant pour la première fois le milieu familial je venais de toucher du doigt ce que doit être la condition ordinaire de certains mystiques qui seuls parmi les autres hommes entendent des voix angéliques ou perçoivent la présence de quelque chose, de Quelqu'un...

Je ne dirai rien contre la pédagogie helvétique à laquelle nous étions soumis et qui est certainement à la fois traditionnelle et novatrice. Pour accabler les pédagogues je suis trop convaincu de l'impuissance des adultes à franchir l'abîme qui les sépare de l'enfant et plus encore des communautés d'enfants, lesquelles sont plus secrètes et fermées que les sociétés de conspirateurs. Pourtant il y a un point sur lequel je protesterai contre ces éducateurs qui prétendaient être plus éclairés que les autres. Pourquoi comme eux s'ingéniaient-ils a nous faire souffrir de la soif ? Oui, j'ai crevé de soif pendant toute mon enfance, et je voudrais bien qu'on m'explique pourquoi. On aurait dit que les liquides et les solides étaient affectés aux yeux des adultes qui nous élevaient d'un coefficient moral, de signe moins pour les liquides, de signe plus pour les solides, et que le plaisir de boire quand on a soif s'apparente plus que celui de manger quand on a faim, à des voluptés moins avouables. Boire quand on a chaud, c'est risquer la mort (mais quand on a froid, justement on n'a pas soif !). Il n'est pas bon de se « noyer l'estomac ». Maîtriser sa soif, c'est faire preuve de caractère. Bref le solide, c'est la vertu, le liquide, c'est le vice. Au Chalet Flora, cette morale alimentaire était appliquée dans toute sa rigueur. A table les boissons étaient mesurées à chaque enfant en proportion du sec qu'il acceptait à mâcher et à déglutir. Mais moi je n'avais jamais faim, j'avais toujours soif !

Les chambres étaient de deux lits, chaque « petit » étant placé sous la protection d'un « grand ». Mon compagnon qui s'appelait Niño n'était pas seulement un « grand » en vertu de ses onze ans, c'était par ses origines un Grand d'Espagne. Quant à sa protection, elle revêtit dès le premier jour la forme d'un esclavage despotique, agrémenté de toutes sortes de supplices dont l'instrument habituel était une cordelette. J'ai su très jeune toutes les ressources que cet objet apparemment inoffensif pouvait offrir au sadisme enfantin.

Gstaad fut mon premier voyage, mon premier exil, une expérience au total assez dure, mais enrichissante, à laquelle ma grande soif et les sévices de Niño donnèrent ce qu'il faut de profondeur et de pesanteur. Prenez un enfant maladif et sensible, couvé dans les jupes de sa mère. Arrachez-le à la grisaille d'un novembre parisien et transportez-le d'un coup en pleine montagne suisse, en milieu cosmopolite. La neige, les stalactites festonnant la toiture et engendrant sur le sol autant de stalagmites dressées comme des cierges, le ski, le patin, les promenades en traîneaux tirés par des chevaux tintinnabulants, le mugissement du torrent étouffé par la glace, les siestes sur la grande terrasse enveloppé dans des couvertures, face aux sommets dont la toison blanche et noire des sapins est survolée par de funèbres escortes de choucas, la solitude, la passion, le chagrin, et enfin cette leçon cruelle mais salutaire : dans un couple, celui des deux qui aime le plus est toujours de ce fait le plus faible, le plus maladroit, le plus vulnérable, le moins heureux (mais qu'il soit aussi des deux le plus riche, le plus vivant, le plus créateur et que l'avenir lui appartienne, il ne le saura que bien plus tard)... Toutes ces découvertes lui feront éclater le cœur et il en gardera le souvenir d'une déchirante éclosion.

Oui, les premières années du petit d'homme sont faites d'arrachements successifs. Tiré du ventre de sa mère comme un renardeau du fond de son terrier, il retrouve dans les bras de sa mère un abri précaire et provisoire, alimenté par des seins capricieux et parcimonieux. Puis il faut quitter aussi cela, et il ne lui reste plus quelques minutes par jour que ce dernier refuge, le lit de maman, ce grand vaisseau blanc et obscur où il peut pour bien peu de temps encore coller son corps au corps originel. Enfin c'est l'expulsion définitive. L'enfant devenu « trop grand » ne peut plus « décemment » traîner dans le lit de ses parents. L'expulsion définitive et la traversée d'un immense et terrible désert.

Cette expulsion, le début de cette traversée, les premières pierres de ce désert, cela s'est appelé pour moi : Gstaad. Et le premier cactus dans les bras épineux duquel je me suis à moitié estropié : Niño. Etait-ce inévitable ? Et était-ce au total bienfaisant ? Est-ce ainsi que l'on a le plus de chances de faire un homme sain, équilibré et riche de lui-même et du voisinage amical de ses semblables ? Je vois bien le parti littéraire que chacun — moi tout le premier — peut tirer de ses plaies et bosses. Mais tout le monde n'a pas un métier qui lui permet de mettre en musique ses propres pleurs. Et surtout je m'interroge sur ce qui justifie et ce que peut coûter ce désert. Car lorsque l'enfant a été expulsé du lit maternel, il va se trouver privé de tout contact physique pour une quinzaine d'années, c'est-à-dire pendant toute son enfance et toute son adolescence. Et lorsque enfin on lui rendra l'accès du corps d'un autre — vers seize, dix-huit, vingt-cinq ans, plus tard encore parfois — lorsqu'il pourra à nouveau loger son visage dans le creux d'une épaule, sentir une poitrine contre sa poitrine, un sexe contre son sexe, alors dans l'immense soulagement, dans le dénouement de toute son angoisse, dans la joie fiévreuse de la grande retrouvaille d'autrui, il percevra vaguement une réminiscence, le souvenir infiniment lointain et troublant de la dernière étreinte physique qui lui avait été accordée en des temps immémoriaux dans le lit de maman.

Encore une fois pourquoi ? Pourquoi faut-il que les années les plus tendres, puis les plus ardentes de la vie humaine se déroulent dans une aridité artificiellement créée et entretenue par la société ? Dans mon roman *Les Météores* j'ai décrit un couple de jumeaux vrais qui franchissaient cette période de la vie noués l'un à l'autre comme ils l'avaient été dans le sein de leur mère. Mais j'ai lu des enquêtes sur la psychologie gémellaire[1], j'ai recueilli les confidences de jumeaux et de jumelles, et je sais qu'ils n'échappent pas tous, hélas, à l'emprise du stupide et hargneux puritanisme qui entretient l'enfant et l'adolescent systématiquement en état de détresse affective. Bien souvent l'intimité physique des jumeaux et des jumelles est frappée d'interdit à leurs propres yeux, et certains qui se retrouvent la nuit dans le même lit imaginent une ligne de démarcation invisible qui partage le matelas en deux secteurs et qu'ils ne doivent pas franchir sous peine de faute grave. C'est que notre société use d'un triple verrou pour assurer l'isolement physique des enfants et des adolescents. Il y a évidemment d'abord la surveillance policière particulièrement vigilante dans les internats. Qui ne connaît le sinistre *Nunquam duo* (jamais deux) des séminaires et des internats religieux ? Ensuite par une pression morale constante l'interdit est intériorisé en chaque enfant qui devient ainsi son propre persécuteur. Alors pour parvenir à une transgression du tabou physique, il faut tromper la vigilance des surveillants, surmonter ses propres inhibitions, puis vaincre celles d'un partenaire, triple victoire qui suppose une force de caractère et des conditions extérieures exceptionnelles.

Quand je parle de contacts physiques, j'entends bien entendu quelque chose de plus vaste et de plus primitif que les jeux érotiques et les relations sexuelles qui n'en sont qu'un cas particulier. Longtemps la psychanalyse freudienne n'a admis le besoin de contact physique que comme une pulsion libidinale concrétisée d'abord dans la recherche orale du sein maternel par le nourrisson, puis par les relations proprement génitales. Or presque simultanément chez plusieurs psychologues s'est fait jour une idée nouvelle qui sous une apparence modeste bouleverse profondément les bases mêmes de la psychanalyse. Cette idée c'est celle de l'*attachement* conçu comme pulsion primaire et irréductible. L'attachement d'un petit enfant à sa mère ne serait pas la conséquence des satisfactions orales qu'elle lui procure, mais un lien primitif, fondamental qui pourrait ultérieurement se ramifier en se portant sur d'autres partenaires. Pour Freud « c'est la libido, la pulsion sexuelle qui graduellement conduit à l'amour, l'amour qui en fin de compte n'est qu'un moyen pour atteindre le plaisir. Dans la nouvelle perspective, pour les animaux supérieurs et l'homme, l'amour est original, en deçà de la sexualité, et c'est cet amour, garant de confiance et de sécurité, qui prépare à la sexualité, à ses préludes, ses jeux, ses accomplissements, et aux amours d'un nouvel ordre [1] ». Cette vue nouvelle a l'avantage considérable de pouvoir s'appliquer aux animaux supérieurs comme à l'être humain, alors que le schéma freudien classique n'est valable évidemment que pour l'homme. En effet le jeune chimpanzé présente comme l'enfant un attachement à sa mère qui est primaire, c'est-à-dire antérieur à la sécurité alimentaire qu'elle lui assure normalement.

Tout le monde s'accorde à admettre que les petits enfants aiment à jouer avec des poupées ou des ours en peluche. On leur concède aussi parfois la compagnie de petits animaux. On dit aussi communément que les chiens aiment les os. La vérité c'est que les chiens rongent les os quand ils n'ont rien d'autre, mais vous pouvez m'en croire, ils préfèrent le filet de bœuf ou l'escalope de veau. Quant aux enfants, il est tout simplement affreux de leur jeter des poupées ou des animaux pour tromper leur faim d'un corps ami et chaud. Certes les matelots en longue croisière se soulagent sur des filles de caoutchouc gonflables, et les bergers isolés des mois en montagne sautent des brebis ou des chèvres. Mais les enfants ne sont ni des matelots, ni des bergers, et ce ne sont pas les êtres humains qui manquent autour d'eux. Leur détresse est l'invention d'une société farouchement antiphysique, mutilante et castratrice, et personne ne peut mettre en doute que certains troubles de caractère, les explosions de violence, voire la toxicomanie juvénile, sont des séquelles du désert physique où nos mœurs exilent l'enfant et l'adolescent.

*

Avant d'évoquer influences, disques et livres, je voudrais parler de certains objets, de certaines occupations — on ose à peine dire des jouets, des jeux —

dont le dénominateur commun paraît être une grande solitude. Mais avant tout cela encore, il faut citer le philosophe Leibniz, on va voir pourquoi.

La *Monadologie* de Leibniz (1714) n'a jamais eu pour moi la saveur âcre et cependant fortifiante de certains autres grands livres de philosophie — ceux de Kant notamment — dont l'étude m'a d'autant plus « édifié » — construit + moralisé — qu'ils m'avaient de prime abord rebuté. C'est qu'avec Leibniz, je me suis trouvé immédiatement de plain-pied, accueilli, presque fêté dans mes convictions et mes habitudes de penser.

Leibniz est le penseur baroque par excellence. Son système — ou plutôt la série de petites maquettes qu'il en donne de préférence à un vaste exposé d'ensemble — rappelle ces gracieuses églises souabes ou autrichiennes tout en stucatures bleues, blanches et roses où des guirlandes d'angelots joufflus et fessus entourent en riant des saints et des saintes aux visages rayonnants de bonté intelligente et aux corps flexibles, contournés et dansants, comme emportés vers le ciel par le vent de l'esprit. La *Monadologie* nous décrit un univers sans contrainte, sans frottements, sans même un seul contact, tout ici se faisant et se défaisant par correspondances, harmonies et concordances. La création du monde par exemple n'est pas l'effet de décisions subites et arbitraires, sentant le volcan et l'apocalypse qu'évoque la Genèse, mais une sorte de pluie ou une chute de neige douce et continue, accompagnant certaines réflexions qui se déroulent dans l'esprit de Dieu. « Dieu calcule et le monde se fait. » Car il n'y a au total qu'un immense amas de possibles, et chaque possible se pousse vers l'existence pour autant qu'il y a de bonté en lui, cette bonté l'entraînant vers sa propre réalisation comme un lest de plomb. Le monde réel n'est donc que la combinaison des possibles compatibles présentant la somme de bonté maximale. C'est en cela que le monde réel est « le meilleur possible » — et non en vertu d'on ne sait quel optimisme niais auquel Voltaire s'en est pris dans *Candide* avec une consternante légèreté. Cette description de la création du monde implique également une version d'une simplicité et d'une limpidité ravissantes de l'argument ontologique. De tous les possibles qui se pressent vers l'existence — et dont l'immense majorité sera déboutée par incompatibilité avec la combinaison finale — le possible-Dieu se réalise le premier, en toute priorité, comme possédant une quantité de bonté insurpassable. Par conséquent aucun problème de compatibilité ne se pose pour lui, et donc si Dieu est possible, Dieu est C.Q.F.D.

La monade est un petit monde fermé contenant plus ou moins distinctement la totalité des détails du monde entier. *Plus ou moins distinctement.* Tout est dans ce plus ou moins, car lorsque deux monades représentent avec une distinction inégale le même détail, la représentation la plus distincte est dite *cause,* la représentation la moins distincte *effet.* Pour prendre deux exemples allant du plus sublime au plus modeste, Dieu étant la plus distincte de toutes les monades doit être considéré comme le créateur du monde. D'autre part, quand une boule de billard A heurte une boule B, puis s'arrête, tandis que la boule B se met en mouvement, il est faux d'en conclure que les deux boules se sont touchées et que le mouvement qui était en A est passé en B. En vérité, elles ne se sont pas touchées, *rien ne touche jamais rien.* A s'est approchée infiniment près de B. A ne s'est pas arrêtée. Son mouvement a diminué spontanément à l'infini. B ne s'est pas mise en mouvement, car elle bougeait déjà, mais d'un mouvement infiniment lent. Spontanément ce mouvement s'est accéléré, devenant ainsi perceptible. Mais de tout cela, je donne une interprétation en accord avec mon point de vue particulier, et comme à mes yeux le mouvement de A est rendu intelligible par la queue de billard, par le joueur que j'ai vu, etc., comme en revanche le mouvement de B demeure pour moi obscur, je dis que A est cause, B effet. Façon de parler, rien de plus.

De ces petites cellules closes et sans contact matériel conspirant toutes ensemble à un ordre hiérarchisé et harmonieux, de tout ce système leibnizien émane une lumière fine et paisible qui n'est autre que la souveraineté de l'intelligence, sans autre force que la persuasion. La monadologie décrit une société idéale où les lois de la nature s'appelleraient politesse, courtoisie, affabilité. Encore une fois je ne sache pas de philosophie au charme plus convaincant.

Mais si personne ne peut s'y soustraire, j'ai des raisons de croire que j'étais plus encore qu'un autre exposé à sa séduction. Oui, si je devais me déclarer en faveur d'une philosophie, c'est à coup sûr celle-là que je choisirais. Je ne citerai que deux souvenirs très lointains où je lis une prédestination leibnizienne.

C'est d'abord le goût très vif que j'avais dans mon enfance pour certains objets offrant l'image d'un monde clos et transparent. C'était notamment ces petites sphères de celluloïd à demi emplies d'eau où flottent deux canards. Je m'enchantais de transporter avec moi, d'enfouir dans mon lit un vrai lac avec ses tempêtes et ses accalmies auxquelles étaient exposés des canetons. Dans *Les Météores* j'ai prêté le goût de ces objets aux jumeaux Jean et Paul parce qu'ils pouvaient y voir un symbole de la cellule gémellaire — avec ses deux habitants — hermétiquement fermée aux perturbations venues du monde des « sans-pareil ».

Un autre objet qui me ravissait avait un rapport plus évident avec la météorologie. C'était ces sortes de globes ou presse-papiers à l'intérieur desquels on peut par une secousse déchaîner une tempête de neige autour d'une tour Eiffel ou sur un minuscule mont Saint-Michel.

Nul doute que ces objets n'aient préfiguré pour moi la monade leibnizienne hermétique, n'ayant « ni porte, ni fenêtre par où l'on puisse entrer ou sortir[1] », mais reproduisant en son for intérieur la totalité du monde extérieur et jusqu'à ses intempéries.

Plus proprement leibniziens encore étaient certains jeux que j'imaginais à une époque où je ne savais pas encore bien lire ou écrire — ce détail a son importance. Des heures durant par exemple, je comparais deux cartes géographiques de la France, ayant bien entendu une présentation, des couleurs et des échelles différentes. Moins les cartes se ressemblaient, plus la confrontation avait de charme, car le jeu consistait à repérer des identités à travers ces dissemblances, tel golfe, telle courbure d'un fleuve, mais surtout les noms des villes, localités, cours d'eau, etc., imprimés dans des caractères différents. Pour l'enfant qui n'a pas encore complètement assimilé le mystère de la lecture et de l'écriture, ces coïncidences de signes paraissent miraculeuses.

Or ce jeu figurait assez précisément la fameuse *harmonie préétablie* de Leibniz, car ces deux cartes géographiques se ressemblaient non par suite d'une influence directe de l'une sur l'autre, mais en vertu d'un modèle commun formidable et formidablement inaccessible, la France réelle.

*

Le métier de mon père le mettant en relation avec des maisons de disques, il rapportait régulièrement du bureau des paquets d'enregistrements reçus en service de presse. Il nous en régalait une fois sur le phonographe du salon, puis il n'y pensait plus, et les disques échouaient tôt ou tard dans ma chambre d'enfant.

C'est que mon jouet préféré était un phono. Je dis à dessein *phono,* le mot phonographe me paraissant réservé à celui du salon, imposant objet de chêne massif dont la caisse de résonance se fermait à l'aide de deux petites portes. Le drame, c'était la manivelle que j'étais incapable de manœuvrer moi-même au début (trois ou quatre ans), et je passais mon temps à importuner quiconque passait à ma portée pour en obtenir un remontage. Je me demande aujourd'hui comment mes parents n'ont pas songé à engager un domestique supplémentaire — ils n'étaient pas à cela près — dont la seule fonction eût été de remonter le phono du petit. Il convient d'ajouter que je mettais toute la maison à rude épreuve en repassant inlassablement le même disque avec ce goût des enfants pour les scies, les rengaines répétées à satiété, jusqu'au vertige, comme de véritables drogues. Il est bien remarquable que les vertus du « suspense » ne sont sensibles qu'aux adultes. Pour l'enfant connaître à l'avance toutes les péripéties d'une histoire, toutes les répliques d'un dialogue, tout le déroulement d'une musique, c'est une jouissance supplémentaire qui va en s'accroissant de répétition en répétition. L'enfant obéit à une esthétique de l'antisuspense dont on trouve le modèle chez ces conteurs ruraux professionnels qui résument d'abord en quelques mots l'histoire qu'ils s'apprêtent à raconter, comme pour tuer la curiosité intempestive de leur auditoire et pouvoir ensuite se noyer voluptueusement dans une accumulation de détails et digressions.

Quels étaient ces disques dont je m'abreuvais immodérément et dont on ne saurait surestimer l'influence à pareille dose et sur un si jeune auditeur ? Il y avait sans doute le pire et le meilleur, mais je me souviens distinctement d'œuvres musicales classiques — *La Pastorale* de Beethoven, *L'Arlésienne* de Bizet, la *Suite algérienne* et *La Danse macabre* de Saint-Saëns, le *Boléro* de Ravel, *La Charge de la cavalerie légère* de von Suppé — et des succès populaires de l'époque — *Constantinople, Alleluia, Aïe-aïe-aïe, Blanche de Castille, La Mousmée, Le Siffleur et son chien, Le saxophone qui rit, Jalousie...* Ma préférence allait cependant aux disques parlés dont les deux principaux — contenus dans d'épaisses reliures — se situaient respectivement aux antipodes du genre : le *Numéro de Grock* et *La Voix humaine* de Jean Cocteau interprétée par Berthe Bovy. A la réflexion le rapprochement ne manque pas de saveur, mais j'étais peu sensible au contraste. *La Voix humaine !* Je subissais avec une fascination horrifiée le spectacle mille fois réitéré — *pendant des années!* — de la femme vieillissante, vautrée dans un lit moite, le maquillage en déroute, pleurant et suppliant le mâle déserteur — comme on le comprend! — une main sur son cœur, l'autre sur un tube de gardénal. Ce grand brame de la femme plaquée qui gronda à mes jeunes oreilles jour après jour m'imposa une certaine image du beau sexe que d'autres expériences recouvrirent plus tard sans jamais l'oblitérer tout à fait. On ne choisit pas son initiation sentimentale. J'ai longtemps pensé que pour écrire ce texte affreux, il fallait que Jean Cocteau eût nourri une haine et un mépris sans mesure pour les femmes. Jusqu'au jour où je vis jouer *Le Bel Indifférent* qui constitue en quelque sorte la version décodée et comme la traduction en clair de *La Voix humaine.* Je compris alors que l'auteur s'identifiait indiscutablement à cette créature chialante et gluante, et que cette pièce constituait le numéro de masochisme le plus cruel qui se puisse imaginer.

Heureusement il y avait Grock que je n'ai jamais vu au cirque, mais dont le comique si particulier m'a profondément impressionné à un âge important. Le grand problème des clowns, c'est qu'ils forment une catégorie d'interprètes pour lesquels personne n'écrit et qui sont obligés de créer eux-mêmes leur répertoire. Ils n'ont pas le choix, il faut qu'ils s'inscrivent dans la tradition des auteurs-acteurs — celle de Shakespeare et de Molière, celle aussi de Sacha Guitry — ce qui est évidemment beaucoup leur demander. Grock a consacré sa vie à la mise au point d'un numéro qui durait finalement deux heures pleines. Il y a dans l'art du clown des servitudes qui sont les unes positives, les autres négatives. Le grand clown se doit d'user de toutes les ressources traditionnelles de la piste parmi lesquelles au premier chef l'acrobatie et la musique. Il faut également qu'il fasse appel aux techniques du maquillage poussé jusqu'à la monstruosité et aux « effets spéciaux », perruque tournante, larmes jaillissantes, crâne explosant sous le coup de bâton, etc. En revanche il n'a le droit ni d'être beau, ni d'être tragique, au premier degré au moins. La laideur et le ridicule sont des traits auxquels il ne peut échapper. Quant au triomphe de Grock, il est le résultat d'une évolution qui n'a pas duré plus d'un siècle et demi, mais qui est pleine d'enseignement pour qui voudrait ébaucher une esthétique du spectacle.

On peut admettre qu'au commencement le clown blanc se produisait seul. En face d'un public paysan ou populaire assez fruste, il incarnait l'élégance, la distinction, l'esprit. Alors que ses spectateurs avaient des faces rougeaudes et noires, son visage blanc était celui des gens de salon. Son sourcil droit se relevait audacieusement jusqu'au milieu de son front dans une expression surprise et perspicace à la fois. Que faisait-il, ce seigneur de l'esprit ? Il prenait comme tête de Turc le plus balourd de ses spectateurs et faisait rire tous les autres à ses dépens. Il y avait de la cruauté, voire un rien de sadisme dans son persiflage, mais la complicité des semblables de sa victime lui était facilement acquise.

Sans doute eut-il un soir l'idée de cacher parmi eux un compère, plus vrai que nature, auquel il s'en prit dès lors exclusivement, au point de le faire descendre sur la piste à ses côtés. Malencontreuse idée, car l'Auguste était né, et son succès ne cessa de grandir, tellement qu'il refoula peu à peu le clown blanc au second plan. Il devait connaître son apogée sous l'avatar génial de Grock qui acheva cette évolution au point où la contorsion du corps se confond avec la dérision de la logique. Il retrousse ses manches, mais il a des gants blancs et des manchettes amidonnées, et quand il pousse le piano, c'est pour le rapprocher du tabouret, ou bien quand il ouvre une boîte grande comme un cercueil, c'est pour en extraire un minuscule violon.

Pour Grock le partenaire blanc ne fut jamais assez soumis, effacé, servile, et toute sa carrière fut jalonnée par ses brouilles avec ses faire-valoir, jusqu'au jour où il se décida à faire seul son numéro. Mais le clown blanc est immortel, car pour un comique l'alternative existera toujours : ou bien faire rire de soi-même — clown rouge — ou bien faire rire d'un autre — clown blanc. D'ailleurs au moment même où sous le crâne de carton de Grock le clown rouge occupait seul le chapiteau, le clown blanc métamorphosé, spiritualisé connaissait lui aussi une apothéose, celle que lui offrait Sacha Guitry. Faire rire tout le monde d'un autre, d'une tête de Turc, en demeurant soi-même hors du jeu, c'était tout l'art de Guitry. Il en donna la meilleure illustration dans son film *Le Diable boiteux* consacré à la vie de Talleyrand. Vêtu du costume immaculé et coiffé de la perruque poudrée à frimas du prince de Périgord, les mollets cambrés dans des bas de soie rendus fameux par un mot grossier, Sacha donna libre cours à son agressivité verbale. Bien entendu il lui fallait un faire-valoir. Alors sans hésiter il ravala Napoléon au rôle de clown rouge. Il faut lui pardonner, le sujet s'y prêtait. Auguste, n'est-ce pas aussi le nom d'un grand empereur ?

L'enfant « fait le clown » avec tant de prédilection qu'on peut se demander si ce n'est pas plutôt le clown qui a pour fonction naturelle de « faire l'enfant ». Dans la destruction du monde mesuré, verbal et immaculé du clown blanc par une contre-logique toute pénétrée d'éléments physiques dont la bouffonnerie et le grimage outrancier sont les armes, l'enfant trouve un modèle de lutte contre l'oppression de la société policée des adultes. Poussé dans ses retranchements, l'enfant « mal élevé » se réfugie lui aussi dans la grimace et la contorsion faisant appel à toutes les ressources de son corps pour contester la discipline de la parole et de l'écriture. Le clown rouge attaque le monde poli dans les deux domaines les plus oppressifs pour l'enfant : la table (les bonnes manières à table) et l'école. Il est le frère humilié et révolté de cet autre héros enfantin, l'homme sauvage sous son double avatar, Mowgli et Tarzan.

*

Faire le clown... Ce fut pendant toute ma « carrière » scolaire mon seul recours, mon refuge, ma drogue... avec le résultat qu'on imagine. Oui j'ai été un écolier exécrable, et je n'ai terminé une année scolaire dans l'établissement où je l'avais commencée qu'à de très rares exceptions. Je me suis souvent interrogé sur cette fatalité qui a lourdement pesé sur mon enfance. Elle s'éclaire par contraste avec un autre trait : j'ai été aussi bon étudiant que mauvais lycéen. Il y a là une clef peut-être. Car il n'y a de bon étudiant que celui qui peut, qui sait, qui aime travailler *seul*. L'étudiant doit pouvoir prendre ses distances avec ses maîtres et consacrer ses efforts à des recherches personnelles. En cela j'excellais. Or l'écolier est incapable de ce travail solitaire. Il progresse sous la dépendance absolue de ses maîtres et ses progrès sont fonction de sa bonne entente avec eux. Recevoir son savoir d'un être de chair et d'os qui gesticule devant vous et vous obsède de ses tics et de ses odeurs, voilà qui était au-dessus de mes forces. J'ai eu des dizaines de maîtresses et de professeurs. J'ai fort peu retenu de leur enseignement. En revanche je revois avec une précision hallucinatoire tous leurs traits — presque toujours laids ou ridicules. Je ne voudrais faire de peine à aucun membre du corps enseignant — dont ma vocation au demeurant était de faire partie — mais il me semble qu'il présente une proportion anormalement élevée d'originaux, de détraqués, d'épaves, de caricatures. Peut-être ce métier d'enseignant a-t-il plus qu'un autre pour effet d'abîmer les gens qui l'exercent. On a dit que le pouvoir rendait fou et que le pouvoir absolu rendait absolument fou. Il est possible que l'autorité d'un maître sur un groupe d'enfants amoche à la longue son personnage et sa personnalité. S'il en était ainsi le relâchement de la discipline scolaire qui caractérise l'enseignement moderne aurait un effet bienfaisant sur la santé mentale des enseignants. Je souhaite en tout cas aux écoliers d'aujourd'hui de ne pas connaître les étonnants pantins auxquels j'ai eu affaire. L'un d'eux était le proviseur d'un des nombreux lycées que j'ai traversés. Il tenait à apparaître en personne dans les classes pour lire les résultats des compositions qu'il assortissait bien entendu de commentaires défavorables. C'était devenu une rengaine. Toujours il commençait par cette phrase prononcée d'un ton bougon tandis qu'il parcourait des yeux la liste des noms : « Je n'en vois pas beaucoup dans les dix premiers. » Cette absurdité avait été peut-être à l'origine un mot drôle, mais l'habitude l'avait figée et la phrase ressortait mécaniquement, dépouillée de toute intention humoristique. (L'automatisme punit ainsi parfois les gens qui prétendent être spirituels en négligeant la loi du genre qui est le renouvellement et la création. J'ai un ami qui pendant des mois s'est amusé de l'accent auvergnat de son jardinier. Ses imitations étaient d'un effet irrésistible sur sa famille et ses invités. Puis le jardinier est parti, mais l'accent — très atténué il est vrai — est demeuré, et il n'a jamais pu s'en débarrasser tout à fait. Il s'était laissé *posséder* au sens le plus religieux du mot.) Je ne sais plus si c'est ce proviseur ou un autre que j'ai surpris un jour dans la cour de récréation. Avisant une feuille de papier qui traînait par terre, il s'est baissé pour la ramasser, puis il s'est approché d'une corbeille à papiers. Mais un autre automatisme s'était greffé entre-temps sur ce geste machinal. Sortant un stylo de sa poche, il la signa avant de la jeter.

De la foule des enseignants dont je n'ai retenu que les tics se détachent cependant deux exceptions que je voudrais au passage saluer d'un affectueux coup de chapeau. René Letréguilly a été mon professeur de sixième. Je ne sais s'il avait de la chance ou s'il avait bien choisi. Si ma vocation n'avait pas été brisée par le système universitaire français, c'est cette classe-là que j'aurais voulu faire — et ce n'est pas Marcel Jouhandeau qui me contredira. C'est l'âge adulte de l'enfance, celui où l'enfant a atteint le plein épanouissement de son être sans avoir été encore abîmé par la puberté. (On meurt certes à tous les âges, mais les statistiques nous apprennent que c'est à onze ans qu'on meurt le moins.) René Letréguilly, petit homme doux et timide, savait établir avec ses élèves un climat de complicité merveilleuse dont profitait au premier chef la grammaire latine. Je n'ai jamais connu de maître moins autoritaire et mieux obéi. Mais il pouvait aussi s'égarer dans des rêves un peu fous. Témoin ce *Ballet égyptien* de Luigini qu'il s'était mis en tête de nous faire exécuter pour la fête du collège. Il avait dessiné au tableau des robes et des tiares que nous avions recopiées et fait reproduire dans nos familles. Il avait également inventé un « pas égyptien » d'un hiératisme saisissant qui nous donnait l'air de descendre tout droit d'un bas-relief d'Assouan. Las ! Lorsque nous eûmes entendu et réentendu la musique du ballet de Luigini, il fallut se rendre à l'évidence : le fameux « pas » se révélait tout à fait incompatible avec le rythme antique du ballet pourtant « égyptien ». Il y eut une période de désarroi, et je reste encore fier quarante ans plus tard d'avoir sauvé la situation. Un matin j'arrivai au collège avec dans ma sacoche le grand succès de l'année *La Danse aux lanternes japonaises* du compositeur germano-nippon Yoshitomo. Elle fut jouée sur le phonographe de la classe et religieusement écoutée. Puis nous dansâmes. Et ce fut le miracle : le pas égyptien du Breton Letréguilly s'insérait à merveille dans le rythme japonais de l'Allemand Yoshitomo. Notre exhibition fut un succès, mais bien peu se doutèrent de la macédoine musicale dont elle résultait.

J'ai retrouvé Letréguilly quelque trente-cinq ans plus tard. Il m'avait écrit à la suite d'un prix littéraire dont le bruit lui était parvenu. Retraité de l'enseignement libre, il tenait avec sa femme une petite librairie à Gréoux-les-Bains. Il me montra ma photo à onze ans et me parla de « notre » sixième avec tant de précision et d'abondance que je m'en étonnai. Je n'avais pas été que je sache un écolier très remarquable, d'où lui venaient des souvenirs aussi riches ? « Mais, me dit-il, vous n'êtes pas privilégié dans ma mémoire. Seulement, je garde une image assez nette des quelque douze cents élèves que j'ai eus dans ma carrière. » Et il ajouta que dans cette foule d'anciens deux seulement avaient eu leur photo dans les journaux. L'autre « célébrité », c'était Jacques Fesch, guillotiné en 1957 à la suite d'un hold-up sanglant. Il avait correspondu du fond de sa cellule avec son ancien maître.

Deux ans plus tard ma quatrième devait me valoir une autre amitié, celle de Laurent de Gouvion Saint-Cyr, une sorte de mousquetaire bondissant aussi aventureux et bouillant que Letréguilly était timide et effacé. Il avait vingt-trois ans, nous en avions treize. Nous le sentions d'autant plus proche de nous qu'à la réflexion je le soupçonne de n'en avoir guère su à l'époque en français, latin et grec — matières qu'il nous enseignait — plus que ses élèves. Visiblement il avait jusque-là consacré tout son temps à l'équitation et à l'escrime, occupations nobles et même obligées quand on descend d'un maréchal de l'Empire par son père et du comte Joseph de Maistre par sa mère. Quant au français, au latin et au grec, eh bien il découvrait leurs mystères jour après jour en même temps que nous. Je pense sérieusement qu'il n'y a pas de meilleure méthode. L'extraordinaire ascendant qu'il exerçait sur nous, l'efficacité indiscutable de son enseignement tenaient en partie à la fraîcheur et à la vivacité des connaissances qu'il nous communiquait comme à l'état naissant. Bien entendu le programme officiel l'assommait, et nous passâmes au galop sur les chansons de geste et sur Corneille pour nous attarder longuement sur Cocteau, Giono et Giraudoux. J'ai l'optimisme de croire qu'on a enfin compris dans les hautes sphères de l'Enseignement que plus un auteur est proche de l'enfant dans le temps, plus il a de chances de l'intéresser et de l'enrichir. Toute éducation littéraire doit commencer par les contemporains. On s'inspirait à l'époque de principes diamétralement opposés, et on dégoûtait les plus jeunes à tout jamais des poètes et des romanciers en leur infligeant de but en blanc les lais de Marie de France et les récits de Chrétien de Troyes. Gouvion Saint-Cyr a beaucoup fait pour nous en ignorant — au double sens du mot — les programmes de la classe qu'il était censé nous inculquer.

Lui non plus n'a pas disparu de mon champ visuel, tellement que dans la silhouette mince et élastique de l'oncle Alexandre des *Météores,* dans son courage physique et son goût des lames, dans son caractère impulsif, instinctif et primaire, il y a beaucoup de lui. Il est vrai qu'ils se séparent diamétralement dans l'ordre sexuel, car mon ancien maître reste possédé par un amour si brûlant de l'autre sexe qu'il est toujours prêt pour lui aux folies les plus juvéniles.

Mais une hirondelle ne fait pas le printemps, ni même deux hirondelles, et malgré ces maîtres exemplaires, ma vie scolaire fut au total chaotique. Elle fut notamment perturbée par un refus absolu, instinctif, définitif des mathématiques. J'ai appris l'addition, la soustraction et la multiplication avec preuve par neuf. Parvenu au stade de la division, j'ai entendu distinctement un bruit de verrouillage se produire dans ma tête : mon intelligence venait de se fermer pour toujours aux vérités mathématiques. Dès lors j'ai traîné comme une infirmité ce rejet d'un certain type de langage et de raisonnement, et il a fallu des miracles pour qu'il ne m'interdise pas le baccalauréat et l'accès à l'université. Il me semble que la psychologie scolaire devrait se pencher sur un phénomène de ce genre qui ressemble curieusement à une inhibition névrotique. Mon cas est d'autant plus étrange que mon esprit soumis par la force des choses à un régime purement littéraire assez débilitant s'est soudain réveillé et enflammé au contact de la philosophie et a dévoré les chapitres de la métaphysique considérés comme particulièrement coriaces. En face d'une difficulté métaphysique mon intelligence mesurait — mais pourquoi ce passé, cela demeure vrai — l'effort à fournir et se rassemblait pour vaincre. Ou bien — c'était très souvent le cas — le jugeait au-dessus de ses forces, en faisait alors le tour et tâchait de supputer la préparation qu'il faudrait qu'il se donne pour en venir à bout. Et cette préparation, il se la donnait heure par heure, jour par jour, tant était enracinée son obsession de vaincre, sa volonté de puissance cérébrale.

Alors les maths ? Je vois plusieurs explications possibles à leur rejet. D'abord l'abstraction. Les mathématiques sont abstraites. Elles constituent même le comble de l'abstraction. L'enfant auquel on dit pour la première fois 3 + 6 = 9 demande aussitôt s'il s'agit de pommes ou de moutons. On entrera alors dans son jeu et on figurera des moutons se rassemblant dans un parc ou des pommes tombant dans un panier. Mais qu'on n'aille pas lui dire qu'il ne s'agit ni de moutons ni de pommes, car alors gare au déclic ! Le propre de la métaphysique au contraire, c'est toujours de plonger au cœur même du concret, et c'est d'ailleurs ce qui fait sa difficulté propre. Si je dis que Dieu existe parce que par définition son essence enveloppe son existence (argument ontologique de saint Anselme) je ne me rends peut-être pas immédiatement compréhensible et acceptable, du moins personne ne me demandera s'il s'agit de moutons ou de pommes. En fait j'accomplis l'acte métaphysique par excellence, lequel originellement indivis se scinde à mon contact en une opération de logique matérielle et une intuition mystique. L'opération logique pose l'existence comme l'un des attributs quelconques de l'essence, thèse paradoxale, génératrice de polémiques et de recherches d'une extraordinaire fécondité. Mais en même temps j'acquiers une vision directe, immédiate de l'intimité de Dieu, car, comme l'écrit Jean Guitton, « l'argument ontologique est une définition profonde de Dieu. Il se place au plus profond du plus haut, dans le mystère de l'existence de Dieu, c'est-à-dire de la réalité de l'être nécessaire, indépendamment de l'existence du monde. Et cette pensée de Dieu en tant que Dieu, sans création, est absolument nécessaire pour penser Dieu vraiment. Dans ce cas on part de la perfection. On identifie la perfection et la nécessité. On est dans le cœur de l'ontologie. On aime vraiment Dieu, puisqu'on le saisit tel qu'il est, en lui-même et indépendamment de toute créature, indépendamment donc de celui qui le prie. On se place vraiment au point de vue de la solitude divine. Alors on cherche si ce Dieu parfait et nécessaire se définit par l'amour, quel est l'acte le plus digne de cet amour absolu, et c'est alors qu'on peut déduire la création comme contingente. » Cette pensée peut paraître difficile, elle ne l'est certes pas par excès d'abstraction, mais tout au contraire par une excessive plénitude concrète. La grande joie métaphysique, c'est le sentiment fort et chaleureux que l'élan cérébral vous mène d'un coup à la racine des choses les plus matériellement palpables, odorantes et rugueuses. Qui n'a jamais senti cela ne sait pas ce qu'est la métaphysique. Au lieu que $ax^2 + bx + c = 0$ n'est qu'un amoncellement d'osselets qui doit tout à une convention tacite[1].

Conventionnelles les mathématiques, oui, et c'est peut-être l'infirmité inavouée qui rebute le plus l'esprit. Sa révolte a sans doute pour origine le sentiment d'un système arbitraire qu'on s'efforce de lui imposer comme étant la réalité même. $3 + 6 = 9$. S'agit-il d'une vérité absolue, inconditionnelle, qu'on doive accepter telle quelle sans murmurer ? C'est bien ainsi qu'elle est servie à l'écolier. Je pense qu'on agirait avec plus de pédagogie en lui parlant d'un jeu aux règles aussi conventionnelles que celles des échecs ou du loto — avec plus de pédagogie et plus de véracité. $3 + 6 = 9$. Sans doute, mais à des conditions bien particulières ! A condition par exemple qu'il ne s'agisse pas de trois matous et de six chattes, car celles-ci mettant bas chacune 4 petits au bout de six semaines, l'équation devient $3 + 6 = 9$ (chats adultes) + 24 (chatons) = 33. Ou encore s'il s'agit de blocs de glace posés au soleil : $3 + 6 = 0$. Il serait facile d'accumuler des exemples aboutissant à des résultats toujours différents.

*

J'ai lu peu et tard. Ce n'était qu'un des aspects d'une immaturité — est-ce ainsi qu'on appelle le contraire de la précocité ? — qui continue je crois à faire le fond de ma nature. Mon père en a longtemps tiré argument pour me taxer d'arriération mentale. Parmi mes livres d'enfant, je garde une tendresse inoubliable pour les albums de Benjamin Rabier. Le canard Gédéon, la chèvre Aglaé, le singe Chabernac, et surtout la belle, douce et grasse campagne où ces personnages évoluent — quel tableau que la cour de la ferme avec son petit peuple au grand complet ! — ce n'est ni la féerie outrageusement irréaliste des contes, ni la caricature ignoble des Pieds Nickelés, Bibi Fricotin et autres Bécassine. C'est à peine transposée, à peine humanisée la réalité vue avec amitié et compréhension. La belle épithète de *classique* me paraît celle qui définit le mieux l'esprit de Benjamin Rabier. Sa vision des bêtes et des arbres se rapproche de celle de Louis Pergaud dans ce qu'elle a de lucide, de calme et de sympathique. A parcourir les livres ordinaires que l'on donne aux enfants, on dirait qu'ils sont destinés à des brutes insensibles que seuls de véritables tord-boyaux littéraires peuvent émouvoir et intéresser. Le fantastique, la cruauté et la laideur s'y relaient pour vous secouer sans ménagement. La sérénité de Benjamin Rabier contraste avec les outrances de ces magasins d'épouvante.

Mais le grand, le premier véritable livre de mon enfance, ce fut *Le Merveilleux voyage de Nils Holgersson à travers la Suède* de Selma Lagerlöf (écrit en 1906-1907). Certes il y a dans ce livre du fantastique puisque tout commence par une gifle que ce voyou de Nils reçoit de la main d'un *tomte* — un mage-nain qu'il avait attrapé dans un filet à papillon. Cette gifle a pour effet de transformer l'enfant lui-même en un nain haut comme un revers de main. Pourtant la métamorphose ne nous entraîne pas dans le monde faux et arbitraire du conte de fées, bien au contraire, et c'est tout le génie de ce livre incomparable. Par cela seul qu'il est un gnome minuscule, Nils va voir et connaître les choses réelles mieux que lorsqu'il avait une taille humaine. Le nanisme devient moyen d'évasion et instrument d'hyperconnaissance. J' retenu cette leçon dans mon petit conte *Le Nain rouge*[1].

Au seuil du récit se situe l'épisode magnifique des oies sauvages. C'est le printemps. Des vols d'oiseaux migrateurs passent au-dessus de la ferme de Nils en formations triangulaires. Ils fuient vers le nord en poussant des cris discordants. Les oies domestiques s'émeuvent des appels des oies sauvages. Elles courent en tous sens, battent des ailes, touchantes et ridicules. Non, le grand voyage initiatique n'est pas pour ces volailles blanches et grasses, promises à la casserole ! Un jeune mâle pourtant s'enhardit. Il va s'envoler. Il s'envole. Mais Nils l'a vu, il se précipite sur lui et s'accroche à ses plumes. Et le jars s'enfuit à la suite des oies sauvages, emportant l'enfant nain. Au début, il a peine à suivre, le volatile domestique, mais il s'acharne, il lutte encouragé par Nils, moqué par les oies sauvages. C'est le dur apprentissage de la liberté.

Et nous faisons le tour de la Suède à travers bois, steppes et fjords, jusqu'au soleil de minuit du Grand Nord lapon. Chaque soir Nils dépose ses sabots près des pieds palmés de son jars, et il se coule sous ses ailes blanches et douces comme dans un grand lit vivant. C'est la géographie transfigurée par le conte, la tendresse, la chaleur animale.

L'un des plus beaux épisodes a pour héros l'aigle Gorgo prisonnier dans une volière. Ayant renoncé depuis longtemps à fuir, il ne bouge pas, boule de plumes renfrognée, posée sur un perchoir. Nils décide de le libérer. Pour cela il faut limer les barreaux de la volière, travail long et pénible. Il peine toute la nuit, le petit Nils. Mais aux premières lueurs du jour, quand le trou est fait, il s'aperçoit qu'il n'est pas au bout de ses efforts. L'aigle royal le rembarre brutalement.

— Laisse-moi tranquille ! Ne me dérange pas ! Je plane, je plane à une hauteur immense !

Gorgo ivre de rêve et mort à la vie réelle ne veut pas quitter sa cage. C'est à nouveau — mais inversée — l'histoire du jars domestique s'arrachant à la basse-cour de la ferme pour suivre les oies grises.

Un livre superbe de découverte et de libération, un traité d'initiation. Initiation, ce grand mot, encore. Il ne nous quittera pas de sitôt. C'est, selon moi, tout le problème de l'enfance. Nous y reviendrons à nouveau. Mais c'est à coup sûr le thème littéraire dont l'apparition dans une œuvre mobilise mon attention et ma sensibilité avec le plus d'urgence.

J'en citerai encore pour exemple *La Reine des neiges,* le chef-d'œuvre de H.C. Andersen dont le très lointain souvenir n'a jamais cessé de briller dans ma mémoire, comme une discrète mais ineffaçable veilleuse. C'est que le petit Kay d'Amsterdam a traversé deux épreuves initiatiques, toutes deux maléfiques et propres à faire de lui une créature diabolique.

D'abord l'histoire du miroir du Diable. Le Diable a fait un miroir. Déformant, bien entendu. Pire que cela : inversant. Tout ce qui s'y reflète de beau devient hideux. Tout ce qui y paraît de mauvais semble irrésistiblement séduisant. Le Diable s'amuse longtemps avec ce terrible joujou, puis il lui vient la plus diabolique des idées : mettre cet infâme miroir sous le nez de... Dieu Lui-même ! Il monte au ciel avec l'objet sous le bras, mais à mesure qu'il approche de l'Etre Suprême, le miroir ondule, se crispe, se tord et finalement il se brise, il éclate en des milliards de milliards de fragments. Cet accident est un immense malheur pour l'humanité, car toute la terre se trouve pailletée d'éclats, de miettes, de poussières de ce verre défigurant les choses et les êtres. On en ramasse des morceaux assez grands pour faire des vitres de fenêtre — mais alors malheur aux habitants de la maison ! — et en plus grand nombre des éclats pouvant être montés en lunettes — et alors malheur à ceux qui portent ces sortes de lunettes !

Au moment où avait lieu l'explosion du miroir du Diable le petit Kay et la petite Gerda étaient penchés sur un livre d'images plein de fleurs et d'oiseaux. Cinq heures sonnaient au clocher de l'église quand Kay tressaillit de douleur. Quelque chose s'était enfoncé dans son œil et la souffrance avait irradié jusqu'au fond de son cœur. La seconde d'après, il ne sentait plus rien, mais il repoussait avec dégoût ce livre plein d'ordures et cette petite fille plus laide qu'une sorcière. Kay avait reçu dans l'œil l'une des poussières du grand miroir diabolique pulvérisé. Dès lors on remarquera cet enfant pour son esprit et sa pénétration, mais on le redoutera pour sa méchanceté et ce travers qu'il a de ne voir chez chacun que les ridicules et les laideurs.

Quelques années plus tard, Kay subit une autre épreuve initiatique. C'est l'hiver. Amsterdam est habillée de neige. Kay s'amuse avec des galopins de son âge à traverser la ville dans un sens puis dans l'autre en accrochant sa luge aux traîneaux des paysans et des bourgeois. Survient un équipage magnifique, des chevaux blancs, un carrosse bleu et or, des valets en livrée. Les enfants intimidés hésitent. Kay s'élance, accroche sa luge au cul du grand traîneau, et le voilà parti. Et puis l'équipage va de plus en plus vite, et Kay grisé par le train d'enfer qu'il suit sur sa petite luge cahotante et dérapante aperçoit à peine les dernières maisons de la ville et la grande plaine blanche qui commence. La vitesse augmente encore. Kay veut décrocher sa luge. Il ne peut pas. Il crie. Personne ne l'entend. Il veut réciter un Notre-Père. Seule la table de multiplication lui vient aux lèvres.

Tout à coup, en pleine forêt, le traîneau s'arrête. Un énorme cocher en descend. Il soulève Kay comme une plume et avec un grand rire, il l'envoie comme un paquet à l'intérieur du carrosse. Là une très belle dame au visage diaphane et aigu l'accueille dans ses bras. Elle l'enveloppe dans les fourrures froides et immaculées qui l'emmitouflent. C'est la Reine des Neiges. Elle lui donne un baiser qui lui glace la bouche, le cœur et jusqu'à la moelle des os. Et l'équipage reprend sa cavalcade cependant que l'enfant crie *Ma luge! Ma luge!* car elle est restée accrochée au traîneau, sa petite luge, et c'est tout ce qui le rattache encore à la vie.

Je n'ai pu me retenir de raconter le début de ce conte. Je l'ai fait de mémoire. J'espère avoir été infidèle à Andersen. C'est qu'il n'y a pas d'œuvre dont je regrette autant de n'être pas l'auteur. Je n'en connais pas qui marie aussi heureusement la familiarité la plus quotidienne et le fantastique le plus grandiose.

De mémoire également et avec toutes les incertitudes de la recréation des choses passées, je citerai enfin l'Américain James Oliver Curwood (1878-1927). Lui aussi savait mettre de la féerie dans le plus humble quotidien. Son univers, c'était le Grand Nord canadien avec ses forêts noires, ses lacs glacés, ses hordes de loups, ses habitants métissés d'Indiens et d'Esquimaux. J'ai cité dans *Le Roi des aulnes* des extraits du seul livre de lui qui me reste, *Le Piège d'or.* Son héros est un solitaire, un sauvage, vivant seul au milieu des loups. Sa retraite est une mine d'or ignorée, secrète, grâce à laquelle en toute simplicité, il fabrique des pièges, des ustensiles, des balles de fusil en or pur, le seul métal dont il dispose. Il tue impunément des hommes, car la récupération de la balle fait du premier témoin son complice.

Plus belle encore, l'histoire racontée dans un autre roman devenu introuvable *Le Bout du fleuve.* Il y est question d'un homme qui ayant assassiné fuit sans trêve vers le nord. Il est poursuivi par un policier qui le suit à la trace. Bientôt l'obsession mutuelle qui unit ces deux hommes crée entre eux des liens étranges. Sans jamais se voir à visage découvert, ils vivent *ensemble* dans le grand désert blanc, comme sur une île déserte. Jusqu'au jour où le criminel acquiert la certitude qu'il n'est plus poursuivi. Un instinct l'avertit que le policier n'est plus là. Une inquiétude paradoxale l'arrête. Il revient même en arrière. Il reprend à l'envers sa propre piste que le policier a cessé de suivre. Enfin il le retrouve calfeutré sous sa tente réglementaire, malade, très malade, mourant. Ce qui frappe immédiatement les deux hommes en se voyant pour la première fois, c'est leur ressemblance. Est-ce l'effet de cette longue poursuite obsessionnelle ? Ils sont devenus comme frères jumeaux. Malgré tous les soins du criminel, le policier meurt. Mais il a eu le temps d'apprendre à celui qu'il voulait arrêter tous les secrets, tous les souvenirs, bref la totalité de sa vie. Il lui a également, à l'aide du canon de son revolver rougi au feu, imprimé sur la joue une marque semblable à une cicatrice qu'il porte à cet endroit. Ensuite, eh bien le criminel change de peau. Vêtu de l'uniforme du policier, il se glisse aussi dans sa vie, et il revient dans sa ville apportant ses propres dépouilles comme preuves que sa mission de justicier a été accomplie. Tout va bien apparemment. Personne ne le reconnaît. Personne, sauf l'épicier chinois du quartier qui le salue quand il entre par son vrai nom...

*

Peut-être l'ordinateur permettra-t-il un jour de mesurer exactement la part d'influence qui revient aux auteurs du passé dans une œuvre ultérieure. Il suffirait que les œuvres de ces grands aînés fussent entièrement « engrangées » sous l'angle non seulement du vocabulaire, mais aussi des couples et des groupes de mots, et même des rythmes. Il est certain par exemple que la phrase fameuse qui ouvre la *Salammbô* de Flaubert « C'était à Mégara, faubourg de Carthage, dans les jardins d'Hamilcar... » présente consciemment ou inconsciemment dans l'esprit de nombre d'écrivains a dû se répercuter ensuite dans mille œuvres, sous mille formes différentes. Pour en rester à Flaubert, la description de la bicyclette de Nestor dans *Le Roi des aulnes* (p. 36) s'inspire de celle de la pièce montée du pâtissier d'Yvetot qui couronne le banquet de noce de *Madame Bovary*.

Assez souvent la réminiscence devient si claire qu'elle tourne à la citation plus ou moins littérale, sorte d'hommage furtif rendu au « patron » avec un clin d'œil à l'intention du lecteur assez attentif ou lettré pour comprendre. On retrouvera ainsi dans *Le Roi des aulnes* « le piétinement sourd des légions en marche » de Hèrèdia, dans *Les Météores* le « Salut divinités par la rose et le sel » de Paul Valéry, ou, s'agissant de l'homosexualité féminine vue par l'homosexualité masculine, ce jugement prêté à Alexandre et que certaines lesbiennes m'ont reproché, mais qui est emprunté mot pour mot à *Ces plaisirs* de Colette : « Enorme, intacte, éternelle, Sodome contemple de haut sa chétive contrefaçon[1]. »

Ce ne sont que des amusettes. Plus grave est l'admiration pour certains chefs-d'œuvre lorsqu'elle s'exaspère par un sentiment de cuisante frustration. Jalousie, envie ? Il s'agit plus honorablement d'une illusion désespérante. Ce récit, cette page, cet épisode, ce poème, c'est à moi qu'il revenait de l'écrire. J'en étais de toute éternité l'auteur prédestiné. Un méchant hasard en faisant naître un tel avant moi lui a permis de me devancer. Et moi, maintenant, j'arrive trop tard, dépossédé de mon bien, déshérité de mon patrimoine. Et il va de soi qu'en vertu même de ma vocation, j'aurais tiré un meilleur parti de cette veine, j'aurai su donner un lustre plus éclatant à cette trouvaille. Mais maintenant que le mal est fait, quelle ressource me reste-t-il ?

Penser à autre chose, conseille le bon sens. Passer outre, suggère l'entêtement. Passer outre ? S'exposer au ridicule d'un plagiat ? Oui, à condition d'avoir la force de renverser l'ordre chronologique en lui substituant un ordre plus profond, plus essentiel.

Je ne donnerai qu'un seul exemple de cette étrange violence. Au début du *Roi des aulnes* se situe dans la cour de récréation du collège Saint-Christophe une scène qui n'aura pas manqué d'éveiller dans l'esprit de certains lecteurs le sentiment du déjà-lu-quelque-part. Il s'agit du jeu assez brutal auquel se livrent les écoliers : « Les garçons les plus légers se juchaient sur les épaules des plus forts, et les couples ainsi formés — cavaliers et montures — s'affrontaient sans autre but que de se désarçonner les uns les autres... Il y avait des chutes brutales dans le mâchefer » (*Le Roi des aulnes,* p. 52). Or cette scène se trouve dans *Le Grand Meaulnes* d'Alain-Fournier, imaginée, vue, décrite cinquante-sept ans avant *Le Roi des aulnes.* On n'a pas manqué de m'en faire la remarque. Je réponds que cet épisode m'appartient plus justement qu'à Alain-Fournier, parce qu'elle n'a dans *Le Grand Meaulnes* qu'un caractère épisodique et comme anecdotique, alors que dans *Le Roi des aulnes,* elle préfigure toute la suite, relevant bien évidemment de cette « phorie » qui constitue le seul sujet du roman. Il me semble que la priorité dans le temps d'Alain-Fournier ne tient pas en face d'une priorité thématique aussi fortement fondée, et que si l'un des deux, Fournier ou Tournier, devait être taxé de plagiat, c'est Fournier qu'il faudrait en toute justice condamner.

Mais ce sont là des problèmes d'adulte et d'adulte-écrivain. Pour revenir aux lectures de l'enfance, je pense qu'elles constituent pour chacun un fonds intangible, une base inattaquable sur laquelle se sont édifiées, plus que sa culture et son jugement littéraires, sa sensibilité et sa mythologie personnelles. Intangible, inattaquable, oui, car on ne peut pas plus renier ses premières admirations qu'on ne peut récuser son bagage héréditaire. Par exemple, je ne peux tolérer qu'on méprise et ridiculise les poètes « parnassiens » pour cette simple raison qu'à onze ans, Heredia et Leconte de Lisle, pour moi, c'était cela et rien d'autre, la poésie. Et comment aurais-je pu me tromper ? Une adhésion à la fois si tendre et si entière revêt un caractère d'infaillibilité. Ces poètes — que je rattache à une lignée solaire qui se poursuit avec Paul Valéry et Saint-John Perse — je continue à les respecter et à les aimer, non par un attachement gâteux au passé, mais parce que je crois qu'en l'occurrence, c'est le petit qui a raison, comme disait Raimu dans *Marius.* En vérité, le petit a toujours raison.

*

Relisant mes petites histoires et les réflexions qu'elles m'ont inspirées au fil de la plume, je me demande s'il ne conviendrait pas de reprendre ces notions d'éducation, d'initiation, d'information de l'enfant, et de remonter quelque peu dans le temps pour voir où elles nous mènent. Je songe notamment à une page importante d'Alain où l'auteur des *Propos sur l'éducation* oppose la famille et l'école comme deux milieux qualitativement différents, voire opposés, le premier biologique, le second social. « L'école, écrit-il, fait contraste avec la famille, et ce contraste même réveille l'enfant de ce sommeil biologique et de cet instinct familial qui se referme sur lui-même. Ici égalité d'âge, liens biologiques très faibles... Peut-être l'enfant est-il délivré de l'amour par cette cloche et par ce maître sans cœur ; oui insensible aux gentillesses du cœur, qui ici ne sont plus comptées. Il doit l'être, il l'est. Ici apparaissent le vrai et le juste, mais mesurés à l'âge. Ici est effacé le bonheur d'exister ; tout est d'abord extérieur et étranger. L'humain se montre en ce langage réglé, en ce ton chantant, en ces exercices, et même en ces fautes qui sont de cérémonie et n'engagent point le cœur. Une certaine indifférence s'y montre... L'œil mesure et compte, au lieu d'espérer et de craindre... Le travail montre son froid visage, insensible à la peine et même au plaisir... Au contraire la famille instruit mal et même élève mal. La communauté du sang y développe des affections inimitables, mais mal réglées. C'est que l'on s'y fie ; ainsi chacun tyrannise de tout son cœur. Cela sent le sauvage. »

En a-t-il toujours été ainsi ou bien cette école au froid visage résulte-t-elle d'une évolution séculaire ? L'éducation au sens le plus large du mot prépare un enfant à entrer dans la société et à y tenir sa place. Il semble qu'elle revêt toujours et partout deux formes, l'une morale, affective, voire magique, l'autre purement intellectuelle et rationnelle. La première est initiation, la seconde information :

Education = initiation + information

Bien entendu les aspects que revêtent ces deux composantes de l'éducation sont infiniment divers, comme sont variables leurs proportions respectives. Or il me semble justement que nous assistons dans l'histoire de l'éducation à une diminution progressive de la part d'initiation face à une information envahissante, et cela à un point qui est devenu depuis longtemps néfaste.

Dans la plupart des sociétés primitives — de la Terre de Feu aux glaces arctiques — les enfants indigènes paraissent jouir d'une liberté et d'une immunité qui font l'étonnement et l'admiration des voyageurs et des ethnologues. Il ne faut pas se hâter de porter ce trait au bénéfice du « bon sauvage » lequel en éducateur idéal saurait épargner à ses petits les obligations et sanctions dont nous écrasons les nôtres. La vérité est plus simple et plus radicale. La vérité, c'est que l'enfant primitif ne fait pas partie du corps social, il n'a pas fait son entrée dans la société. En tant que marginal absolu, il n'est donc soumis ni aux tabous, ni aux prescriptions rituelles qui assurent la cohésion de l'organisme social. Dans ces sociétés l'initiation — procédé magique pour intégrer instantanément un membre nouveau au groupe — prend son sens le plus complet et même le plus brutal. Car à en juger par la rigueur et la cruauté des épreuves infligées à l'enfant, on dirait qu'on veut lui faire payer en une seule fois les longues années d'insouciance et de liberté qu'il vient de vivre.

Transportons-nous maintenant vers le milieu du XVIIIe siècle français. Nous assistons à une étrange métamorphose. L'aristocratie recule peu à peu et cède le terrain, la fortune et le pouvoir à la bourgeoisie montante. L'idéologie bourgeoise d'abord encyclopédiste prépare le grand tournant romantique. Diderot n'est pas loin de Rousseau qui annonce Chateaubriand. Nous voyons alors les grands ténors de cette idéologie nouvelle faire le procès de l'éducation qu'ils ont subie, éducation classique, aristocratique, dispensée principalement dans les collèges des Jésuites. Que reprochent-ils à cette éducation ? Son inactualité, son inutilité, son désintéressement. Elle ne pouvait former que des « clercs », c'est-à-dire des hommes de loi, des médecins ou des gens d'Eglise. Le commerce, les voyages, les techniques, la recherche scientifique — toutes choses qui prennent une importance croissante au XVIIIᵉ siècle — autant de *terra incognita* pour les petits Diafoirus formés par les bons pères. Fleury s'indigne devant cet élève « qui passe sa vie à étudier le latin ou le grec, qui sait l'histoire, les mœurs, les lois des Anciens Romains et qui ne sait point comment la France est gouvernée, ni comment on vit aujourd'hui... Etant accoutumé à ne parler qu'à des Grecs ou à des Romains, il sera tout déconcerté quand il faudra parler à des hommes portant des chapeaux et des perruques, et traiter des intérêts de la France et de l'Allemagne où il n'y a ni tribunes aux harangues, ni comices, ni consuls. » Charles Nodier renchérit : « Le nom de Rome est le premier qui ait frappé mon oreille, de sorte que j'étais loin de Paris, étranger à ses murailles et que je vivais à Rome... Il m'a fallu dans la suite beaucoup de temps pour redevenir citoyen de mon propre pays. » Et Voltaire : « Je ne savais si François Iᵉʳ avait été fait prisonnier à Pavie, ni où est Pavie ; le pays même où je suis né était ignoré de moi, je ne connaissais ni les lois principales, ni les intérêts de ma patrie... Tout ce que je sais de mon pays, c'est ce qu'en ont dit César et Tacite. » La Chalotais s'en prend plus particulièrement à l'aspect monastique de l'éducation de son temps : « Un étranger à qui on expliquerait les détails de cet enseignement s'imaginerait que la France veut peupler les séminaires... Tout est marqué du sceau de l'esprit monastique... On a négligé ce qui regarde les affaires les plus communes et les plus ordinaires, ce qui fait l'entretien de la vie, le fondement de la société civile. La plupart des jeunes ne connaissent ni ce monde qu'ils habitent, ni la terre qui les nourrit, ni les hommes qui fournissent à leurs besoins[1]. »

Il y a à l'origine de ces réquisitoires — dont l'écho se poursuit encore aujourd'hui touchant l'enseignement du latin et du grec — un malentendu qui frise la mauvaise foi. Leurs auteurs feignent de croire que la pédagogie des Jésuites visait à fournir à l'enfant un bagage de connaissances grâce auxquelles il deviendra marchand, fabricant, voyageur, intendant ou administrateur. Et certes elle aurait grandement failli à son ambition s'il s'était agi de cela ! Mais d'abord elle s'adressait à des jeunes aristocrates qui n'avaient nul besoin d'être savants pour faire leur chemin. Etre « nés » suffisait à tout. Encore fallait-il qu'ils fussent des êtres humains, et l'éducation qu'on leur donnait devait les aider à le devenir. Nous touchons ici au nœud du malentendu qui s'élève à cette époque entre anciens et modernes. Pour l'aristocrate, l'enfant n'est pas un être humain à part entière. C'est une petite bête, sale, vicieuse et stupide, assez méprisable au total. L'éducation doit en faire un être présentable. Les Jésuites se souciaient, non d'enrichir l'esprit de l'enfant et de le préparer à son métier d'homme, mais d'assurer sa formation morale. Ils le faisaient vivre pour cela dans un univers totalement inactuel, où l'on ne parlait que latin et dont les habitants s'appelaient Socrate, Nestor, Alexandre, Cincinnatus, Démosthène, auxquels se rattachaient une série d'anecdotes édifiantes — la ciguë, le nœud gordien, le petit renard caché sous la toge de l'enfant spartiate, la lanterne de Diogène allumée en plein jour. Qu'est-ce à dire sinon que cette éducation donne le pas largement à l'initiation sur l'information ? Cette initiation, les modernes l'ignorent, et même ils lui donnent la chasse. Pour eux l'enfant n'est pas mauvais, il manque simplement d'informations. Son esprit est une page blanche sur laquelle il faut inscrire le savoir. Il ne s'agit pas de le laisser passer de l'état animal à l'état humain — seule ambition des anciens éducateurs — mais de l'enrichir de sciences et de techniques grâce auxquelles il fera sa fortune et celle de ses proches.

Cette crise inaugurée au XVIIIe siècle se présente comme la charnière autour de laquelle va tourner l'éducation, passant du primat d'une formation morale de nature initiatique à celui d'une information orientée vers des buts pratiques. Dès lors l'initiation ne va cesser de reculer de génération en génération, et on assiste actuellement à la liquidation de ce qui en restait. Après les châtiments physiques — qui nouaient des liens sadomasochistes entre maîtres et élèves —, après l'instruction religieuse et la confession — qui reconduisaient ces mêmes liens au niveau spirituel —, on évacue le grec, le latin, la philosophie, les lettres, comme fariboles évidemment superflues. L'école doit être nette de toute trace humaine pour que le « maître sans cœur » que voulait Alain y administre les seules connaissances pratiquement utilisables. Ce n'est que par exception et comme en contrebande que les enfants sentent en face d'eux la présence d'une personne humaine, comme ces deux maîtres que j'ai évoqués.

J'ai cité l'instruction religieuse, et sans doute n'est-ce pas non plus un hasard si ces maîtres me furent donnés par un établissement scolaire religieux, le collège Saint-Erembert de Saint-Germain-en-Laye où je fus externe trois années. Je connus ensuite une année d'internat au collège Saint-François d'Alençon. Ces deux écoles religieuses occupent pour moi une place privilégiée parmi la dizaine d'établissements que traversa ma carrière scolaire chaotique. C'est probablement que les établissements religieux de ce temps — l'immédiat avant-guerre — avaient su préserver mieux que les établissements laïcs la part initiatique de l'éducation. La religion catholique, ses rites, ses fêtes, sa théologie, sa mythologie, apportait aux mathématiques et aux sciences naturelles ce contrepoids affectif et merveilleux sans lequel l'enfant et l'adolescent sont malades de sécheresse et d'aridité. Au demeurant je ne peux séparer dans mon souvenir la théologie — le seul domaine avec l'allemand où j'excellais — et le faste des cérémonies. Tout cancre que j'étais, je trouvais dans l'Histoire sainte et le catéchisme la préformation de la spéculation concrète, inséparables d'une imagerie forte et brillante, que j'ai retrouvée plus tard dans la métaphysique — laquelle n'est rien d'autre que la rigueur des mathématiques mariée à la richesse de la poésie. Très peu pour moi le dogme-massue, l'obéissance cadavérique, la foi du charbonnier. Dès mon enfance, je voulais des constructions savantes, des démonstrations menant aux plus fines évidences, un vocabulaire rare et technique, et rien ne m'enchantait comme les subtils avatars de la grâce — « parure mystérieuse des âmes régérénées » — laquelle peut être habituelle et sanctifiante, actuelle et momentanée, efficace ou suffisante, distinguos qui ont divisé thomistes et molinistes, congruistes, pélagiens, semi-pélagiens, calvinistes, sociniens et jansénistes. Ma seule assurance de l'existence de Dieu, je l'ai toujours trouvée dans l'argument ontologique de saint Anselme, cette exubérance de l'idée divine qui fait jaillir de son sein l'existence elle-même entre mille et mille attributs obligés.

Ces richesses spirituelles trouvent dans le faste leur signe sensible. L'or, l'encens et l'orgue répondent au besoin de jubilation qui est en notre cœur, comme la théologie satisfait la fièvre de comprendre qui est en nos cerveaux. Cherchant à illustrer ces deux aspects de l'Eglise idéale, une image se présente à moi, celle de la procession de la Fête-Dieu. L'argument ontologique ne trouve-t-il pas en effet son symbole dans la monstrance, soleil mystique porté en cortège sur des tapis de pétales jusqu'au reposoir de fleurs et de frondaisons qui achève son apothéose baroque et jardinière ?

Alors l'Eglise répondait pleinement à sa vocation qui est l'initiation de l'enfant par les sens et par l'esprit. Nul ne peut nier que pendant des siècles, c'est par le prêtre — moine ou curé — et dans l'église que le paysan et l'artisan comme le noble ont découvert la pensée, la poésie, la musique, la peinture, la sculpture et l'architecture.

Mais il y a l'autre face de l'institution cléricale, hideuse, hypocrite, haineuse. Sa puissance temporelle lui ayant été retirée, l'Eglise s'est placée comme bonniche au service de la bourgeoisie la plus crasseusement conservatrice dont elle a épousé dès lors ardemment les intérêts et les idées. C'était toujours certes dans les Evangiles qu'elle puisait son enseignement, mais en choisissant la parole des Pharisiens, non celle de Jésus, c'est-à dire en prêchant le respect des hiérarchies sociales, de l'argent, des puissants, et la haine du sexe. A quel degré d'abaissement elle put tomber, c'est ce que mesura le drame de La Mennais.

Il ne faut pas s'y tromper. Enseignant une fausse morale — conservatisme et antiérotisme — elle ne peut enseigner la vraie, même de façon subsidiaire. Ici le masque ne s'ajoute pas au visage, il se substitue à lui. La pudibonderie qui ne triompha nulle part autant que dans l'Angleterre victorienne permit à cette société de s'asseoir sur un magma infect d'injustices et de crimes. C'est cette même Angleterre qui se couvrait de bagnes d'enfants et qui faisait la guerre à la Chine pour l'obliger à rapporter les lois limitant l'entrée sur son territoire de l'opium, fléau national, lequel était produit aux Indes sous licence anglaise.

Cette face blafarde et morbide, j'en ai subi comme les autres la présence oppressante notamment pendant mon année d'internat à Alençon. Dans cette petite ville de garnison, les élèves les mieux traités étaient fils de hobereaux, militaires de carrière. Mon origine disgracieuse de Parisien, civil et roturier, faisait triplement de moi un mal-aimé. Ce n'aurait été rien encore sans la pseudo-morale absolument apolitique et antisexuelle qui pesait d'un poids de plomb sur nos têtes. La phobie antiérotique polarisait tous les esprits. A l'heure du Front populaire, de la guerre d'Espagne, du nazisme triomphant, seule la masturbation intéressait nos bons maîtres. L'horreur de la chair place le crucifix — une charogne clouée sur deux poutres — au centre du culte catholique, de préférence à tout autre symbole chrétien, le Christ rayonnant de la Transfiguration par exemple. Elle se détourne résolument du dogme de la résurrection de la chair, et veut ignorer que Jésus chaque fois qu'il rencontre le sexe — même sous la forme antisociale de la prostitution ou de l'adultère — prend sa défense contre la colère des pharisiens. Le sexe haï, bafoué, méprisé, enfermé dans les poubelles de la pornographie a le visage sinistre de ses persécuteurs. Les pudibonds sont laids et ils prêtent leur propre laideur à l'amour, mais lorsqu'ils crachent dessus, c'est sur eux-mêmes qu'ils crachent.

Au contraire la chair aimée et célébrée en ceux que nous aimons resplendit comme celle de Jésus sur le mont Thabor.

Fastueuse, subtile, érotique, telle est l'Eglise initiatrice dont je rêve quand il m'arrive de refaire mon enfance. Je remercie le sort que celle qui m'a élevé n'ait trahi qu'en partie cet idéal.

Car il semble que depuis cette époque déjà lointaine, Alain, ce super-laïc, ait totalement triomphé. La révolution commencée par les hommes des *Lumières* au XVIIIe siècle paraît complète. L'affectivité, les liens de personne à personne, voire l'érotisme, ne risquent plus de polluer l'atmosphère aseptisée de l'école. L'éducation lavée de toute trace d'initiation n'est plus que la dispensatrice d'un savoir utile et rentable. Déjà les ordinateurs remplacent les maîtres. Il faut s'en réjouir, comme chaque fois qu'un homme est soulagé par une machine d'une tâche purement mécanique.

Oui, mais l'initiation ? Mais cette autre moitié obscure, chaleureuse, magique, de l'éducation ? Chassée de l'enseignement officiel, elle revêt des formes sauvages, clandestines, souvent monstrueuses, tantôt meurtrières — opérations chirurgicales cruelles et néfastes — tantôt bénéfiques —, relation d'érotisme vague et tendre entre enfants, entre enfants et adultes. C'est sous le manteau que le cœur bat, que la chair frémit.

Reste bien sûr l'initiation publique, la soupe populaire initiatique distribuée par le cinéma, la radio, le disque, la télévision. Reste surtout le livre. Pourtant ce sont relations à sens unique, sources qui nourrissent l'affectivité, mais dont le courant ne se remonte pas. Elles ne remplacent pas le contact moral et physique de la personne initiatrice.

II

Le roi des aulnes

Allemagne, notre mère à tous...
Gérard de Nerval.

Mon père et ma mère se sont connus à la Sorbonne alors qu'ils y préparaient, lui l'agrégation d'allemand, elle la licence d'allemand. La famille se trouva donc placée, comme de fondation, sous le signe de la « Germanistik ». Le destin voulut il est vrai qu'ils n'enseignassent ni l'un, ni l'autre. Mon père avait bien choisi la date de son concours : août 1914. Dès le premier jour, l'Allemagne lui réserva des épreuves plus rudes que celles du thème et de la version, et l'armistice le trouva « gueule cassée » à l'hôpital du Val-de-Grâce. Entre-temps il avait perdu le goût de la Germanistik, mais ma mère demeurant fidèle de son côté à la tradition familiale, c'est avec un pied en Allemagne que nous avons grandi, d'autant plus que les affaires de mon père le promenaient dans toute l'Europe sans exclure l'outre-Rhin.

J'ai souffert un peu à l'école de ne pouvoir expliquer d'un mot à mes camarades la profession paternelle. Eux étaient fils de médecin, d'épicier ou d'architecte, voilà qui était clair. Mon père avait créé et dirigeait le B.I.E.M., sigle mystérieux dont l'existence était néanmoins attestée par un timbre sur tous les disques vendus dans le commerce. En réalité le *Bureau International des Editions Musico-Mécani-*

ques commandait le chassé-croisé des contrats et des droits d'auteur de la musique enregistrée jouée dans un autre pays que celui de l' « ayant droit », et veillait à ce que l'argent terminât sa trajectoire autant que possible dans sa poche. C'était à la fois très simple et très compliqué. Il avait fallu créer dans chaque pays adhérent une société nationale affiliée et plus ou moins subordonnée au B.I.E.M. Chacune avait son nom, son style et son patron qui défrayaient l'essentiel du discours paternel lequel nous entourait ainsi d'une atmosphère cosmopolite et mystérieuse non sans un certain charme. Ces sociétés s'appelaient AEPI en Grèce, STAGMA en Allemagne, MECHANLIZENZ en Suisse, ZAIKS en Pologne, OSA en Tchécoslovaquie, AUSTROMECANA en Autriche, BRITICO en Angleterre. Leurs patrons respectifs défilaient à la maison avec leurs accents et leurs cadeaux pour les enfants, lesquels se régalaient successivement de touron espagnol, de Marzipan allemand, de pudding anglais, de panettone italien, ou de grosses olives noires grecques. Nous avions nos bêtes noires et nos préférés, mais aucun ne jouissait parmi nous d'une popularité égale à celle de la STAGMA allemande à la tête de laquelle, par un acte qui frisait la provocation, notre gueule cassée de père avait placé un Français bon teint au nom très jurassien de Pierre Crétin. Ancien séminariste défroqué ce bon géant à la barbe rousse, à l'appétit formidable et à la mémoire d'éléphant, trouva moyen de passer près de quarante ans à Berlin sans cesser pour autant d'écorcher abominablement la langue de Goethe. Il ne fallut rien de moins que l'Armée rouge pour le débusquer des ruines de ses bureaux et l'obliger à réintégrer la France où il eut des difficultés à s'acclimater, d'autant plus qu'il ramenait une femme et des enfants, ayant apparemment oublié qu'il possédait déjà l'équivalent à Paris. Nous adorions sa moto, son sac à dos, ses culottes de cuir courtes, son désarmant sans-gêne et son étonnante érudition. Il connaissait l'Europe centrale et ses musées comme sa poche, et s'amusait en les visitant de retrouver incorporée au laïus du guide la bourde historique qu'il lui avait racontée lors de sa précédente visite.

Du côté maternel la source germanique remonte au frère de mon grand-père, Gustave Fournier, qui fut prêtre, et enseigna l'allemand au collège Saint-François de Dijon. C'était lui aussi une forte nature et une tête encyclopédique, moins fantaisiste il est vrai que celle de Pierre Crétin. Après 1918, il fit le très lourd sacrifice de ne plus retourner en Allemagne. Trop de ses anciens élèves étaient morts sur le front. En de nombreux points son jeune frère Edouard, mon grand-père, était sa réplique atténuée : herboriste, flûtiste, historien d'art, ils le furent l'un et l'autre, mais le cadet, comme il se doit, avec un certain retard sur l'aîné. Je me suis même laissé dire que le petit avait eu quelques velléités de suivre son aîné au grand séminaire et d'endosser à son tour la soutane. Les parents jugèrent qu'il suffisait d'un prêtre dans la famille, et renvoyèrent Edouard à ses études de pharmacie. Je dois d'exister à cette vocation contrariée — apparemment sans grandes douleurs.

En 1910 l'abbé emmena pour la première fois sa nièce — ma mère — en Allemagne. Ils descendirent à Fribourg-en-Brisgau dans un foyer d'étudiants catholiques tenu par des sœurs, l'Albertus Burse, qui acceptait de rares hôtes étrangers — dûment recommandés — lorsque les vacances universitaires vidaient les chambres et le réfectoire. Depuis cette date — et quand la France et l'Allemagne ne se trouvent pas en guerre — Ralphine retourne chaque année à l'Albertus Burse. En plus de soixante ans, elle a vu s'y succéder des générations de nonnes et une douzaine de mères supérieures, et elle peut parler à la dernière en date comme une « ancienne » à une nouvelle. Bien entendu elle y a mené ses enfants dès qu'ils furent en âge présentable, et l'atmosphère feutrée et cirée, les veilleuses des couloirs nocturnes, la cuisine — que nos becs parisiens jugeaient fruste — de l'antique maison sont parmi les pièces les plus solides de notre musée archéologique familial, avec aussi le cochon à l'engrais qu'entretenait Ambrosius, l'homme de peine de cette cité de femmes, les petits pauvres qui défilaient dans le hall d'entrée et auxquels je servais moi-même leur assiette de soupe, et, le jour de Pâques, l'agneau pascal en biscuit poudré de sucre-farine et tenant entre ses pattes de devant un bâtonnet terminé par une pieuse oriflamme de papier doré, lequel dans l'imagerie des sœurs avait refoulé le très suspect lièvre à la hotte pleine de chocolats de la mythologie païenne allemande.

Mes premiers souvenirs enveloppés par cette atmosphère si particulière et si puissante remontent à une époque où le nazisme déferlait sur l'Allemagne. Dans les rues, c'était une fête politique et militaire permanente. A toute heure du jour et de la nuit, les flonflons d'un défilé musique en tête, les reflets d'une retraite aux flambeaux ou le cliquetis des chenilles des blindés sur les pavés nous jetaient dehors. Mais ce fracas mourait au seuil de l'Albertus Burse où nous retrouvions — la vue et les oreilles pleines d'éclats et de violences — le murmure des prières et le tintement des cloches.

Fribourg, c'était la ville. A cinq minutes de l'Albertus, la gare était le point de départ pour des excursions et des séjours au Feldberg, sommet de la Forêt-Noire. Le petit train aux wagons de bois qui grimpait jusqu'à Bärental (la vallée aux ours) égrenait une série de stations dont les noms poétiques et baroques faisaient notre joie. La série commençait en beauté par un village répondant au doux nom de *Ahah.* Nous nous penchions en grappe à la fenêtre du wagon pour voir le chef de gare arpenter dignement le quai en s'exclamant *Ahah !* tous les dix pas, et nous l'imitions avec des grimaces successivement étonnées, menaçantes, perspicaces. Deux tunnels précèdent la gare de *Hirschsprung* (Saut du cerf). Entre les deux il faut se précipiter sur les fenêtres — de droite à l'aller, de gauche au retour — pour apercevoir un bref instant sur un rocher dominant la voie ferrée la statue d'un cerf de bronze grandeur nature. Ensuite *Höllental* (Val d'enfer), *Himmelreich* (Royaume céleste), *Notschrei* (Cri de détresse), *Titisee* (Lac Titi) poursuivent cette litanie drolatique que nous connaissions par cœur. Attirés par des altitudes plus rudes, nous méprisions le lac Titi, sage plan d'eau festonné de luxueux hôtels. On quitte le train à *Bärental* et on poursuit à pied, en voiture, ou en hiver en traîneau jusqu'au sommet, le Feldberg, sur les pentes duquel s'étagent des chalets de bois sombre aux balcons sculptés et fleuris, souvent adossés à la noire et chantante muraille d'une haute futaie de sapins. Le point culminant, *Herzogenhorn*

(Corne des ducs), ne dépasse pas 1 500 mètres. Les alpinistes méprisent évidemment ces montagnes à vaches. Les amateurs de campagne coquette et avenante trouvent le pays sinistre et monotone. Mais sur ces lacs métalliques enchâssés dans des entonnoirs de sapins, sur ces sommets arrondis où les hautes herbes ondulent à l'infini, sous les voûtes de ces cathédrales forestières, le vent a une odeur et une voix que je reconnais dès mon arrivée et qui ne ressemblent à rien d'autre.

Ma dernière visite remonte à un automne récent d'une glorieuse beauté. Un faible souffle émouvait à peine les futaies noires que nous longions sur des sentiers fleuris de colchiques et de gentianes. Nous sommes allés frapper à la porte de l'auberge Grafenmatt au milieu des buissons de myrtilles, qui était avant la guerre notre résidence traditionnelle. Elle était fermée. Alors nous avons poursuivi notre grimpette dans des sentes ravinées par les fontes des neiges jusqu'à la croix de bois de Herzogenhorn. Fatalement nous n'avons cessé d'évoquer le passé, chantant des refrains de randonnées et faisant revivre les disparus. La montagne était superbe et funèbre en cet été finissant, d'un charme puissant et morbide, baudelairien. Oui les défuntes années se penchaient sur les balcons du ciel en robes surannées, et du fond du Lac Noir surgissait à nos pieds le Regret Souriant.

*

Nous habitions alors Saint-Germain-en-Laye, petite ville de garnison, cossue et réactionnaire, dont la bourgeoisie vaguement maurrassienne faisait grise mine à une famille cultivant d'aussi déplorables fréquentations. Il y avait notamment un certain colonel R., grand mutilé, père de sept enfants tous voués à des carrières de soldats ou d'épouses de soldats qui incarnait en quelque sorte la conscience nationale de Saint-Germain. Il n'était peut-être pas Croix-de-Feu, mais il aurait pu l'être. Il prenait pour aller chaque jour à Paris le même train que mon père. On s'évitait.

Vint l'année noire de la défaite. Le déferlement sur la France de l'armée allemande équipée d'un matériel éblouissant, rendue plus jeune encore par sa rapide victoire sous le soleil de juin, fut pour beaucoup de Français une révélation stupéfiante. Ils n'avaient de l'Allemagne qu'une idée abstraite, étriquée par une propagande ignare et maladroite, et que voyaient-ils ? Un peuple en marche chantant en chœur et balayant tout sur son passage. Nous, nous savions. Nous étions vaccinés contre la séduction nazie. Nous l'avions vue naître. Nous connaissions ses à-côtés, nous soupçonnions ses arrière-plans. Le hasard avait voulu que les trois familles allemandes qui nous recevaient principalement fussent antinazies, toutes trois pour des raisons religieuses. Quant à l'armée allemande, nous en savions plus long sur sa force dès l'âge de douze ans que tout l'état-major français réuni. Nous savions que pas une armée au monde n'était de force à lui résister et que tout dépendrait de la quantité de terrain dont on disposerait pour ficher le camp. La France résista trois semaines. L'Angleterre aurait été occupée en quinze jours. Les U.S.A. auraient tenu deux mois. Quant aux Soviétiques, ils n'ont été sauvés que par l'infini, aggravé par l'hiver, qu'ils avaient derrière eux. Mon père en vieux radical-socialiste n'avait aucune tendresse pour le nouveau régime allemand et agrémentait de commentaires sarcastiques les nouvelles en allemand et les discours du Führer que nous écoutions en famille le soir autour de la T.S.F.

Aurions-nous eu la moindre velléité collaborationniste que les Allemands eux-mêmes nous l'auraient fait vivement passer. Notre grande maison de Saint-Germain reçut vingt-deux hommes de troupe qui y menaient un train d'enfer, élevant des oies au troisième étage et faisant trembler les murs de leurs clameurs pendant leurs beuveries et leurs partouzes. Ma famille était tassée au rez-de-chaussée. J'avais quinze ans. J'occupais une chambrette sous les combles au milieu des soldats. Je n'oublierai jamais l'odeur du tabac de troupe de la Wehrmacht mêlée à celle de la graisse de leurs bottes. Pour moi, c'était l'odeur du bonheur. J'avais fait des vœux ardents pour que la guerre éclatât, mettant fin à mes problèmes scolaires. J'étais dévoré par la soif de désordre et de catastrophe qui tourmente certains adolescents. J'avais été exaucé en septembre lors de l'invasion de la Pologne par les alliés germano-soviétiques. Comblé en juin 1940 par la débâcle que j'avais vécue comme une gigantesque partie de plaisir. Cette maison familiale, si soignée, si disciplinée où nous étions jetés cul-par-dessus-tête avec la soldatesque, c'était un sommet inespéré, et comme la version collégienne et chahuteuse de la fameuse « divine surprise » de Charles Maurras.

Mes parents voyaient les choses d'un autre œil. Pour eux, c'était tout un pan de leur vie qui s'écroulait. Un soir Ralph recru de chagrin et d'humiliation eut dans le petit train la surprise de sa vie. Je le vois encore rentrant à la maison et s'exclamant avant même de refermer la porte : « J'ai voyagé avec le colonel R. ! Devinez ce qu'il m'a dit ! J'en suis complètement médusé. Il est venu à moi, il m'a tendu la main et il a prononcé très fort pour être entendu d'une partie des voyageurs : “ Eh bien Tournier, je commence à vous comprendre ! Oui, je les trouve très bien moi *vos* Allemands ! Parce que maintenant qu'ils sont là, c'est bien fini, hein, le Front populaire, les communistes, les juifs, les pédérastes, les surréalistes, les cubistes ! Terminé ! Maintenant, tout le monde au pas. Une, deux, une, deux ! Et d'ailleurs n'est-ce pas, ils sont les plus forts. Pour avoir vaincu aussi vite l'armée française, il faut qu'ils soient invincibles. Alors ? ” » *Vos* Allemands ! C'était ce possessif qui estomaquait le plus mon pauvre père.

Cette cohabitation dura une année. Inlassablement les soldats qui se succédaient dans la maison — car nous avions le malheur supplémentaire d'être « quartier provisoire » — nous expliquaient que la paix victorieuse était pour demain et qu'ils allaient vider les lieux incessamment. Au printemps 1941 mes parents excédés abandonnèrent tout et louèrent un appartement à Neuilly. Je détestais Paris, j'aimais Saint-Germain, je m'accommodais le mieux du monde de l'Occupation. Mes parents furent inflexibles quand je défendis l'idée folle de rester seul dans la maison de Saint-Germain pendant qu'ils habiteraient Neuilly avec le reste de la famille. Il fallut partir.

Il me resta toutefois une consolation. Nous avions une villa à Villers-sur-Mer. La côte était évidemment fortifiée et interdite. Mais on avait renouvelé les cartes d'identité pendant l'hiver 1939-1940 que nous avions passé à Villers. Je pouvais dont faire croire aux Allemands que j'étais un indigène de la côte. A l'époque je vivais sur ma bicyclette. Les deux cents kilomètres qui séparent Paris de Villers, c'était tout de même une rude étape, surtout en période de sous-alimentation et avec un vélo chargé. Je la couvrais dans la journée pour retrouver le soir dans une joie exténuée une grève fantastique, hérissée de pièges et de mines, un pays transfiguré par l'attente d'événements apocalyptiques. Notre villa était — comme par hasard — transformée en bivouac. J'eus même la surprise de trouver des soldats punis enfermés dans le poulailler, et je pus leur glisser des cigarettes et des allumettes par les trous du grillage. Je mangeai parfois avec la troupe, me livrant à l'abri de mes airs d'écolier en vacances à un travail de démoralisation manifeste. Je leur expliquais que l'Allemagne ne pouvait gagner qu'une guerre éclair et que tout était perdu pour elle dès lors qu'elle n'avait pas pu venir à bout de l'Angleterre en même temps que de la France. Dispersée dans toute l'Europe, la Wehrmacht ne pourrait s'opposer à un débarquement. De Villers on distingue la côte du Havre souvent noyée dans les brumes de l'estuaire de la Seine. Je faisais croire à ces paysans souabes ou poméraniens qui voyaient la mer pour la première fois que cette terre là-bas, c'était l'Angleterre, et que bientôt on allait voir ce qu'on allait voir. (Je ne croyais pas si bien dire. Arromanches ne se trouve qu'à quelques kilomètres de Villers-sur-Mer.)

Notre repli à Neuilly ne devait hélas pas mettre fin aux tribulations d'une famille aussi nourrie pourtant de Goethe et de Schiller. Non qu'aucun de nous fût tenté par la Résistance. C'est peut-être le lieu au demeurant d'expliquer au lecteur qui n'a pas vécu cette époque ce qu'il en fut exactement. Il y avait d'abord ceux que les Allemands pourchassaient non pour leurs actes ou leurs opinions, mais pour ce qu'ils étaient, c'est-à-dire les juifs, et plus tard tous les jeunes que le S.T.O. (Service du Travail Obligatoire) prétendait envoyer travailler en Allemagne dans des usines de guerre. Les juifs n'avaient le choix qu'entre la fuite à l'étranger ou la disparition quelque part en France sous une fausse identité. Les jeunes pouvaient « prendre le maquis » grâce à des organisations clandestines qui leur assuraient une subsistance précaire dans le désert français. Quand on réfléchit qu'une classe de jeunes se monte à près de 400 000 individus, que les Allemands avaient à leur merci trois ou quatre classes, on conçoit combien précaire en effet pouvait être la solution du « maquis » dans un pays occupé, affamé, aux populations recroquevillées sur elles-mêmes et soucieuses de leur seule subsistance. Peu avant la Libération j'avais dû passer un conseil de révision en vue de ce S.T.O. Bien entendu on m'avait jugé « apte ». J'aurais certainement tout fait pour éviter de partir. Y serais-je parvenu ? Ce n'est pas sûr. D'autant plus que les Allemands ne se faisaient pas faute d'exercer des représailles sur les familles de ceux qu'on appelait dans le jargon de l'époque des « réfractaires ».

Mais enfin ni les juifs, ni les réfractaires n'étaient par vocation des résistants. Gibiers, oui, chasseurs, c'est une autre affaire. En vérité la Résistance n'est devenue un phénomène d'ampleur nationale qu'après le départ des Allemands. Pendant l'occupation elle ne fut le fait que d'une infime minorité de héros que leur courage vouait au massacre et que leur désintéressement devait détourner de la course aux places à prendre après la Libération. Participer activement à la Résistance et se prévaloir d'y avoir participé impliquent des psychologies fort différentes, voire incompatibles. Les authentiques résistants furent souvent noyés, submergés, écœurés par l'explosion du mythe de la Résistance après la Libération, lequel finit par faire croire que les jeunes Français entraient dans la Résistance entre 1940 et 1944 comme on fait son service militaire. Bel exemple d'auto-intoxication de tout un pays concernant une période peu glorieuse de son histoire. Depuis quelques années certains livres, certains films — *Le Chagrin et la Pitié* — cherchent à rétablir quelque peu la vérité sur les Français sous l'occupation. Il y a pourtant une statistique terriblement révélatrice qui n'a pas été à ma connaissance déterrée. Il est vrai qu'elle jette une lumière particulièrement cruelle sur l'état d'esprit des bourgeois français de cette époque. Il s'agirait simplement de comparer la proportion de lycéens qui en classe de 6e optaient pour l'anglais et ceux qui optaient pour l'allemand d'une part avant la guerre, d'autre part pendant l'occupation. Bien entendu je ne connais pas les chiffres exacts. Mais j'ai le souvenir très précis d'avoir fait partie avant la guerre comme élève d'allemand d'une infime minorité, et d'avoir vu soudain cette minorité se transformer en énorme majorité à partir de 1940. Nul doute, pour le Français moyen des années noires, l'Angleterre, les U.S.A., c'était fini. L'avenir appartenait et pour longtemps à l'Allemagne victorieuse. Mais une amnésie profonde a totalement englouti ces choses-là.

Evidemment les Italiens firent beaucoup mieux encore dans le genre galipette, puisque sur la foi d'un unique film — *Rome, ville ouverte* de Roberto Rossellini — ils se persuadèrent et firent admettre au monde entier que Mussolini, le fascisme, la déclaration de la guerre à la France déjà vaincue en juin 1940, les démarches du Duce auprès d'Hitler dès l'armistice pour que l'Italie comme prix de sa « victoire » s'augmentât de Nice, de la Savoie, de la Corse, du Maroc, de l'Algérie et de la Tunisie, oui, que tout ce passé récent et chaud encore n'était que balivernes et songes creux, et qu'en vraie vérité la malheureuse péninsule n'avait fait que lutter héroïquement contre l'occupant allemand. Gentils Italiens en face d'une aussi énorme et géniale mystification, on ne peut que vous tirer le chapeau, et même on vous adore à deux genoux d'avoir enrichi les annales de la guerre d'un haut fait d'armes insurpassable : la mort à Tobrouk en 1940 du maréchal Italo Balbo, grand as de votre aviation, abattu, comme on dit, en plein ciel de gloire... par sa propre D.C.A. Jamais, je pense, l'ignoble gloire militaire ni le stupide prestige de l'uniforme ne furent aussi cruellement bafoués.

La Résistance nous allions attendre le 30 mars 1944 pour en découvrir l'existence et les effets de la façon la plus cuisante. Neuilly, c'était la famine et le froid. Ma mère se souvint du minuscule village de Lusigny — soixante-dix habitants — à deux kilomètres de son Bligny-sur-Ouche natal. La commune accepta de nous louer le presbytère désaffecté depuis que le curé de Bligny assurait également le service de Lusigny. C'était une grosse maison trapue, aux murs chaulés légèrement ocrés, dont toutes les pièces — même celles du premier étage, même le grenier — étaient lourdement carrelées. Le confort était des plus frustes, mais le vieux jardin où les deux sources de l'Ouche, celle de la Fontaine Latine et celle de la Fontaine Fermée, se rejoignent, ce jardin de curé moussu et touffu avait le charme et l'éclat voulus par la citation célèbre de Maurice Leblanc. Ralphine s'y installa de façon permanente avec les deux plus jeunes, Jean-Loup et Gérard qui avaient eu respectivement sept et onze ans en 1940. Ralph et Janine ne quittaient guère Neuilly. Moi je faisais la navette entre Neuilly et Lusigny, partageant mon temps à égalité entre les deux. Pour compléter ce tableau il convient d'ajouter que les grands-parents — Edouard et Jeanne — ayant remis la pharmacie de Bligny s'étaient retirés à Dijon où mon grand-père dirigeait la pharmacie de l'asile d'aliénés de la chartreuse de Champmol. Il m'ouvrit ainsi les portes de l'asile et me familiarisa avec les malades, les médecins et les problèmes de l'aliénation mentale, une circonstance qui a contribué à mon orientation. En sortant nous allions faire un tour au jardin botanique de la ville, et du bout de sa canne il me montrait en les nommant avec son accent bourguignon *Chrysosplenium alternifolium, Anchusa sempervirens et Stachys heraclea.*

A Lusigny le ravitaillement était convenable à condition de sillonner sans cesse le pays avec bicyclette et remorque. On élevait, tuait et salait le cochon. L'affouage de bois suffisait pour alimenter le poêle de la pièce commune et la cuisinière. Nous avons connu là la vraie vie campagnarde dans toute son âpreté d'autrefois, restaurée par les restrictions, les peurs et les haines de la guerre. Le milieu rural vous met le nez sur toutes les plaies humaines — parce que tout le monde se connaît — ivrognerie, démence, inceste, suicide et assassinat, que l'anonymat des villes recouvre d'un voile pudique. Cela faisait partie d'un ensemble puissant et brutal, parfois aussi très doux, où entraient l'odeur des bûches de bouleau séchant dans l'âtre et celle de l'étable chaude comme un lit, le pétillement des étoiles dans la nuit glacée — comme elle était continentale, brûlante, sèche et froide cette Bourgogne de la guerre ! — et les bruits familiers, tintement d'une chaîne, aboi plaintif d'un chiot ou chagrin grotesque et tonitruant de l'âne. L'été, j'étais tenu de « prêter mes jeunes bras à la terre » selon l'expression administrative. Je travaillais dans la petite ferme d'une famille superbe, les Fournier, dont le maître ressemblait à un guerrier celtique avec ses yeux bleus et ses longues moustaches blondes. Mener les chevaux, s'arracher la peau des mains au manche des fourches, serrer à pleins bras des gerbes dorées où le chardon se mêle traîtreusement au bleuet et au coquelicot, et surtout tenir sa place pendant les terribles et glorieuses journées où la batteuse emplissait la cour de la ferme de son halètement et de sa poussière d'argent — ce sont des choses simples mais importantes, et je suis heureux de les avoir connues avant qu'elles ne disparaissent définitivement [1].

Le 30 mars 1944 les vacances de Pâques auraient dû me ramener à Lusigny. J'ignore pourquoi j'étais à Neuilly. Ce matin-là au petit jour des éléments d'un régiment ukrainien commandés par des sous-officiers allemands cernèrent Lusigny et entreprirent une fouille qui avait toutes les apparences d'une expédition punitive. Pendant des heures les soldats circulèrent dans les maisons brisant et saccageant tout ce qui leur tombait sous la main. Pour Ralphine seule avec les deux enfants ce fut la journée la plus longue de sa vie. Tous les hommes de plus de quinze ans étaient enfermés dans l'église. Plus tard on les emmena dans la forêt. Ils crurent qu'on allait les fusiller. C'était seulement pour leur faire enterrer neuf résistants tués au cours d'un accrochage, lequel était la cause de tout. Finalement quatorze personnes furent chargées dans des camions et expédiées vers une destination inconnue. La famille Fournier vit partir le père, le commis de quinze ans et les deux filles aînées, tous accusés d'avoir ravitaillé le « maquis ». C'était « ma » famille. J'aurais dû connaître Buchenwald avec eux. Ce nom sinistre était encore inconnu lorsqu'il circula plus tard dans le village, et on vint demander à ma mère qui avait voyagé en Allemagne si elle connaissait cette ville. J'ai repris cet épisode dans *Les Météores.* Buchenwald ? Non, elle ne connaissait pas. Aucune carte de l'Allemagne ne portait cette localité. Cela voulait dire *Forêt de hêtres.* N'était-ce pas rassurant ? Nos déportés devaient faire les bûcherons...

Ils ne revinrent pas tous, et parmi ceux qui revinrent certains comme le père Fournier avaient en eux quelque chose de brisé. Ils végétèrent et se laissèrent mourir. Lorsqu'on parle des victimes des camps, on ne compte généralement que ceux qui y moururent. Il faudrait penser aussi à ceux qui s'étant cramponnés à la vie dans l'obsession de la libération, libérés en effet mais séparés à jamais des autres hommes par ce dont ils avaient été les témoins, se laissèrent glisser dans la mort tous ressorts détendus. Leur proportion est effrayante.

C'est à Lusigny encore que j'ai vécu la Libération, apportée par les troupes de de Lattre de Tassigny qui remontaient de Marseille. Depuis le drame du

30 mars le village ne comptait plus que des femmes, des enfants et des vieillards, et j'étais avec mes dix-neuf printemps le seul gibier capable d'intéresser les chasseurs verts. Aussi était-ce avec la prudence et la vélocité du lièvre que je vivais les événements. Je m'étais fait une sorte de gîte-observatoire dans les rochers et les bois qui dominent le village non loin d'une madone de bronze, la « Vierge noire ». De là je voyais les deux routes qui aboutissaient à Lusigny, la nationale 70 provenant de Beaune et la petite départementale 17 descendant assez roidement de Cussy-la-Colonne. C'est de façon inattendue par cette dernière qu'ils arrivèrent. Je déjeunais au presbytère, toutes fenêtres et oreilles ouvertes quand me parvint le concert menaçant et cliquetant des chenilles d'une colonne de blindés. Cependant que tout le monde se barricadait dans les maisons, je galopais en direction de mon nid d'aigle. Elles avaient encore fière allure ces troupes blindées allemandes qui faisaient retraite vers Dijon. Mais le défilé qui dura trois jours et trois nuits révéla de degré en degré l'inexorable délabrement d'une armée vaincue. Aux blindés succédèrent les camions — de plus en plus poussifs — puis les voitures à cheval dont les freins grinçant tous ensemble dans la descente vers le village emplissaient la vallée d'un concert assourdissant. Enfin la piétaille de plus en plus dépenaillée, certains poussant leur barda dans une voiture d'enfant. Les soldats n'envahissaient les maisons qu'à la recherche de bicyclettes. La mienne, la vaillante des voyages à Villers-sur-Mer et des courses au ravitaillement, disparut ainsi, chaussée depuis longtemps il est vrai de bandages de liège. Cependant les fossés se remplissaient d'armes, de

mines, de munitions, de sacs de ravitaillement ; des autos en panne restaient sur place, et on voyait des chevaux déferrés divaguer à travers champs.

Enfin le flot s'arrêta. Mais le village n'était pas vide de soldats, il en était encombré au contraire, occupation d'un genre nouveau, cohue hagarde et désemparée, crevée de fatigue et de faim, éclopée, bancale et geignarde. Le lièvre Tournier du haut de son gîte comprit qu'il pouvait maintenant s'aventurer dans le village la tête haute, et même bomber le torse. Le premier soldat qui me vit me demanda aussitôt à qui il fallait se rendre pour devenir prisonnier. Si j'avais eu la moindre ambition — politique ou simplement publique — j'aurais fait de ces hommes *mes* prisonniers, feignant de les avoir capturés et les livrant en vivant hommage aux troupes françaises qui devaient survenir le surlendemain. Certains qui n'en ont pas fait plus ont joui peu après du pouvoir d'envoyer leurs voisins ou concurrents en prison ou au mur, et sont devenus par la suite préfets ou ministres. J'expliquai simplement à ces soldats perdus la situation merveilleusement instable, éphémère et transitoire où nous nous trouvions confondus, à mi-chemin de l'armée allemande en retraite et de la Première Armée Française en progression, dans ce niemandsland où tous les hommes sont égaux et sans loi, et qui ressemble aux limbes suspendus entre le ciel de la paix et l'enfer de la guerre.

Revenu à Neuilly et l'ivresse de la Libération épuisée, je laissai à d'autres les joies, peines et émotions de la poursuite de l'ennemi outre-Rhin. On faisait queue devant les bureaux de recrutement, et l'armée française renaissante manquait plus d'équipements et d'instructeurs que de jeunes recrues. J'avais mieux et plus urgent à faire, me semblait-il. Me perfectionner en grec et approfondir le *Parménide* de Platon — sa deuxième partie notamment, merveille de subtilité ontologique devant laquelle j'avais vu capituler tous les commentateurs[1]. Je me lançai dans un diplôme sur les idées platoniciennes que l'offensive de la Wehrmacht à Noël dans les Ardennes et le spectre d'un retour de l'Occupation ne purent troubler[2]. Je consacrai néanmoins quelques heures par semaine à la P.M. (préparation militaire) section « Train des équipages », où j'appris à piloter et à réparer des camions de vingt tonnes. J'ai rafraîchi plus tard ces souvenirs en écrivant *A 6,* un scénario pour la télévision dont j'ai tiré ma nouvelle *L'Aire du muguet*[3]. Au demeurant nous avions fait à la patrie le sacrifice de la fille de la maison. Ma sœur Janine s'était engagée comme A.F.A.T. (auxiliaire féminine des armées de terre) et était devenue interprète au G.Q.G. de de Lattre de Tassigny. Elle fut ainsi la seule de la famille — et sans doute l'une des rares Françaises — qui revint en Allemagne sur la trace des blindés et dans un uniforme kaki, nouvel avatar de la Germanistik familiale. Quant à moi, je platonisais sans impatience, habité, conforté, réchauffé par la conviction absolue que l'Allemagne m'appartenait de plein droit et qu'elle me serait offerte en temps voulu débarrassée de sa Wehrmacht et de ses nazis.

Les procès faits à l'époque à certains journalistes et écrivains m'avaient au demeurant inspiré sur les relations des hommes de plume avec leur pays des idées bien arrêtées qui n'ont guère changé depuis. Dès lors qu'on fait profession d'écrire en français, on a, je pense, avec la langue française des relations constantes, intimes, orageuses, amoureuses, bref conjugales, telles qu'aucune autre profession, aucun autre art n'en peuvent créer, et qui confèrent à l'écrivain un degré de « francité » incomparable. Cela constitue un lourd handicap, parce qu'un musicien, un dentiste, un cultivateur français souffriront moins à coup sûr de devoir éventuellement émigrer qu'un écrivain français. Oui, quitter la France pour un écrivain français, c'est — comme pour un fleuve — perdre à la fois sa source, son cours et son embouchure, je veux dire son inspiration, son débit et son public, c'est tout perdre[1]. Mais cette infirmité s'accompagne en toute justice de certains privilèges, notamment d'être plus français que les autres Français, d'être français au carré, tellement qu'un écrivain français ne peut rien écrire ni faire qui altère sa qualité de Français au point de le ravaler au niveau de francité des Français non écrivains. Ergo une condamnation prononcée par ces Français simples à l'encontre d'un écrivain français pour des actes ou écrits antifrançais commis par lui relève de l'infamie la plus abjecte. Ergo le réquisitoire qui entraîna la condamnation à mort et l'exécution de Robert Brasillach — écrivain médiocre et traître majeur au demeurant — ne fut qu'une sinistre cacologie vomie par un ramassis de métèques mal débarbouillés. Moi, écrivain français, j'ai le privilège de par ma francité supérieure de pouvoir si bon me semble accabler la France des pires critiques, des injures les plus sales, vous qui me lisez, si vous n'êtes pas vous-même écrivain français, je vous accorde tout juste le droit de m'écouter debout et découvert, comme si vous entendiez *La Marseillaise*[2].

*

En juin 1946 j'avais soutenu en Sorbonne devant Raymond Bayer mon diplôme sur Platon. J'aurais dû me présenter au concours d'agrégation l'année suivante. Il n'en était pas question. L'Allemagne fumait encore de la guerre à peine terminée, mais le nazisme chassé ou enterré, elle redevenait fréquentable. Je serais mort de dépit et de nostalgie si je n'y étais pas parti au plus tôt, d'autant plus que c'était désormais vers la philosophie allemande — Fichte, Schelling, Hegel, Husserl, Heidegger — que ma soif de savoir, de comprendre et de construire me poussait.

Mais partir pour l'Allemagne et y demeurer, ce n'était pas alors une mince affaire. Un Français avait besoin d'un « Ordre de mission militaire » pour passer le Rhin, et il devait s'intégrer plus ou moins aux troupes d'occupation. Fiévreusement je remuai ciel et terre, tirant toutes les sonnettes à ma portée. Je finis par entendre parler d'un groupe d'une trentaine d'étudiants français — tous germanistes — invités pour trois semaines à l'université de Tübingen sur l'initiative de son « curateur », le lieutenant René Cheval. Mais la liste était close, et de surcroît, j'étais philosophe et non germaniste. Je me jetai dans les bras d'un ami de mon père, le compositeur Maurice Vandair qui avait un certain poids politique par la place qu'il occupait dans la hiérarchie du parti communiste. Il m'imposa.

Le 26 juillet, par un temps glorieux, je débarquai avec mes compagnons, après 24 heures de train, dans la petite ville universitaire de Tübingen. Par miracle, la guerre avait totalement épargné ce gros bourg dont le romantisme échevelé me transporta. Etudiants français et allemands se regardaient incrédules, éblouis. Se pouvait-il que ce fût la fin du cauchemar ? Etions-nous vraiment sortis du tunnel ? Nous avions vingt ans. Comment croire que le destin nous faisait ce cadeau enivrant : vivre, travailler ensemble à des choses intelligentes et subtiles, créer librement sans plus craindre les stupides menaces de la guerre. Nous nous appartenions enfin. Le monde nous appartenait. Si j'ai jamais connu l'ivresse d'être jeune, c'est à coup sûr en cet été 46 au bord du Neckar qui reflète le clocher de la Stiftkirche où le dimanche matin un petit ensemble d'instruments à vent s'installe pour régaler toute la ville d'aubades et de chorals, l'austère silhouette du Stift où étudièrent Hegel et Schelling, la petite tour du menuisier Zimmer où Hölderlin vécut trente-cinq ans dans les ténèbres de la folie.

Les trois semaines écoulées, René Cheval nous réunit et nous fit connaître qu'il avait la possibilité de garder dans les meilleures conditions matérielles ceux d'entre nous qui voudraient poursuivre leurs études à l'université de Tübingen. N'étant pas germaniste, cette offre ne s'adressait pas à moi. Il n'y eut qu'une seule candidature : la mienne. J'étais parti pour trois semaines, je restai quatre ans. Dans cette petite ville mi-paysanne, mi-universitaire — en plein centre dans le quartier de la Spitalkirche des poules et des cochons couraient dans les ruelles — la misère de l'immédiat après-guerre et l'effondrement politique de l'Allemagne restauraient la vie d'une principauté du XVIIIe siècle. Il y avait un souverain logé dans un castelet au sommet de l'Osterberg, dominant la ville. C'était le gouverneur français Guillaume

Widmer — banquier dans le civil — véritable roi du Wurtemberg. Il menait grand train flanqué d'une sorte de chambellan, maître des cérémonies, bals, chasses, concours hippiques et autres divertissements, Philippe Withechurch — d'où le nom Blanchéglise de sa jument préférée — qui était aussi grand et blond que son souverain Widmer était rond et brun. Autour de ce couple de seigneurs tournaient deux aristocraties violemment rivales, l'une de robe, le corps des administrateurs, l'autre d'épée, les officiers des troupes d'occupation. Quant à la population allemande, elle formait la masse des serfs, taillables et corvéables à merci. Il va sans dire que les occupants ignoraient la population occupée aussi superbement qu'ils faisaient des Noirs et des Arabes des colonies dont beaucoup étaient originaires. Car aux véritables combattants avait succédé un personnel spécialisé dans l'occupation, souvent stupide, avide et chauvin, du type « petit Blanc ». Widmer sut cependant administrer son royaume avec élégance et générosité, et c'est sur le ton de l'amitié et de la reconnaissance que j'entends souvent évoquer son souvenir à Tübingen. Grand chasseur, il parvint notamment à mettre les forêts et au premier chef la belle réserve de Schönbuch à l'abri de la destruction dont les menaçaient les amateurs de venaison et de bois de chauffage nombreux en ces temps de disette.

Au fil des mois quelques étudiants français étaient venus se joindre à moi, et nous formions un petit groupe au statut assez mal défini en cette zone d'occupation française. Car si nous appartenions administrativement à la colonie française — ne fût-ce que par nos « ordres de mission » toujours temporaires et régulièrement renouvelés — nous baignions presque exclusivement dans les milieux allemands — universitaires notamment —, et nous entendions bien ne pas y être considérés comme des étrangers, encore moins comme des occupants.

Notre table était présidée par un aîné dont nous aimions l'immense culture — il connaissait mieux que personne le baroque allemand et autrichien — et aussi la douceur, l'onction cléricale, la rondeur épiscopale qui s'accordaient à un embonpoint de jouisseur spirituel et raffiné. Jacques Vanuxem — industriel dans le civil — connut certainement au cours de cette brève période de sa vie l'aventure la plus exaltante que le destin pouvait réserver à cet amoureux des choses prestigieuses et vénérables. C'est en grande partie grâce à lui que la couronne-reliquaire de Saint Louis se trouve actuellement au Louvre.

Le prince Ernest-Henri de Saxe a raconté dans ses mémoires l'histoire de ce joyau. Saint Louis voulant témoigner sa gratitude à son précepteur, un moine de l'abbaye bénédictine de Liège, la lui offrit solennellement dans la Sainte-Chapelle avant de partir en 1248 pour la VIIe Croisade. La couronne fit partie du trésor de l'abbaye de Liège jusqu'en 1794. Cette année-là les moines décidèrent de se disperser devant l'avance menaçante des troupes révolutionnaires françaises dans ces Pays-Bas méridionaux qui devaient devenir la Belgique. La couronne commença alors de main en main une odyssée qui devait la mener d'Aix-la-Chapelle à Cologne, puis à Leipzig, et finalement à Dresde où l'ancien prieur de Liège l'offrit à l'épouse du prince Maximilien de Saxe, la princesse Caroline, parce que, née de Bourbon-Parme, elle était comme telle une descendante de Saint Louis. Le 13 février 1945 un raid tristement célèbre de la R.A.F. réduisit Dresde en cendres, en y faisant plus de morts que la bombe d'Hiroshima. Parce que c'était la veille du Mardi gras, on retira des décombres les cadavres d'une foule d'enfants déguisés en Pierrot, en Arlequin, en Colombine. La couronne fut retrouvée intacte au milieu des ruines du palais des princes électeurs de Saxe. Ernest-Henri de Saxe se réfugia dans la résidence de son parent, le prince de Sigmaringen, en l'emportant dans un carton à chapeau. Au printemps 1947, nous entendions chaque jour parler de cette affaire à Tübingen par Jacques Vanuxem. C'est à lui qu'incombèrent avec Henri-Paul Eydoux, directeur de la police du gouvernement militaire du Wurtemberg, les premiers contacts avec le prince en vue du retour de la couronne. Pierre Verlet, conservateur en chef du musée du Louvre, se rendit ensuite à Sigmaringen pour conclure un accord avec le prince.

Au dernier moment un obstacle inattendu surgit. Le chef de la famille de Saxe, le prince Frédéric Christian, margrave de Meissen, époux de la margrave née Tour et Taxis, craignit de se rendre coupable du crime de simonie en vendant cette couronne qui contenait des reliques. Il fallut organiser une entrevue à Paris entre le margrave, la margrave, le prince héritier Marie-Emmanuel et le cardinal Suhard, archevêque de Paris, qui leur donna d'avance son absolution.

Enfin quelques jours plus tard, le 25 août 1947, fête de Saint-Louis, une cérémonie eut lieu en la Sainte-Chapelle, au cours de laquelle la couronne fut remise solennellement à Georges Salles, directeur des musées nationaux, en présence du margrave, de la margrave, du prince Marie-Emmanuel et de monseigneur Brot, auxiliaire de l'archevêque de Paris.

La couronne qui se trouve actuellement dans la galerie d'Apollon à côté de celles de Louis XV et de Napoléon Ier devrait retourner chaque année, le jour de la Saint-Louis, à la Sainte-Chapelle. C'est du moins la volonté exprimée par le prince qui vit en Irlande où il a pu acheter une exploitation agricole.

Au milieu des étudiants germanistes qui composaient l' « intelligentsia » française de Tübingen, j'aurais été le seul « philosophe » sans l'arrivée très remarquée de Claude Lanzmann qui préparait un diplôme sur Leibniz et qui eut la fierté de trouver une chambre rue Hegel. Plus encore que par son esprit et sa redoutable lucidité, il devint populaire dans notre landerneau par son personnage de juif errant plaintif, cynique, gaffeur délibéré, construisant théorie sur théorie autour des trois grands problèmes de sa vie, sa santé, l'argent et les femmes. Affamé de succès féminins, il parvenait toujours à ses fins en provoquant chez sa « victime » un mélange bizarre d'effroi, de rire et de pitié. Deux ans plus tard Simone de Beauvoir, comme elle le raconte dans ses mémoires, ne résista pas elle-même au charme très fort de cette composition. Claude me fit rencontrer son frère Jacques et son beau-frère Rezvani, tous deux peintres à cette époque et bien loin de se douter que c'était comme romanciers qu'ils se feraient connaître.

Evelyne Lanzmann — qui fit une carrière théâtrale sous le nom d'Evelyne Rey — a été pour moi mieux qu'une amie. Adorable de générosité, de grâce et d'esprit, elle était possédée par des aspirations incompatibles avec sa nature, et qui devaient la mener au suicide. Son sens aigu de l'intelligence, son horreur phobique de la bêtise ou de la simple médiocrité, la vouaient à se lier à de grands intellectuels dont le goût et le sens de la femme n'étaient pas le fort. Lou Andreas-Salomé — qui fut l'amie de Nietzsche, Rilke et Freud — était une pure cérébrale, douée d'un caractère inflexible et très probablement frigide. Il n'en faut pas moins pour vivre dans certaines atmosphères raréfiées par les idées. Evelyne n'avait pas les deux sous de virilité qu'il lui aurait fallu pour supporter la redoutable liberté des seuls milieux où elle se plaisait. Elle n'était que féminité, et sa fragilité n'était pas compatible avec son idée du bonheur.

Du côté allemand deux grands personnages rivalisant d'autorité, de brio et de francophonie faisaient les belles soirées de quelques salons. C'était d'abord Friedrich Sieburg, connu par son célèbre essai sur la France *Dieu est-il français ?* écrit en 1929 alors qu'il était correspondant à Paris de la *Gazette de Francfort.* Sieburg luttait avec acharnement contre l'hostilité que lui valait son rôle pendant la guerre. Evidemment les autorités nazies de Paris n'avaient pas manqué de se servir de lui pour tenter de gagner les intellectuels français à la « kollaboration ». Je ne sais comment il s'était acquitté de cette douteuse mission, mais quel charme ne déployait-il pas maintenant pour la faire oublier ! On lui battait froid néanmoins du côté français, et lui s'en plaignait à tout venant sur le thème : « J'ai épousé la France par amour, elle me rejette ! » Puis enchaînant avec les anciennes analyses de *Dieu est-il français ?* il expliquait qu'à vouloir camoufler leur *vraie* défaite de 1940 sous les fleurs de leur *fausse* victoire de 1945, les Français se condamnaient à vivre dans une imposture coûteuse dont la guerre coloniale d'Indochine était le plus beau produit. Sa théorie valait ce qu'elle valait, elle n'en indignait pas moins les milieux français dont le chauvinisme borné ne goûtait pas les subtils paradoxes du beau Frédéric. On le lui fit bien voir par mille petites vexations. Sieburg pouvait jouir d'une intelligence, d'une culture et de dons d'expression exceptionnels. Il y avait en tout cas quelque chose qu'il ne savait pas faire, quand même son intérêt l'exigeait impérieusement : se taire. Son goût irrépressible des mots faillit le perdre. Un soir je l'entendis prononcer en français devant un cercle qu'il pouvait croire admiratif alors qu'il était seulement attentif : « Quand on connaîtra les camps soviétiques, les camps nazis paraîtront en comparaison autant de petits embarquements pour Cythère. » Il y eut quelques rires, mais le lendemain il dut quitter la ville.

L'autre grand ténor occupait une place éminente dans le parti socialiste allemand. Carlo Schmid — né à Perpignan de mère française — était entre autres l'auteur d'une excellente traduction des *Fleurs du mal* de Baudelaire. Il occupait à l'époque le poste de ministre de la justice du gouvernement du Wurtemberg, titre modeste dont il se moquait avec une arrogance à demi feinte : « Avec moi, disait-il, le Wurtemberg vit au-dessus de ses moyens ! » Ses ambitions allaient en effet assez loin pour qu'il se présentât aux élections présidentielles de juillet 1959. Mais le temps des socialistes n'était pas encore venu en Allemagne. C'est dommage. Le démocrate-chrétien Heinrich Lübke qui fut élu contre lui n'a laissé que le souvenir de ses bévues et de ses cuirs. Carlo Schmid aurait donné à sa charge l'éclat d'un humanisme digne du fondateur de la R.F.A., Theodor Heuss.

J'étais venu en Allemagne dans le dessein de faire de la philosophie. Je n'y manquai pas. Je connus là des maîtres éminents Eduard Spranger, Wilhelm Österreich, Romano Guardini, Enno Litmann — traducteur des *Mille et Une Nuits* en allemand — le vieux Teodor Häring qui prétendait qu'on ne peut comprendre Hegel que si l'on possède le dialecte souabe — à quoi je m'employai. Il mourait de froid dans une belle maison bourrée de livres au bord du Neckar. Je partageai mon charbon avec lui. Il m'offrit un très beau Schelling en remerciement.

Mais il faut reconnaître que l'équitation m'occupait plus encore. J'avais commencé le cheval très jeune. Alors que j'étais pensionnaire à Alençon, j'avais été mis à la très rude école de la préparation militaire du 1er chasseurs. Tübingen m'offrit à la fois une écurie assez peu fréquentée — les « manants » allemands n'avaient pas plus droit au cheval que les serfs du Moyen Age — et l'admirable campagne souabe. A cela s'ajoute que le roi Widmer et son majordome Withechurch étaient hommes de cheval. Tenu à l'écart de la Cour comme étudiant — on n'aimait guère en haut lieu ces intellectuels douteux qui entretenaient les relations les plus déplorables avec l'occupé — j'y fis mon entrée comme cavalier. Les splendeurs de la Cour du roi Widmer frappaient d'autant plus qu'elles se déployaient dans un pays ruiné par la guerre et la défaite. Harnaché comme un page, je suivais les rallyes, les chasses, les concours hippiques. Un jour les chevaux partirent en fourgon jusqu'au lac de Constance. Le soir après une vaste randonnée dans la campagne badoise, nous dînions sur le pont illuminé d'un bateau à roues qui croisait le long des rives suisses et allemandes du Bodensee. C'était la grande vie !

Des amis allemands de ma génération que j'ai faits à cette époque, il faut citer en premier lieu Hellmut Waller — dont l'actuel métier de procureur de la République m'a toujours effrayé et ravi — pour la part qu'il a prise dans la fabrication du *Roi des aulnes* avant d'en devenir le traducteur. Mais je ne peux passer sous silence le petit Thomas Harlan qui s'est taillé une place dans ma vie pendant trois ans avant de disparaître aussi mystérieusement qu'il avait surgi tout à coup. Son père — le trop célèbre Veit Harlan, metteur en scène numéro 1 de la U.F.A., auquel on doit notamment *La Ville dorée* et *Le Juif Süss* — était à l'époque sous le coup d'une inculpation comme criminel de guerre, contre laquelle il luttait comme un sanglier aux abois. Lorsque Thomas débarqua à Tübingen, il avait les dix-sept ans et la silhouette de Rimbaud arrivant à Paris en août 1870. Il était déchiré par trois passions : l'amour de son père, la honte de son père, et, comme presque tous les jeunes Allemands de cette époque, le besoin frénétique de quitter cette Allemagne en ruine, toute puante encore de relents nazis. Ce n'était pas une petite affaire. Je m'employai sans relâche à lui obtenir passeport et visa pour la France, et il put m'accompagner lorsque je rentrai définitivement à Paris en 1950.

Il me fit connaître son père. Harlan avait divorcé de la célèbre comédienne de théâtre Hilde Körber — la mère de Thomas — pour épouser la Suédoise

Christina Söderbaum dont il fit la vedette de tous ses films. Au lendemain de la guerre, il organisait des tournées théâtrales dont il assurait la mise en scène, et où, bien entendu, Christina avait le premier rôle. A la veille d'une de ces tournées, Thomas m'entraîna à Hambourg. « Nous leur dirons au revoir, et ensuite nous aurons la jouissance de l'appartement de papa », m'avait-il expliqué. Il faut croire qu'il ne connaissait pas encore assez son père, lequel se récria en entendant ce beau programme. Il n'était pas question qu'il nous laissât à Hambourg. Il nous emmenait avec la tournée, on n'en était pas à deux personnes près. Nous fûmes donc incorporés à la caravane et régalés de ville en ville de la même pièce dont j'avoue à ma confusion avoir tout oublié, sinon que Christina m'y apparut comme une ravissante soubrette assez dépourvue de talent. Je l'ai revue récemment grâce à la télévision dans le film *La Ville dorée*. Elle m'a paru au contraire compenser à force de talent un physique plutôt ingrat. Allez donc savoir ! Nous étions partout reçus fastueusement aussi bien par les autorités militaires américaines que par les barons de la Ruhr, et le luxe pesant et criard où nous plongions à chaque étape loin de jurer avec la hideuse misère des villes dévastées que nous traversions en paraissait comme l'envers normal et presque obligé. J'imagine que les Indes des maharadjahs devaient présenter en beaucoup mieux ce même diptyque étrangement harmonieux. En vérité rien ne s'accorde mieux au dénuement le plus sordide que le faste le plus tapageur.

Veit Harlan rayonnait de force vitale. Parlant d'abondance un allemand plein d'images juteuses qu'il semblait modeler en même temps de ses doig courts et puissants, jouant sans cesse son propre personnage — excessif, théâtral, naïf, puéril —, il désarmait à l'avance toutes les réserves, toutes les accusations. La presse s'était régalée de son procès en « dénazification », pour lequel cependant d'anciens détenus de K.Z. étaient venus témoigner que leurs kapos avaient redoublé de mauvais traitements à leur égard après avoir lu *Le Juif Süss*. Levant les bras au ciel, invoquant Dieu, le Diable et les anges, Harlan revendiquait le bénéfice de l'immunité de l'artiste, voire de l'impunité traditionnelle des bouffons de Cour. Il oubliait sans doute que cette impunité concernait les insolences que le bouffon débitait contre ses maîtres, et non sa servilité à leur égard. Il me raconta au sujet d'Hitler une anecdocte assez instructive Un jour qu'il se promenait avec lui dans le jardin intérieur de la nouvelle chancellerie à Berlin, il avisa un immeuble dont on était en train de raser les derniers étages, lesquels permettaient de plonger justement sur ce jardin. « C'est que je crains un attentat au fusil à lunette, expliqua Hitler. Je veux pouvoir me promener ici sans craindre qu'on me tire dessus depuis cet immeuble. » Harlan lui avait alors fait remarquer qu'il ne craignait pourtant pas de se montrer en public. Le risque d'un attentat n'était-il pas alors bien plus grave ? « Non, lui avait répondu Hitler. Lorsque je sors au milieu de la foule, je suis sur ma défensive. De tout mon être rayonne une sorte d'aura qui me protège. Quand je me repose dans ce jardin, je suis nu et sans défense. »

Thomas subissait de plein fouet l'ascendant paternel, écrasé, anéanti, subjugué par tant de chaleureuse conviction. Le romancier Hans Habe s'est inspiré de ce couple dans son roman *Christophe et son père*[1], mais en lui ôtant, selon moi, sinon toute vraisemblance, du moins tout intérêt. Il a fait de Christophe un fils justicier, haineux et froid, du père une épave assez pitoyable. Combien plus profonde et plus troublante était la réalité ! J'ai vu Thomas redevenu auprès de son terrible père un petit garçon tendre et aveugle. J'ai su que plus tard il est allé travailler en kibboutz sous une fausse identité en compagnie de l'acteur Kinski (la vedette du film *Aguirre, la colère de Dieu*), puis qu'il enquêta en Pologne et réunit un dossier sur un massacre commis par des S.S. qui couraient encore. Oui, le nom de Harlan était bien lourd à porter !

Lorsque je l'ai vu pour la dernière fois, il était encore tout possédé par cette conviction, typique de la psychologie des adolescents, que seules des créations éclatantes ou des actes retentissants peuvent justifier l'existence. Il a disparu avec un poète de son âge, Marc Sabatier-Lévesque, dont j'ai appris le suicide peu après.

*

La liquidation de l'ancienne Allemagne, celle du IIIe Reich — comme celle de Guillaume II —, l'avènement d'une nouvelle nation aux objectifs bornés mais rassurants, nous avons vécu cela jour par jour cependant que les « zones d'occupation » américaines, anglaises et françaises perdaient leur administration de type colonial et se fondaient en une république. Côtoyant parfois d'anciens nazis murés dans leur conviction, il m'arrivait de douter de la sincérité de certains dirigeants allemands lorsqu'ils affirmaient : « Nous n'avons qu'une ambition, faire de l'Allemagne une grande Suisse. » J'avais tort. Il faut reconnaître que l'Allemagne fédérale est sans doute aujourd'hui le pays le plus démocratique du monde. On dira sans doute qu'après le IIIe Reich les Allemands ne pouvaient faire moins. Sans doute, mais ils l'ont fait...

L'Allemagne du miracle économique, je l'ai vue naître sous mes yeux en l'espace d'une nuit. Le samedi 19 juin 1948, l'Allemagne présentait encore l'aspect sinistre, désolé, minable qu'elle avait depuis des années. Le dimanche 20 juin, comme frappées par un coup de baguette magique, les villes s'animaient, les marchés déployaient leurs éventaires, les vitrines débordaient de marchandises. Toutes les cartes de rationnement étaient abolies, et avec elles le marché noir qui accompagne fatalement et tempère tout système de restriction organisée. Comment ce miracle avait-il été obtenu ? Par la faillite reconnue et consacrée de l'économie et des finances de l'Allemagne vaincue ; par le retrait total de la monnaie en cours, le Reichsmark, à laquelle on substituait une nouvelle unité monétaire, le Deutsche Mark. Mais bien entendu il ne s'agissait pas d'un simple échange de billets, comme on l'avait pratiqué en France trois ans auparavant. Quelle que soit la quantité de Reichsmark que vous présentiez à la banque, on vous les échangeait jusqu'à concurrence de soixante Deutsche Mark en deux versements. Ce passage brutal d'une économie assistée, collectiviste, organisée, du type socialiste en somme, à une économie sauvagement libérale dominée par la seule loi du lucre fit d'innombrables victimes, tous les canards boiteux de la société qui végétaient dans une pénurie égale pour tous. Mais le coup de fouet donné ainsi à la production avait des résultats spectaculaires dont la leçon est inoubliable. Je revois la stupéfaction de cet ingénieur français chargé d'opérer le démontage de certaines usines allemandes et leur transport en France au titre des réparations. « Ils sont incroyables, me confia-t-il un jour, voilà qu'ils m'écrivent pour que je me dépêche de démonter les machines de telle usine. Les nouvelles machines sont arrivées et on ne sait où les mettre. » Je lui suggérai de ne rien démonter et de réquisitionner les machines neuves, mais ma proposition n'entrait pas, me dit-il, dans le processus prévu.

Pourtant une pratique en profondeur du pays allemand de cette époque m'avait révélé quelques réalités souterraines. L'une des plus impressionnantes fut ce paysan souabe plus *souabisant* que nature auquel j'offris un jour des cigarettes et des savonnettes en échange de quelques douzaines d'œufs, pratique courante avant le miracle monétaire. M'ayant identifié comme Français, il se mit soudain à me parler dans ma langue avec un accent qui devait plus à Pantin qu'aux coteaux du Wurtemberg. Il m'expliqua qu'ancien prisonnier français, il avait fait son trou ici et, la paix revenue, n'avait pas eu le goût de changer de vie une troisième fois. Il avait demandé et obtenu la naturalisation. Peut-être disait-il la vérité. Peut-être avais-je affaire à l'un de ces obscurs *collabos* ou légionnaires de la L.V.F. (légion de volontaires français contre le bolchevisme qui combattit en U.R.S.S. aux côtés de la Wehrmacht), charriés par le tourbillon de la défaite et auxquels les autorités nazies avaient donné avant de disparaître de vrais « faux papiers ». Cette métamorphose d'un destin me fascinait d'autant plus que je me sentais à l'époque basculer moi-même au bord de l'Allemagne. Quelques années plus tard André Cayatte traitait le sujet dans son film *Le Passage du Rhin.* On y voit un ouvrier boulanger (rôle tenu par Charles Aznavour) marié à la fille de son patron, malmené par sa femme, sa belle-mère, son beau-père. Fait prisonnier avec deux millions d'autres en 1940, il échoue dans une belle ferme bavaroise où on l'emploie comme commis. Puis commence une évolution qui fut classique à l'époque pour d'innombrables prisonniers. A mesure que l'Allemagne s'enfonce dans la guerre et la défaite, les hommes partent pour le front, de plus en plus nombreux, de plus en plus jeunes, de plus en plus vieux, et dans ce pays sans hommes, la position du prisonnier ne cesse de monter. Le petit commis devient l'amant de la fille du patron, il dirige la ferme, et finalement c'est lui qui distribue les cartes d'alimentation à la mairie. Sa libération lui tombe sur la tête comme une catastrophe. Il regagne son fournil, retombe sous la coupe du beau-père, de la belle-mère, de l'épouse. Pas pour toujours, pas pour longtemps, parce qu'il a découvert une autre vie... en Bavière, le petit commis. Et la dernière image du film nous le montre repassant le Rhin son baluchon sur l'épaule, en civil cette fois.

Ce thème du prisonnier trouvant sa patrie dans l'exil et sa liberté dans la captivité me touchait d'autant plus que pendant les années de l'occupation j'avais été plus d'une fois hanté par la pensée de tous ces Français retenus dans un pays qu'ils avaient toutes les raisons de détester et dont je souffrais d'être séparé. Et puis dans le prisonnier converti, naturalisé, assimilé, je voyais une image très bellement triomphante et provocante de l'*amor fati,* la force géniale d'un homme qui parvient à transformer en bénédiction un terrible coup du sort, en bonheur la plus désastreuse des fatalités. J'ai su très tôt que si je déversais dans un roman mon expérience, mes déceptions et mes enthousiasmes ayant l'Allemagne pour objet, le personnage principal en serait un prisonnier français en 1940, heureux de l'être, et franchissant le Rhin avec la certitude de ne jamais revenir en France. C'est dire en même temps que la part littéralement autobiographique du *Roi des aulnes* est mince puisque trop jeune pour être mobilisé en 1939, je n'ai pas pu être prisonnier, pas plus que je n'avais mis les pieds en Prusse-Orientale quand j'écrivais ce roman.

*

Je me trouvais en présence de deux pièces qui devaient engrener l'une dans l'autre — le prisonnier, l'Allemagne nazie — et qu'il s'agissait de façonner à cette fin. Assez vite le mythe de l'Ogre s'imposa comme le thème central qui permettrait cet emboîtement. Je m'étais trouvé en Allemagne au sommet de la montée et de l'épanouissement du nazisme à un âge — celui du Petit Poucet — qui intéresse au premier chef les Ogres, et j'avais nettement senti combien le nouveau régime allemand était axé sur moi et mes semblables. En effet c'est l'une des caractéristiques du fascisme de surévaluer la jeunesse, d'en faire une valeur, une fin en soi, une obsession publicitaire. Un mouvement jeune, par les jeunes, pour les jeunes, tel était le slogan le plus souvent répété en Italie. Il faut d'ailleurs convenir que la vie politique fasciste a quelque chose d'enfantin, je veux dire qu'elle se manifeste à un niveau qui la met à la portée des plus jeunes par ses perpétuels défilés, ses fêtes, ses feux de joie, ses randonnées, ses organisations de jeunes. Il n'était pas jusqu'à la nouvelle Wehrmacht avec son matériel flambant neuf qui plus qu'aucune autre armée au monde évoquait une armée-jouet, une armée de soldats de plomb. Les nazis avaient su au début tirer adroitement parti des mouvements des *Wandervögel* (oiseaux migrateurs) qui avaient fleuri en Allemagne au lendemain de la Première Guerre mondiale et les canaliser dans leur propre organisation, la Hitlerjugend[1]. Le racisme se greffant sur cette « juvénophilie » l'aggrave de raffinements maniaques. Car on va s'intéresser désormais aux enfants dès leur plus jeune âge — ce n'est plus seulement des petits soldats que l'on veut, c'est la substance biologique de la nation charnelle qui est en cause — et la juvénophilie tourne à la pédophilie. On avantagera de surcroît certains caractères physiques déterminés. La chair fraîche pour être bonne va devoir être blonde, bleue et dolichocéphale, et il y aura en regard une mauvaise chair, brune, noire et brachycéphale. La suite montra que l'une et l'autre chair sont vouées par le système à la destruction, la mauvaise par voie de massacres, asservissements et autres camps d'extermination, la bonne parce que c'est avec elle que l'on pétrit la chair à canon du Reich millénaire.

A mesure que j'avançais dans mes recherches, je voyais affluer des détails qui confirmaient la vocation ogresse du régime nazi. L'un des plus frappants est cette date du 19 avril à laquelle solennellement tous les petits garçons et toutes les petites filles ayant eu dix ans dans l'année — un million d'enfants au total, quel beau chiffre bien rond ! — étaient incorporés, les uns dans le Jungvolk, les autres dans le Jungmädelbund. Pourquoi le 19 avril ? Parce que le 20, c'était le jour anniversaire d'Hitler. Le Führer prenait ainsi des airs d'Ogre Majeur, de Minotaure auquel pour son anniversaire on fait offrande de toute une génération de petits enfants.

Dans mon enquête sur le IIIe Reich, j'étais très efficacement aidé par Helmut Waller, dont les fonctions de Staatsanwalt — procureur de la République — chargé parfois de requérir contre des criminels de guerre, faisaient une manière d'expert, sans compter bien entendu ses souvenirs personnels d'ancien H.J. et soldat de la Wehrmacht. Nous communiquions moins par lettres que par bandes magnétiques sur lesquelles on peut enregistrer très rapidement l'équivalent de plusieurs lettres et qui ont le charme de restituer l'atmosphère sonore d'une maison, cris d'enfants qui rentrent, sonneries de cloches, ronron du chat, un avion qui passe. Je voulais tout savoir sur les *napolas* (Nationalpolitische Erziehungsanstalten), ces prytanées militaires S.S. où une élite d'enfants très sévèrement sélectionnés étaient élevés pour devenir la fine fleur du futur Reich. Je m'annonçai à Munich chez Baldur von Schirach, ancien chef des Jeunesses hitlériennes, qui venait d'achever dans la forteresse de Spandau les vingt années de réclusion auxquelles il avait été condamné à Nuremberg. Quand je prononçai le mot de « napola » en sa présence, il leva les bras au ciel. Ce n'était pas du tout son affaire. Les napolas étaient des institutions exclusivement S.S., tout à fait fermées aux hommes du Parti. Le Parti avait d'ailleurs ses écoles — concurrentes des napolas — les Adolf-Hitler Schulen. Les fils de Schirach qui l'entouraient me confirmèrent qu'ils avaient été élevés dans celles-ci et non dans celles-là. Je retrouvai une fois de plus la structure hétéroclite de l'Etat nazi qui, bien loin d'avoir l'homogénéité massive et monolithique qu'on lui a souvent prêtée (notamment dans *L'Etat S.S.* d'Eugen Kogon), rassemblait tant bien que mal des factions parfois en lutte ouverte les unes contre les autres.

Helmut Waller me vint alors très opportunément en aide. Non seulement il me mit en rapport avec l'un de ses confrères magistrats qui avait été élevé dans une napola, mais il m'apprit que par un hasard presque incroyable le S.S. August Heissmeyer, ancien chef de toutes les napolas, habitait comme lui le petit village de Bebenhausen à quelques kilomètres de Tübingen, d'où il dirigeait depuis la fin de la guerre la distribution du coca-cola dans toute la région. Installé chez H. Waller, j'allai voir plusieurs fois Heissmeyer, lequel me fit rencontrer l'un de ses fils, élevé dans une napola, comme on l'imagine. Il habitait un admirable et antique chalet de bois avec sa femme, ancienne grande dame du IIIe Reich. Elle me montra un exemplaire du *Völkischer Beobachter* (le quotidien officiel nazi) où elle figurait à la une en Mater Germania, très belle, très blonde, très nattée, entourée d'une vaste nichée d'enfants. Evidemment Waller et Heissmeyer n'avaient ni l'envie, ni l'occasion de se rencontrer, mais l'ancien S.S. finit par s'apercevoir que j'habitais en voisin chez son adversaire naturel. Il se contenta de remarquer que l'un de ses petits-fils et l'un des fils de Waller étaient les meilleurs copains du monde. Sancta simplicitas...

Cette enquête sur le nazisme me mena également

en Belgique. Ce fut une terrible visite que celle qui me conduisit à Namur chez un étrange collectionneur. Avant la guerre de 39-45 Ray Petifrères avait rassemblé dans sa villa un extraordinaire musée d'armes de tous âges et de toutes provenances, depuis la hache de pierre des temps préhistoriques jusqu'au crapouillot des tranchées de 14-18. L'arrivée des nazis au pouvoir fournit un autre aliment à sa soif de collectionneur. Il déménagea sa première collection dans la forteresse de Namur — qui devint ainsi le musée d'armes de Namur, conservateur Ray Petifrères — et transforma sa maison délibérément en musée nazi. Il faut avoir l'estomac solide pour s'attarder dans la grande pièce aux fenêtres murées où se déploient tous les fastes du IIIe Reich ordonnés par Petifrères. Les murs sont couverts d'étendards à svastikas, d'affiches de propagande et de pièces d'uniformes. Dans des vitrines, sur des tables, par terre s'amoncellent les dagues, revolvers, matraques, fusils, mitraillettes, grenades, casques et ceinturons de la panoplie S.A., S.S., H.J., N.S.D.A.P., etc. Une vaste bibliothèque rassemble l'essentiel des grands classiques nazis. Tout cela ne serait rien encore si les lieux n'étaient habités par des mannequins de grand magasin aux attitudes dansantes et aux sourires enjôleurs, portant l'uniforme noir du S.S., brun du S.A., vert du Landser, bleu du Kriegsmariner. Il n'y manque même pas le garçonnet en H.J., la fillette en B.D.M., la jeune fille en souris grise. On tire un rideau et on accède au saint des saints : un savon fait avec de la graisse de juif, une assiette de cendres de crématoire, un parchemin dont le tatouage atteste l'origine humaine.

Avec beaucoup de prévenance Ray Petifrères mit

toutes ces merveilles à ma disposition et me proposa, si mes travaux se prolongeaient, de me dresser un lit de camp pour la nuit au milieu des mannequins. Puis il se retira pour se consacrer à un livre monumental où il reconstituerait *jour par jour* tous les déplacements d'Hitler au cours de sa carrière, déplacements qu'il refaisait consciencieusement en s'efforçant de manger et de dormir sur la table et dans le lit où le Führer avait mangé et dormi[1].

*

Mon héros devait être envoyé comme tant de prisonniers français aux fins fonds du Reich, en Prusse-Orientale. Le choix de cette province se recommandait à plus d'un chef. Toujours elle joua un rôle prestigieux et chargé de poésie dans l'esprit allemand. Chaque nation se trouve bien de posséder une terre lointaine qui lui sert de grenier à rêves et où elle envoie ses saints et ses mauvais garçons. Pour l'Angleterre, l'Inde joua longtemps ce rôle. L'Amérique avait le Far West à demi fabuleux, aboutissant comme à son achèvement à la Californie et à Hollywood. Un siècle durant la France a peuplé son Sahara de ses missionnaires, de ses escadrons blancs et de ses Atlantides. La Prusse-Orientale — berceau de la Prusse puisque c'est à Königsberg que fut couronné son premier roi — avait aux yeux des Allemands les contours indécis d'une terre de rêve avec ses chevaliers teutoniques, ses porte-glaives, ses dunes mouvantes où se posent des nuées d'oiseaux migrateurs, avec cette faune fantastique qui mêle l'auroch, le loup et le cygne noir. A ces prestiges s'ajoutent maintenant le malheur d'avoir été la première terre allemande envahie par l'Armée rouge, et un naufrage irrémédiable, puisque cette province a été partagée après la guerre entre la Pologne et l'U.R.S.S., Dantzig devenant Gdansk, et Königsberg Kaliningrad. On conçoit que le fait de n'y être jamais allé ne pouvait guère me gêner, je dirais presque au contraire !

Mais l'imaginaire n'est pas l'imprécis. Je me devais de compenser mon inexpérience vécue de ce pays par un luxe de précisions indiscutables propres à confondre le connaisseur le plus sourcilleux. Pendant des années j'ai raflé tout ce que j'ai pu trouver en Allemagne comme cartes, photographies, mémoires études historiques, guides touristiques, etc. Ma meilleure trouvaille fut la maison d'édition Gräfe & Unzer qui avait été l'éditeur de Königsberg et qui, s'étant repliée à Munich, continuait à entretenir le souvenir de la terre perdue en produisant imperturbablement livres de photographies, souvenirs, calendriers, recettes de cuisine, histoires drôles racontées en patois, etc., pour les deux millions d'Est-Prussiens « rapatriés ». J'eus également la bonne fortune de découvrir les mémoires de Walter Frevert, dernier conservateur de la réserve de Rominten où Göring en son chalet de rêve, le Jägerhof, déployait ses fastes de Grand Veneur du Reich. Ce très remarquable document était passé inaperçu même en Allemagne auprès des initiés, l'auteur l'ayant publié dans une maison d'édition spécialisée dans la pêche, la chasse et l'agriculture. Grâce à lui tous les détails de la vie de Göring à Rominten évoqués dans mon *Roi des aulnes* sont exacts et firent l'étonnement des rares survivants de cette petit cour chasseresse. Albert Speer, ancien architecte et ministre de l'armement d'Hitler, m'exprima sa surprise lorsque j'eus l'occasion de le rencontrer : « Comment avez-vous fait, si jeune et Français, pour être invité au Jägerhof ? » me demanda-t-il. J'appris par la suite qu'après la perte de Rominten — devenu territoire soviétique — Walter Frevert s'était replié en Allemagne de l'Ouest et administrait une réserve de chasse — qui devait évidemment lui paraître minable en comparaison de Rominten — près de Kaltenbronn dans la région de Baden-Baden. Je fus assez impressionné par la similitude de ce nom de localité réelle avec celui de la forteresse imaginaire de Kaltenborn où j'avais logé ma napola en Prusse-Orientale. J'entrepris des démarches pour le rencontrer. J'avais trouvé le contact quand j'appris qu'il venait de se donner la mort d'un coup de fusil dans la bouche.

La chance me sourit en revanche lorsque je fis appel pour lambrisser les plafonds de mon grenier à André Brébant, ébéniste à la Madeleine au-dessus de Chevreuse. La maison étant toute de guingois, chaque planchette de frisette devait être taillée et mise en place comme une pièce de puzzle. Cela prit trois mois. Un jour que j'étais une fois de plus plongé dans la carte de la Mazurie j'entendis la voix de mon ébéniste chevrotin : « C'est là que j'ai été en captivité. Quatre ans. Libéré par les Russes. Retour en France par Odessa, la mer Noire et la Méditerranée. » Je le regardai ébloui. Il n'aurait pas davantage brillé à mes yeux désormais si l'armure de lumière de l'archange saint Michel l'avait revêtu ! Adieu frisettes, petits clous et lambris ! Nous avions de grandes choses à accomplir ensemble.

— Mais vous savez, j'ai pas été un lion pendant la guerre ! protestait-il prudemment.

Justement ! Ce n'était pas la guerre d'un lion que je voulais raconter. Celle d'un pauvre géant au contraire, un ogre affamé de tendresse, myope et visionnaire, joignant sans cesse ses énormes mains en berceau pour y recueillir quelque petit enfant.

Le lendemain mon nouveau collaborateur avait apporté un minuscule calepin où d'une écriture de mouche il avait noté chaque jour le menu de son aventure mazurique, et, avec une insistance impitoyable, je l'obligeai à revivre cette période maudite, à me livrer des épisodes et des détails qu'aucune imagination n'aurait pu inventer. C'est à lui notamment que je dois mon sapeur-colombophile mangeant ses propres pigeons, et aussi cet élan aveugle qui frappait aux portes des maisons l'hiver pour qu'on le nourrisse.

Un très vulgaire chromo fixé à la cloison de sa baraque de prisonnier devait bouleverser le destin du petit artisan de Chevreuse. C'était une vue du Sénégal symbolisé par une plage de sable blond. Des palmiers s'inclinaient mollement vers les flots bleus, une négresse superbe s'avançait majestueusement, précédée par une poitrine en forme de proue. Vision de chaleur voluptueuse, obsédante jusqu'à la folie dans l'interminable hiver hyperboréen.

Rendu à sa vallée de Chevreuse en mai 1945, le petit ébéniste se mariait en catastrophe, et il s'embarquait quelques mois plus tard. Pour le Sénégal. Il devait sept années durant diriger un atelier de menuiserie à Dakar, et ne revenir qu'en 1952 avec assez d'économies pour payer sa maisonnette.

— Dakar après la Prusse-Orientale ! Que d'aventures pour un homme tranquille !

— Il le fallait, tiens! Je m'étais mis ça trop fort dans la tête quand j'avais froid.

— Mais la plage blonde, les palmiers inclinés, le sable chaud, les femmes en forme de proue, vous ne regrettez pas tout cela ici, dans cet hiver humide?

— Un peu bien sûr. Mais c'est surtout la Mazurie! Ah, je voudrais bien y retourner un coup, rien que pour voir si c'est toujours comme avant...

*

Mais l'Allemagne nazie, la légendaire Prusse-Orientale, ce n'était que la moitié du roman que je projetais. L'autre moitié, ce devait être mon héros principal, personnage à la fois trivial, réaliste — garagiste place de la Porte-des-Ternes — et ogre féerique, ayant secrètement partie liée avec le cours des choses. Le problème technique soulevé par la coexistence de ces deux aspects du même personnage était plus facile à résoudre qu'il ne peut paraître au premier abord. Il a toujours été hors de question pour moi de verser dans le genre fantastique. J'entends m'en tenir à un réalisme qui ne rejoint le fantastique que par un paroxysme de précision et de rationalisme, par hyperréalisme, hyperrationalisme. C'est peut-être l'occasion de prendre position face au surréalisme, celui des écrivains et celui des peintres.

Une certaine considération qui m'éloigne des écrivains surréalistes contribue en revanche à me rapprocher des peintres surréalistes : c'est que pour être surréaliste, il faut d'abord être réaliste. Il me semble que le surréalisme, c'est le *métier* — au sens le plus académique du mot — si parfaitement possédé qu'il finit par se retourner contre l'académisme. Cela me paraît être le trait essentiel de la peinture surréaliste. Ernst, Picabia, Magritte, Delvaux, Dali, Fini se signalent par une habileté si consommée qu'elle aboutit à une image fignolée, léchée, blaireautée au point de surclasser la photographie dans le rendu de la réalité. Qu'est-ce à dire sinon qu'ils font table rase du fauvisme, du cubisme et même de l'impressionnisme pour renouer avec la minutie des grands pompiers de la fin du XIXe siècle, les Meissonier, Gros, Flandrin et autres Horace Vernet ? En d'autres termes pour arriver à une effraction des choses, ils font confiance plus à la sûreté infaillible du trait qu'au tremblé atmosphérique du rêve. Plus platement on copiera le réel, plus intimement on le bouleversera. Tel me semble être leur pari.

Les écrivains surréalistes auraient pu faire la même option. Alors sautant par-dessus le bas-romantisme et le symbolisme, ils auraient tendu la main au réalisme naturaliste. Ils auraient oublié Mallarmé, Verlaine et Rimbaud pour reprendre les outils de Théophile Gautier, de Flaubert et de Maupassant avec l'ambition d'un objectivisme poussé jusqu'à l'hallucination. Ils ont opté pour la voie inverse, misant sur le flou, le rêve, l'inconscient, l'à-peu-près, l'écriture automatique, les mots en liberté.

C'est du côté des peintres que je me sens chez moi. Si je veux doter le roman d'une infrastructure non littéraire, c'est à la métaphysique classique que je la demanderai et non aux rebouteux de la philosophie. Entre le flou artistique et le piqué photographique, mon choix est fait, d'autant plus que la précision minutieuse des peintres surréalistes est marquée comme d'un poinçon par un trait discret mais qui apparaît immanquablement dans toute œuvre grande et profonde : l'humour. Au lieu qu'André Breton et les siens rebutent par leur compacité de pions blafards et solennels.

*

Pour laisser libre cours à la folie raisonneuse et systématique, rien de tel que de donner directement la parole aux personnages. Alors le lecteur se trouve en tête à tête avec un homme qui s'explique, il est exposé de plein fouet à sa force de conviction, tandis que l'auteur caché, effacé, jouit en voyeur de ce face à face. Et c'est le seul biais à ma connaissance qui donne toutes ses chances au fantastique sans porter atteinte au parti pris de réalisme. En effet lorsque l'écolier Abel Tiffauges ayant fait des vœux pour que brûle le collège où il devait comparaître en conseil de discipline voit brûler en effet ce même collège, il est tout naturel qu'il ne songe pas un instant à une coïncidence, et qu'il considère une intervention délibérée du destin comme la seule interprétation possible. Il importe donc qu'il s'en explique seul, face au lecteur. Toute immixtion de l'auteur ne pourrait qu'affaiblir la puissance communicative de la vision de Tiffauges. De même lorsque Robinson, ayant épanché son sperme dans la terre, y voit germer des mandragores, il est convaincu — conformément à une légende ancienne — que c'est son sperme qui a fait naître cette plante, laquelle est donc sa fille en même temps que la fille de son île. L'auteur ne doit alors intervenir ni pour corroborer, ni pour contredire cette conviction qui est l'un des ressorts fantastiques du roman. Deux choses sont certaines : il y a des mandragores — cette plante fait partie en effet de la flore de l'archipel Juan-Fernández, je l'ai vérifié — et Robinson croit en être le géniteur. Je n'affirme rien d'autre. C'est en ce sens à la fois absolu et limité qu'Abel Tiffauges, le héros du *Roi des aulnes,* est un ogre, c'est-à-dire une fée.

Il est vrai que le type auquel il appartient pourrait être décrit par la caractérologie sous le symbole de l'Ogre. Il est grand et gros. Tout indique chez lui la prédominance de la fonction digestive. Ses mains énormes servent de relais entre le monde extérieur et sa bouche, mains prédatrices, assassines, mais aussi serviables, porteuses, caressantes. En elles se rassemblent déjà tous les attributs ambigus de la *phorie.* Comme beaucoup de géants mythologiques, il voit mal. On songe à Orion, le chasseur géant et aveugle. Au Cyclope de l'*Odyssée* qui n'avait qu'un œil, lequel fut crevé par Ulysse. Au guerrier gigantesque des Flandres, Colin le Maillard, qui se battait avec un maillet ; privé de la vue par une blessure, il fallut qu'un valet d'armes guidât désormais ses coups (d'où le jeu de colin-maillard). L'ogre est un olfactif — il « sent la chair fraîche » comme l'écrit Charles Perrault — et la biologie nous apprend en effet que la vue et l'odorat sont souvent en raison inverse chez les animaux. Les oiseaux et les singes qui ont la vue perçante ont peu de flair. Le lièvre dont l'odorat est fabuleux y voit à peine.

Ce digestif est obsédé de choses fraîches — lait, salades, crudités — qu'il absorbe en grandes quantités. Très préoccupé de sa digestion, il a la terreur de la constipation — un trait commun aux aristocrates du Grand Siècle. A la cour de Louis XIV — une cour d'ogres — la purge et le clystère régnaient en despotes. Jovial, l'ogre se répand volontiers en plaisanteries scatologiques, mais d'autant plus rarement en histoires érotiques. Il relève du type anal, et non pas du type phallique, comme le montrent ses deux grands avatars littéraires Gargantua et Pantagruel. Il y a dans son évaluation du corps humain un primat de la pile sur la face. C'est l'homme des fesses et de l'anus. Il est au demeurant complexé par la petitesse de son sexe (microgénitomorphisme).

L'ogre est mage et prédateur. La magie de l'ogre de Perrault réside dans ses bottes de sept lieues. Celle d'Abel Tiffauges, dans la connivence à laquelle il croit entre son destin personnel et le cours de l'histoire, ou plus exactement dans les preuves de cette connivence que lui apportent les faits. Par exemple le collège de Saint-Christophe a brûlé pour lui épargner le conseil de discipline, mais vingt ans plus tard la guerre éclate à point nommé pour lui épargner la cour d'assises : la guerre a éclaté, pense-t-il, à seule fin de le faire sortir de prison. A nouveau l'école a brûlé. Mais le grand miracle de sa vie, c'est cette Allemagne ogresse qui lui est offerte, parce qu'après avoir fait de lui un prisonnier-catéchumène, elle s'effondre à ses pieds sous les coups de l'Armée rouge.

Cet ogre-mage trouve un avatar nordique dans le Roi des aulnes, personnage fantastique de la ballade de Goethe, qui cherche à séduire l'enfant, et finalement l'arrache de force à son père pour le tuer. Ce poème de Goethe, dont un lied de Schubert devait redoubler la célébrité, a toujours été pour l'écolier français abordant la langue et la littérature allemandes *le* poème allemand par excellence, le symbole même de l'Allemagne. Le plus étrange c'est qu'à l'origine de ce poème se trouve une erreur de traduction de Herder qui popularisa le folklore danois en Allemagne. *Eller,* les elfes, devint sous sa plume *Erlen,* les aulnes, parce que dans le dialecte qu'on parlait à Mohrungen en Prusse-Orientale, ville natale de Herder, l'aulne se disait Eller. Or il est peu probable que Goethe se fût intéressé à la légende du banal roi des Elfes. En revanche son imagination s'enflamma à l'évocation si précise et originale de l'aulne, parce que l'aulne est l'arbre noir et maléfique des eaux mortes, tout de même que le saule est l'arbre vert et bénéfique des eaux vives. L'aulne des marécages évoque les plaines brumeuses et les terres mouvantes du Nord, et l'Erlkönig l'ogre aérien, amateur d'enfants, qui plane sur ces tristes contrées. La passion pédophile du roi des aulnes est certes amoureuse, charnelle même. Il s'en faut qu'elle soit pédérastique, bien qu'il s'agisse en l'occurrence d'un jeune garçon (mais c'était également à des garçons qu'en avait l'Ogre de Perrault, et s'il égorge finalement des filles, ce sont les siennes, et c'est par l'effet d'une terrible méprise). Le vers de la ballade le plus ambigu et le plus difficile à traduire est évidemment le fameux :

Ich liebe dich. Mich reizt deine schöne Gestalt.

que l'on affadit traditionnellement en traduisant :

Je t'aime. Ton doux visage me charme.

alors qu'un mot à mot autoriserait :

Je t'aime. Ton beau corps m'excite.

car en effet *exciter* est proposé dans tous les dictionnaires comme le premier équivalent français de *reizen.* Mais ce serait à coup sûr outrer l'intention de Goethe. C'est pourquoi dans la traduction que j'ai fait figurer en appendice du roman, je propose pour ce vers :

Je t'aime. Ton beau corps me tente.

dont la gourmandise permet toutes les interprétations sans en imposer aucune.

Car il est clair que l'interprétation pédérastique que des critiques paresseux, expéditifs ou laborieusement malveillants ont parfois donnée d'Abel Tiffauges va à l'encontre de toute la ligne du roman. Abel Tiffauges en ogre conséquent aime passionnément selon un crescendo correspondant aussi à trois étapes de son destin : 1) la fraîcheur et ce qui l'incarne (crudités, laitages, voix claires) ; 2) les petits animaux ; 3) les enfants. A l'origine il ne fait pas de différence entre les filles et les garçons, mais c'est vers ces derniers qu'il est dirigé par son destin. D'abord parce que le « gibier » n'est digne du chasseur que s'il est mâle. Tuer un animal femelle reste toujours plus ou moins infamant (on est obligé d'imaginer la mise au jour de fœtus lors du dépeçage), surtout lorsqu'il s'agit de la chasse noble par excellence, la chasse à courre. On ne court pas une biche. Ensuite parce que cette tradition du garçon-proie va trouver dans l'Allemagne nazie son prolongement et son épanouissement. Les napolas n'existent que pour les garçons, et cela pour la raison simple que la chair à canon, cela se fabrique avec de la chair de garçon, exclusivement.

Au demeurant la relation d'Abel Tiffauges avec ses proies enfantines n'est pas de nature sexuelle. Elle est pré-sexuelle, proto-sexuelle. Tiffauges n'est pas un adulte. Il est caractérisé par une immaturité profonde et irrémédiable (incarnée notamment dans son petit sexe). La pulsion érotique de l'enfant — que la société s'emploie à canaliser et à modeler en fonction des besoins de la perpétuation de l'espèce —, cette force vierge et spontanée, a conservé chez lui son indifférenciation originelle. Il se trouve d'emblée dans les dispositions où vingt années de solitude ont réduit Robinson Crusoé dans *Vendredi ou les limbes du Pacifique*. Robinson a assisté à la ruine des constructions sociales auxquelles il devait notamment sa sexualité de père de famille. Le voilà gratté jusqu'à l'os par ses années de solitude, libre, vierge et disponible pour les inventions les plus extravagantes.

Moins totalement disponible, Abel Tiffauges va creuser selon son génie propre qui est d'inspiration ogresse. Sa sensibilité et son comportement vont tâtonner quelque peu avant de se fixer dans des formes et des rites définis par la *phorie*. Il se présente d'abord comme un carrefour de perversions, mais des perversions encore simplement esquissées, souples et inventives. Car tel est le malheur habituel des perversions que ces écarts hors des ornières de la sexualité, considérée comme seule « normale », se figent dans des formes et des rituels plus appauvrissants et asservissants encore que la « norme ». La « norme » étant en somme la perversion de tout le monde paraît offrir finalement à ceux qui s'y soumettent un « jeu » plus large, moins tyrannique que cette « norme » strictement individuelle qu'est la perversion. Car la précision maniaque exigée impérieusement par certains pervers comme condition *sine qua non* de leur plaisir n'a pas de limite. On m'a cité le cas d'un homme qui n'arrive à l'éjaculation heureuse que si une tierce personne présente accepte de prononcer au bon moment certaine phrase assez longue à laquelle ne manque pas un mot. C'est en quelque sorte la formule magique de la jouissance. D'autres doivent évacuer des matières fécales et les faire tomber sur le sol de façon qu'elles y forment un certain dessin, etc. Par conséquent lorsque Freud définit l'enfant comme un « pervers polymorphe » il rapproche — sans doute consciemment — des termes contradictoires, la perversion étant par nature « unimorphe ».

Non pas pour Abel Tiffauges qui en attendant la mise au point du cycle phorique — dont l'achèvement devra attendre la dernière page du roman — se révèle comme un grouillement de perversions larvées : vampirisme (épisode du genou blessé de Pelsenaire), anthropophagie (son interprétation de l'eucharistie), coprophilie (passim), fétichisme (son goût des chaussures), pédophilie (passim), nécrophilie (épisode Arnim), bestialisme (son cheval Barbe-Bleue), etc. Cette pluralité même assure une certaine innocence à Abel Tiffauges, car le vrai pervers trouve sa culpabilité et son châtiment dans la pauvreté de l'unique geste tyranniquement stéréotypé qu'il s'oblige à accomplir.

Cette nébuleuse où se cherchent mille et mille perversions *possibles*, c'est non seulement l'âme d'Abel Tiffauges, mais l'image de celle de son romancier, de tout romancier en général, me semble-t-il. Rien de tel en effet pour enfanter un personnage et son univers que cette souplesse polymorphe et exploratoire propre à la sexualité infantile. Pourtant il ne faut pas céder à l'illusion onirique et considérer comme donné dans le réel ce qui n'est que projeté dans l'imaginaire. De même que Balzac n'a pas été l'homme d'affaires milliardaire que certains de ses romans semblent refléter, ni Stendhal le jeune et irrésistible séducteur dont ses meilleures pages semblent découler, le pervers polymorphe ne dépasse pas chez le romancier l'élan initial et la fraîcheur des premiers commencements. En vérité ce touche-à-tout ne va pas loin, et paie la diversité de ses velléités par des inachèvements qui ressemblent à autant de fiascos. J'en connais un qui s'est aventuré presque partout et s'est toujours arrêté en chemin. Nécrophile impuissant, hétérosexuel sans lendemain, pédéraste raté, zoophile réticent, fétichiste indigent, coprophage pignocheur, pédophile sans patience... quand il se regarde dans une glace, il se voit aussitôt hocher la tête avec une indulgence soucieuse. Heureusement il reste la ressource de la création littéraire ou artistique, la surcompensation fabuleuse. Car encore une fois le possible ne prolifère nulle part aussi bien que sur les ruines du réel. Dessin, peinture, poésie ou roman redonnent leur chance à tous ces avortons et peuvent faire sortir de chacun d'eux — mais sur le mode imaginaire — une vie heureuse et aventureuse.

Abel Tiffauges, lui, est favorisé par des circonstances historiques qui s'ajustent miraculeusement à ses aspirations complexes et nostalgiques. Le résultat de cet ajustement, c'est la phorie, perversion propre à Tiffauges et grande geste de l'Ogre. Le mot vient du grec *φορέω* (porter), racine que l'on trouve par exemple dans doryphore (porteur de lance), euphorie (se bien porter) ou Christophe (porteur du Christ) [1]. Mais avant de m'étendre sur cette notion de phorie qui constitue le seul véritable sujet du roman, je voudrais évoquer comme en frontispice un fait divers admirable — et admirablement phorique...

Il en fut question dans la presse au moment où je mettais la dernière main au *Roi des aulnes.* Le héros de cette affaire était professeur de gymnastique et s'appelait Jean-Pierre Chopin. Le 15 janvier 1970, il donnait un cours dans une salle, de laquelle on apercevait les étages supérieurs de l'immeuble d'en face. Il vit s'ouvrir une fenêtre du septième étage et un enfant d'environ cinq ans enjamber la barre d'appui. La chute était visiblement inévitable. Chopin se précipita dans l'escalier, descendit dans la rue et vint se placer à la verticale de l'enfant qui évoluait maintenant dans le chéneau de l'immeuble. Et ce fut la chute. Le petit corps tournoya longtemps dans le vide, et Chopin réussit à le bloquer comme un ballon de rugby. Sous le choc, il fut précipité par terre et eut les deux poignets brisés. Mais l'enfant était indemne. C'était un petit Marocain que sa mère enfermait dans leur chambre de bonne quand elle allait au travail.

On imagine mon enthousiasme quand je pris connaissance de cet exploit où éclatent le courage, la force, l'adresse et aussi la chance. Il me semblait que s'il m'avait été donné d'accomplir cette aussi magnifique phorie, je n'aurais pas eu besoin d'écrire *Le Roi des aulnes,* et j'en aurais été heureux jusqu'à la fin de mes jours. Mais bien entendu elle était trop belle pour pouvoir prendre place dans une œuvre littéraire. Je ne manque pas d'exemples de ce genre où la réalité apporte à mes idées une illustration trop éclatante pour être utilisable. Au demeurant la bonne phorie, la phorie blanche et salvatrice, n'a pas toujours cet aspect triomphant et athlétique. Son héros, le géant Christophe, s'humilie comme une bête de somme sous le poids des voyageurs auxquels il fait traverser à gué le fleuve qu'il a choisi. C'est qu'il y a de l'abnégation dans la phorie. Mais c'est une abnégation équivoque, secrètement possédée par l'inversion maligne-bénigne, cette mystérieuse opération qui sans rien changer apparemment à la nature d'une chose, d'un être, d'un acte retourne sa *valeur,* met du plus où il y avait du moins, et du moins où il y avait du plus. Ainsi le bon géant qui se fait bête de somme pour sauver un petit enfant est-il tout proche de l'homme-de-proie qui dévore les enfants. Qui porte l'enfant, l'emporte. Qui le sert humblement, le serre criminellement. Bref l'ombre de saint Christophe, porteur et sauveur d'enfant, c'est le Roi des aulnes, emporteur et assassin d'enfant.

Tout le mystère et la profondeur de la phorie se trouvent dans cette ambiguïté[1]. Servir et asservir, aimer et tuer. Cette terrible dialectique est la constante de nombre d'êtres humains vivant le couple à leur façon, la femme entretenue, le souteneur, le gigolo, la vieille mère abusive qui couve un fils diminué et humilié, autant d'avatars de la phorie qui trouve ainsi au-delà du cas extraordinaire d'Abel Tiffauges une portée humaine universelle.

*

Le Roi des aulnes roman musical, a dit un critique faisant allusion au lied de Schubert qui emprunte comme lui son titre et son thème à la ballade de

Goethe. En vérité ce n'est pas cette musique-là qui a accompagné la longue route que fut l'écriture de ce livre. C'est bien plutôt dans *Le Chant des jeunes Hébreux* (Gesang der Jünglinge) de Karlheinz Stockhausen que j'ai trouvé quatre années durant l'accompagnement obsédant de mon travail. Cette « étude » s'inspire d'un épisode tiré du Livre de Daniel.

Le roi Nabuchodonosor avait dressé une statue d'or haute de soixante coudées et large de six coudées. Il fit s'assembler devant elle les satrapes, les intendants et les gouverneurs, les grands juges, les trésoriers, les légistes et tous les magistrats des provinces, et un héraut fit connaître ses ordres : « Au moment où vous entendrez retentir la trompette, le chalumeau, la cithare, la sambuque, le psaltérion et la cornemuse, vous vous prosternerez pour adorer la statue d'or. Quiconque ne se prosternera pas sera jeté à l'instant au milieu d'une fournaise de feu ardent. »

Or on lui dénonce trois juifs préposés aux affaires de la province de Babylone qui refusent de servir les mêmes dieux que lui. Ils s'appellent Sidrac, Misac et Abdenago. Nabuchodonosor les fait venir. La trompette, le chalumeau, la cithare, la sambuque, le psaltérion et la cornemuse se déchaînent. Les trois hommes ne se prosternent pas. Alors l'aspect du visage du roi change envers Sidrac, Misac et Abdenago. Il ordonne qu'à force de naphte, d'étoupe, de poix et de sarments on chauffe la fournaise sept fois plus. Et les trois Hébreux liés ensemble y sont jetés. Or le feu était tel que les gardes qui les avaient poussés moururent carbonisés. Pourtant les trois Hébreux marchaient au milieu de la flamme louant Dieu et bénissant le Seigneur comme d'une seule bouche. Car un ange du Seigneur était descendu dans la fournaise et il rendait le milieu de la fournaise tel que si un vent de rosée y avait soufflé. Alors le roi Nabuchodonosor fut dans la stupeur et, se levant précipitamment, il prit la parole et dit à ses conseillers : « N'avons-nous pas jeté au milieu du feu trois hommes liés ? » Ils répondirent et dirent : « Certainement, ô roi ! » Il reprit et dit : « Eh bien moi, je vois quatre hommes sans liens, marchant au milieu du feu et n'ayant aucun mal, et l'aspect du quatrième ressemble à celui d'un fils des dieux ! » Puis il s'approcha de la porte de la fournaise, prit la parole et dit : « Sidrac, Misac et Abdenago, serviteurs du Dieu Très-haut, sortez et venez ! » Alors Sidrac, Misac et Abdenago sortirent du milieu du feu.

J'ai redit cette admirable légende d'abord pour le plaisir, mais aussi parce que les gauchissements qu'elle subit habituellement nous ramènent à notre sujet. Pour se limiter à l'œuvre de Stockhausen, on notera d'abord que les trois administrateurs hébreux de la Bible (des adultes) sont devenus de par le titre même de l'œuvre de Stockhausen des adolescents *(Jünglinge)*. Mais ce n'est qu'une étape. A l'audition, seules des voix d'enfants impubères se font entendre. Comme si une certaine logique voulait que des brûlés vifs fussent nécessairement des petits garçons. L'Ogre n'est pas loin. L'issue heureuse et triomphante de la légende biblique n'intéresse pas Stockhausen. Il ne retient que les voix cristallines s'élevant sous la torture des flammes. Aux corps torturés par le feu correspondent des voix torturées par mille raffinements électroniques, ceci exprimant cela. Les voix ? *La* voix plutôt, car il n'y avait à l'enregistrement qu'un seul enfant, mais elle fut par un artifice d'enregistrement multipliée, superposée à elle-même, tellement que cet enfant chantait en chœur avec lui-même. Enfants, tortures sans issue, voix unique surajoutée à elle-même, tout cela va assez dans le sens du *Roi des aulnes.*

Reste le dessein général, l'ambition originelle. Là c'est une autre œuvre musicale qui m'a accompagné, la plus riche, la plus rigoureuse, la plus touchante qui fut jamais conçue de tête humaine et réalisée de main humaine, l'idéal insurpassable de toute création qu'aucun créateur — quel que soit son mode d'expression — ne devrait quitter des yeux, je veux dire l'*Art de la fugue* de Jean-Sébastien Bach.

C'est l'œuvre ultime, interrompue par la mort du cantor de saint Thomas. Désespérant de connaître un jour la reconnaissance de son génie, il n'envisage pas que cette œuvre soit jamais exécutée, et il la compose *in abstracto* sans aucune indication instrumentale. Il s'acharne sur cette prodigieuse architecture jusqu'à son dernier souffle, malgré une vue de plus en plus défectueuse, malgré une cécité finalement complète. Avec une application de bon écolier qui n'a pas eu trop de toute sa vie pour apprendre sa leçon, le vieux maître pose les quatre mesures de son sujet, courte et déchirante mélodie dont la simplicité diamantine va mystérieusement s'épanouir en corne d'abondance. Car aussitôt le grand art déploie sa magie et l'œuvre s'édifie par développement, stretto, réponse, inversion, contre-sujet, coda, miroir, etc. Dans la onzième fugue nous sommes avertis de l'approche du dénouement par l'apparition d'un thème dont les notes (*si* bémol, *la, do, si* bécarre) correspondent selon la notation allemande aux quatre lettres du nom BACH. Le dénouement en effet, car l'homme vient d'être dévoré par son œuvre, et cet ultime sacrifice ne peut être dépassé. Le thème BACH est repris en contre-sujet dans la quinzième fugue, inachevée celle-là, dont le manuscrit porte ces mots écrits de la main de Carl-Philippe-Emanuel Bach *Le compositeur a été trouvé mort sur cette fugue où le nom de BACH apparaît en contre-sujet.*

Partant du thème phorique — simple comme le simple geste de poser un enfant sur son épaule — j'ai essayé d'édifier une architecture romanesque par un déploiement purement technique empruntant ses figures successives à une logique profonde. La phorie prend racine dans l'Adam archaïque, puis se développe, s'inverse, se déguise, se réfracte, s'exaspère — phorie, antiphorie, superphorie, hyperphorie, etc. — toujours couverte par le léger manteau de la psychologie et de l'histoire. Car les vrais ressorts du roman ne sont pas plus psychologiques et historiques que les pistons et les bielles des petites locomotives électriques des enfants ne font vraiment avancer la machine. C'est une énergie *sui generis* qui l'anime C'est ainsi par exemple qu'il ne faut pas demander *qui* à la fin du roman a empalé les trois enfants — Haïo, Haro et Lothar — sur les épées monumentales scellées dans le garde-fou de la terrasse du château Qui ? Mais tout le roman, bien sûr, la poussée irrésistible d'une masse de petits faits et notations accumulés sur les quatre cents pages qui précèdent ! C'est par exemple Nestor déclarant mystérieusement dès le début « Il faudrait réunir d'un trait alpha et oméga » (« Folio », p. 63), c'est ensuite les trois pigeons préférés du colombophile Abel Tiffauges (qui correspondent aux trois enfants de la napola) embrochés et mangés (« Folio », p. 237), c'est surtout la théorie développée par le commandeur von Kaltenborn selon laquelle les symboles — ici les dagues remises solennellement aux enfants — en vertu d'une inversion maligne cessent d'être portés par les êtres pour porter eux-mêmes les êtres (le Christ après avoir porté sa croix est ensuite porté par sa croix).

Bien entendu le danger d'une construction aussi complexe, c'est le formalisme engendrant la froideur et l'indifférence. Il faut craindre l'évolution de certains romanciers dont les œuvres comportent de plus en plus de forme et de moins en moins de matière. Mais là encore l'*Art de la fugue* constitue un encouragement et un incomparable modèle. Car cette œuvre possède une charge à la fois humaine et cosmique d'autant plus riche, d'autant plus émouvante qu'elle est soumise à une contrainte formelle plus impitoyable. On dirait que cette construction monumentale est portée à incandescence par la violence des règles du jeu contrapuntique, comme le courant électrique éclate en lumière aveuglante à condition de passer dans un filament diaphane, enfermé lui-même dans une ampoule vide. J'aurai réussi *Le Roi des aulnes* si cette architecture apparemment adossée à la terre, aux hommes et aux bêtes émouvait, effrayait et amusait, d'autant plus qu'elle est en vérité suspendue à ses seules et secrètes vertus, et soumise à un ordre qui ne découle que d'elle-même.

*

Le Roi des aulnes a eu pour moi un épilogue tardif et inattendu. Cette Prusse-Orientale que j'avais reconstituée chez moi à force de documents entre

1965 et 1970, je devais la voir pour la première fois en août 1975. Lorsque le livre avait paru en traduction allemande en 1971, j'avais reçu une lettre du comte Hans von Lehndorff, médecin-chirurgien à Bad Godesberg. Il me remerciait de la joie que lui avait donnée cette lecture. Pourtant, me disait-il, la Prusse-Orientale n'est pas cette terre austère que vous décrivez, c'est au contraire une province riante et hospitalière. D'ailleurs, ajoutait-il, je suis bien décidé à retourner voir mes anciens domaines avant de mourir, et je vous inviterai à m'accompagner.

Le nom de Lehndorff ne m'était pas inconnu. Je savais qu'il s'agissait d'une des familles de Junker les plus importantes et les plus anciennes de Prusse-Orientale. Un Lehndorff avait dirigé les grands haras impériaux de Trakehnen. Mais surtout le comte Heinrich von Lehndorff — le cousin de mon correspondant — avait été impliqué dans l'attentat contre Hitler du 20 juillet 1944, et était mort pendu dans des conditions atroces. Il laissait une femme et trois filles dont la petite Vera qui devait devenir un très célèbre modèle de photographie de mode sous le nom de Veruschka avec son crâne rasé sur un corps démesuré.

J'avais un peu oublié cette affaire lorsque en juillet 1975 je reçus un appel téléphonique de Bad Godesberg. C'était Lehndorff. Il m'annonçait qu'il partait pour la Prusse-Orientale le 22 août et qu'il y avait une place pour moi dans la voiture. J'acceptai évidemment sans hésiter.

Lehndorff et sa femme m'accueillirent dans leur maison de Bad Godesberg avec toute la cordialité que leur permettaient leur timidité et leur retenue naturelles. Il était tel que je l'aurais imaginé si j'étais allé plus loin dans mes déductions. J'attendais un homme grand et mince. Il était immense — 192 centimètres — et squelettique. Visiblement très malade, d'une faiblesse effrayante. Je savais qu'il n'avait choisi le métier de chirurgien que pour se consacrer au service des autres. On m'avait dit qu'il versait les droits d'auteur de ses livres — notamment son *Journal de Prusse-Orientale* (390 000 exemplaires vendus en Allemagne) — à la communauté œcuménique de Taizé. Je le supposais pieux et désintéressé. Je me trouvai en face d'un saint laïc rayonnant de spiritualité. Il n'avait pas participé activement à l'attentat du 20 juillet, mais son cousin l'avait mis au courant de tout. C'était assez pour le perdre. Il avait attendu heure par heure des nouvelles du complot et, à l'annonce de son échec, l'irruption des S.S. venant l'arrêter à l'hôpital de Königsberg qu'il dirigeait alors. Rien. Quelques mois plus tard il partageait le sort de la population de cette ville, la première grande ville allemande que l'Armée rouge occupait. Ce que furent cette occupation, sa captivité, son exode, il l'avait raconté dans son *Journal*[1] avec une admirable sérénité. « Mes parents me croyaient heureux et pour rien au monde je n'aurais voulu les peiner, me dit-il au cours du voyage. La vérité, c'est que ces domaines immenses, ces châteaux, ces domestiques, toute cette fortune m'écrasait. Je haïssais ma condition de jeune aristocrate doré, et je considère comme une bénédiction de Dieu d'avoir tout perdu. Ce jour-là vraiment une nouvelle vie a commencé pour moi, ma vraie vie. »

Le troisième personnage de l'expédition — et son organisateur — était un autre géant, mais du genre gastronomique celui-là, joignant le poids, la force et la jovialité à une taille impressionnante. Philippe Janssen se présenta à moi d'emblée comme « le Fauchon de Bonn » entendant par là qu'il possédait une épicerie fine dispensant caviar, saumon et foie gras à tout le gratin politique fédéral. Et il allait de soi que sa vaste Mercedes 350, blanche et gainée de cuir beurre frais, regorgeait de victuailles destinées aux amis polonais.

Je compris assez vite qu'il vouait à Lehndorff un dévouement et une vénération sans bornes, et jouait inlassablement le Sancho Pança auprès de ce sublime et fragile don Quichotte. Pendant tout le voyage il le porta littéralement à bout de bras, répondant à ses moindres désirs, se pliant non sans pester parfois, à ses marottes les moins raisonnables.

Il me raconta comment le lait lui avait sauvé la vie pendant la guerre. Il avait fait des études d'ingénieur agricole et s'était spécialisé dans l'élevage bovin. La guerre l'avait envoyé au front parmi les premiers et, me dit-il, « ma hauteur et ma largeur faisaient de moi une telle cible que je n'avais vraiment aucune chance d'en réchapper ». C'est alors qu'eut lieu le miracle lacté. Le Führer s'avisa un jour que la production laitière du Reich laissait à désirer sous l'angle de la qualité. Le Reich millénaire voulait des familles grouillantes d'enfants roses et blonds, ceux-ci exigeaient un lait d'une qualité irréprochable. On chercha celui qui serait le sauveur du lait du Reich. On trouva Janssen, lequel retiré incontinent du front se vit affubler du titre de *Reichsmilchinspektor* et préposé à la palpation des pis et à la gustation du lait de toutes les vaches du Reich. Cette vocation laitière s'épanouit tout naturellement plus tard dans une passion pour les enfants. Le bon géant m'avoua qu'il ne pouvait voyager — singulièrement dans les pays plus ou moins sous-développés — sans devoir lutter contre l'envie d'adopter pour les nourrir et les choyer les enfants qu'il rencontrait sur sa route. Quant à moi, j'admirais qu'ayant à découvrir enfin la Prusse-Orientale ce fût en compagnie d'un géant amateur de lait et d'enfants, tel exactement que j'avais imaginé Abel Tiffauges.

Ce voyage en Pologne a pris tout de suite dans mon esprit un aspect cinématographique. Un film sur la Pologne (ex-Prusse-Orientale) oui, dont j'aurais été le seul spectateur. Cela tient sans doute en partie à la passivité totale qui a été mon état du départ au retour. Assis seul au milieu des victuailles au fond de l'énorme voiture, prêtant une oreille somnolente aux propos des deux géants placés devant moi, je me laissais emporter sans me soucier de l'itinéraire ni des étapes, aussi inactif qu'un spectateur au cinéma. De là vient sans doute aussi l'irréalité où tout semblait baigner. Car seule notre action donne son poids au réel. Et c'est aussi parce qu'ils sont subis passivement par le dormeur que ses rêves lui apparaissent ensuite comme des rêves, c'est-à-dire comme des images sans fondement.

Notre première étape nous mena à Berlin. Ce n'était pas ma première visite dans cette pseudo-capitale, absurde et tragique symbole de la coupure par la guerre idéologique entre l'est et l'ouest. J'en ai fait sans grande difficulté le point final du grand voyage initiatique des *Météores,* celui où Paul croit retrouver son frère Jean, et vient y subir les mutilations rituelles qui vont préparer son apothéose météorologique. Le fameux mur dressé entre les deux villes jumelles le 13 août 1961 a trouvé ainsi sa véritable explication : c'est pour séparer mes deux jumeaux et consommer le sacrifice de Paul que Walter Ulbricht l'a édifié. Roman *apparemment* historique *Les Météores* élève l'événement à la puissance mythologique en effectuant une déduction romanesque de l'Histoire.

Chaque fois que je déambule sur le Kurfürstendamm, mes pas me mènent tout naturellement à cette étrange Gedächtniskirche qui illustre si bien le destin à la fois grandiose, tragique et humoristique de Berlin. Rien de plus bizarre en effet que cette ruine néo-romane (l'église est de 1895), chargée de tant de souvenirs aux yeux des vieux Berlinois, conservée en l'état affreux où la guerre l'a laissée, et incorporée de façon incongrue à un édifice de métal et de verre hideusement « moderne », composé d'une nef octogonale et d'un campanile dressé à quelque distance : le poudrier et le bâton de rouge, expliquent les Berlinois au visiteur. Ruine et construction neuve réunies font également penser à quelque chicot noir dévoré par la carie, fiché entre deux prothèses métalliques, une fausse molaire et une fausse canine. Mais encore une fois, pour moi au moins, tout Berlin est là.

Nous y fûmes donc une fois de plus, ce 22 août, et ce fut pour y entendre un prêche dans le plus pur style berlinois. Pendant que nous nous glissions dans un banc, un jeune pasteur — son nom Gerhard Kiefel était placardé à la porte — se livrait en chaire à une étrange mimique, balayant l'air de sa main droite, puis de sa main gauche, comme s'il voulait gifler le vide. Or c'était bien justement de gifle qu'il s'agissait puisque la méditation du jeune lévite avait pour thème la recommandation de Jésus « Si on te frappe la joue droite, tends aussi l'autre » (Matt., V, 39). La joue droite vraiment ? C'est sur cette joue droite qu'achoppait notre théologien, car, nous expliquait-il avec geste à l'appui, pour frapper la joue droite de son « prochain », il faut s'y prendre de la main gauche. Pourquoi diable le Nouveau Testament était-il allé chercher un gifleur gaucher ? Ah comme tout aurait été plus simple, plus clair si le texte sacré avait porté « Si on te frappe la joue gauche... » mais voilà, c'était la droite. Suivait un développement sur la signification de la droite et de la gauche dans les Ecritures, et force illustrations du primat de la droite sur la gauche. Si le bon larron est crucifié à la droite du Christ et le mauvais larron à sa gauche, n'est-ce pas parce que ce dernier serait voué à la gauche, gaucher en somme, gauchiste peut-être, et parce que les gifles s'administrent de préférence de la main gauche ? Mais il y avait une autre explication suggérée par Luther lui-même qui s'était penché sur le paradoxe de la joue droite. On peut imaginer que la gifle en question est administrée de la main droite certes, mais en revers, avec le dos de la main, et ainsi c'est bien la joue droite du « prochain » qui est atteinte. Ô merveille, ô subtilité ! Quel plaisir ensuite de disserter à perte de vue sur le sens différent de ces deux gifles, celle donnée côté paume, celle donnée côté dos ! La *claque* plus franche, plus forte, retentissante, physique, maternelle, enfantine, dépourvue de sous-entendu moral, et le *soufflet*, symbolique, insultant, humiliant, provocation au duel, à l'effusion de sang... Ainsi naquit ce 22 août 1975 en la Gedächtniskirche de Berlin sur le Kudamm la première ébauche d'une science nouvelle, la *colaphologie*[1]

Le lendemain nous filions par l'autoroute en direction de la Poméranie et des rivages de la Baltique. Peu de formalités pour traverser l'Allemagne de l'Est, moins encore pour entrer en Pologne. Première constatation : les pays de l'Est se laissent pénétrer plus facilement que quitter. Nous allions le vérifier au retour.

Gdansk, alias Dantzig. Vieux souvenirs. Le corridor. Mourir pour Dantzig ? un article retentissant de Marcel Déat. L'eau-de-vie où flottent des paillettes d'or. Nous visitons sous la direction d'un professeur qui parle français aussi bien qu'allemand. Fier des progrès de son pays, il a ce mot : « Pensez donc ! Nous en sommes arrivés à rêver de travailleurs immigrés ! Oui, ajoute-t-il en montrant un tas d'ordures sur un trottoir, il y a de plus en plus de travaux que les Polonais ne veulent plus faire ! »

Nous devions terminer notre voyage par Cracovie. Mais l'essentiel, c'était Olsztyn — alias Allenstein — aux confins de cette Mazurie où j'ai situé la forteresse imaginaire de Kaltenborn. C'était de ce centre que nous devions rayonner pour retrouver — ou tenter de retrouver — les châteaux et les sujets de la maison Lehndorff. Etonnantes expéditions qui nous menaient plus souvent devant des murailles calcinées et des tombes violées que dans des parcs fleuris aux allées ratissées ! A propos de parcs, c'était leur métamorphose qui désorientait le plus Lehndorff. Car près de trente-cinq ans plus tard, les arbres étaient tombés ou avaient poussé au contraire, les allées s'étaient effacées, d'autres avaient été tracées. La nature vivante bouge, change, bouleverse plus que la pierre, et les gens qui avaient enfoui leur argenterie avant de fuir au pied d'un arbre comme à l'abri d'un inébranlable monument sont éperdus des années plus tard de ne plus retrouver ni arbre, ni argenterie. Un jour nous avons marché des heures dans une forêt à la recherche d'un manoir. Par trois fois nous avons rencontré âme qui vive comme on dit, mais dans des corps si bizarres, contournés, ricanants que nous fûmes envahis par le doute et l'inquiétude. Dans quelle forêt maléfique nous étions-nous aventurés ? Enfin les bâtiments surgirent, de bonne apparence, entretenus certes, mais bien curieusement hantés : on en avait fait un asile d'aliénés. Le château de Steinort où Heinrich von Lehndorff avait été arrêté en 1944 était en voie de restauration, celui de Preussisch Holland également, et avec tant de soins qu'un peintre travaillait justement à rétablir au fronton les armoiries de la famille Dönhoff à laquelle il avait appartenu. En revanche des demeures plus illustres avaient été réduites en cendres par les Soviétiques avant qu'ils ne cèdent le terrain aux Polonais, tel le château de Finkelstein où avait habité Napoléon en 1812 et la forteresse teutonique de Schönberg. A Rastenburg la Wolfschanze d'Hitler complètement bouleversée par les bombes offre l'aspect impressionnant d'immeubles sans fenêtres, inclinés en tous sens, à la fois en perte d'équilibre et absolument indestructibles.

Les retrouvailles de Lehndorff avec des forestiers, des artisans ou des paysans de ses domaines achevaient de l'épuiser physiquement et moralement. Car après les effusions et les longues évocations du passé, il se devait de partager leur hospitalité, de passer la nuit chez eux, et Janssen et moi nous regagnions notre très confortable hôtel d'Allenstein en le laissant plier sa grande et douloureuse carcasse sur quelque canapé défoncé. Ces gens étaient des Allemands naturalisés polonais. Les vieux nous avouaient qu'ils n'avaient jamais pu apprendre la langue de leur nouvelle nationalité. La génération de quarante ans parlait assez bien les deux langues. Les enfants ne connaissaient que le polonais. La pauvreté extrême n'était cependant ni pire, ni moindre qu'avant la guerre. Des favorisés comme nous peuvent avoir l'impression qu'à ce niveau de simplicité les régimes politiques et les fluctuations économiques ne peuvent rien changer à la vie quotidienne. Mais c'est une illusion sans doute, car il suffit que le prix des pommes de terre ou du lait augmente de quelques centimes pour que l'existence même de ces gens en subisse le contrecoup.

Une grande journée fut celle que nous passâmes aux haras de Liski, véritable village organisé autour du seul élevage de chevaux trakehniens. 600 bêtes nourries par 2 235 hectares dont 680 en prairies. Nous avons parcouru dans un cabriolet de chasse tiré par deux juments que menait un cocher en livrée ce splendide domaine, vaste ferme traditionnelle avec ses veaux, ses vaches, ses cochons, ses troupeaux d'oies, de dindons, de canards, et il n'y manquait même pas les cigognes posées sur d'énormes nids de branchages en équilibre sur les cheminées. Cette ferme polonaise à l'ancienne, cet hymne à la vie paisible et savoureuse, c'était sans doute l'équivalent de la ferme française telle qu'elle était il y a cinquante ans, il y a cent ans, et j'ai eu là une fois de plus au cours de ce voyage le sentiment que les pays socialistes se justifient comme de précieux conservatoires des choses du passé.

Il est bien vrai que le cheval est roi en Pologne, et

l'automobiliste se trouve sans cesse retardé sur les routes étroites par ces attelages souvent pimpants que conduit une femme aux avant-bras nus et musclés, coiffée d'un fichu de couleur vive. On nous dit qu'il n'y a pas moins de 2,5 millions de chevaux en Pologne, et où que l'on soit, on entend toujours le bruit paisible et familier de sabots ferrés claquant sur la route ou le chemin. Il serait injuste cependant de prétendre que le progrès n'a pas fait son apparition jusque dans ce domaine : les roues des voitures et carrioles sont toutes sans exception équipées de pneumatiques.

Quant à la campagne elle-même, je mentirais en prétendant avoir retrouvé la Prusse-Orientale telle que je l'ai décrite dans *Le Roi des aulnes* « Cet espace vierge, ce sol gris argenté, rehaussé sombrement par le mauve d'un revers de bruyère, peuplé par la seule silhouette grêle d'un bouleau, ces sables, ces tourbières, cette grande fuite vers l'est qui devait mener jusqu'en Sibérie, et qui l'aspirait comme un gouffre de lumière pâle ». Tout cela ne doit pas être faux puisque des Allemands de Prusse-Orientale, des Français qui y furent prisonniers m'ont écrit qu'ils avaient par mon roman retrouvé leur passé. Mais un paysage est un état d'âme, et mon état d'âme en cet août 1975 dans la blanche Mercedes 350 débordante de victuailles du Fauchon de Bonn, ce fut bien plutôt une campagne riche et avenante, doucement vallonnée, plantée d'arbres majestueux, semée de plans d'eau pittoresques où la jeunesse canotait, une sorte de Limousin en somme où il y aurait eu des lacs.

J'ai parlé des cigognes qui mettent sur les cheminées leur silhouette anguleuse et familière et qui arpentent d'un pas précautionneux les prairies marécageuses. Nous avons vu aussi des cygnes noirs, et surtout nous avons observé au bord d'un lac une île entièrement colonisée par des cormorans. Branchés en grappes noires et blanches sur de grands hêtres que leur fiente a réduits à l'état de gibets, ils émigrent chaque automne vers le sud, mais, dès le printemps, ils viennent reprendre possession de l'île de ce lac et de nulle autre en toute la région.

J'ai dit comment Herder avait été involontairement à l'origine de la ballade de Goethe *Le Roi des aulnes,* et par ricochet du lied de Schubert et du roman de Tournier. Nos excursions devaient nous mener à Mohrungen — aujourd'hui Morag — petit bourg qui s'honore d'un musée Herder, grosse maison carrée flanquée de canons de bronze, vestiges de la Retraite de Russie. Car c'est à Mohrungen que naquit en 1744 Johann-Gottfried Herder, d'un père réunissant les fonctions de sacristain et d'instituteur.

Nombre de lettres, manuscrits, estampes et cartes géographiques témoignent dans ce petit musée de ce refus de choisir entre science et poésie, mécanique et mystique, caractéristique des premiers romantiques. Herder, pionnier du romantisme, demeura toute sa vie ouvert sur le monde extérieur avec une curiosité passionnée qui était celle-là même des Diderot, Lessing, d'Alembert et autres Encyclopédistes et Aufklärer. Le romantisme avait changé l'objet de la curiosité, non la curiosité elle-même. La première œuvre de Herder fut une enquête poursuivie dans les tripots des ports, les bals populaires, les églises rurales et les auberges campagnardes pour y recueillir les chansons et les récits de ce grand et anonyme poète, le peuple. Ce fut ensuite un vaste périple en France et dans toute l'Europe du nord pour parachever l'œuvre ambitieuse qu'il consacra à *L'Origine du langage*. En 1770 il rencontre à Strasbourg le jeune Goethe, son cadet de cinq ans, et lui apprend qu'il ne doit avoir que deux modèles : la nature et Shakespeare.

Nous sortions du petit musée, débordant de ces voyages et légendes quand nous fûmes abordés par un jeune garçon qui visiblement nous guettait. Ses longs cheveux blonds et ses yeux bleus dans un visage de madone aux pommettes saillantes et au menton aigu faisaient songer à Novalis, l'ange mécanicien qui mêlait si bien les rêveries métaphysiques et son métier d'ingénieur des mines. Il nous emboîta le pas répétant avec insistance un mot que nous comprenions mal « Mutter, Mutter » entendions-nous. Pourquoi nous parlait-il de sa mère ? Nous avions rejoint la Mercedes, monstre blanc et puissant, assoupi au soleil, et c'est alors que le mystère s'est dissipé. « Mutter » répétait l'enfant polonais en désignant le mufle trapu et chromé, couronné de l'étoile à trois branches. Moteur ! Il voulait voir le moteur !

Le capot fut levé et l'ange romantique disparaissant à mi-corps plongea ses boucles dorées dans les entrailles fumantes et grasses de la machine. Il caressait de la main avec un respect amoureux les flancs encore tièdes du carter où les huit cylindres du moteur allaient bientôt déchaîner leur terrible puissance.

Je l'observais d'un œil pensif. Ce garçon se pencherait-il jamais, le drap levé, avec autant de ferveur sur le corps d'une femme endormie ? Mais sans doute la question ne se serait-elle pas posée pour les préromantiques également amoureux de la nature et de la mécanique...

*

Le voyage se termina à Cracovie, résidence royale, métropole religieuse et ville-musée, miraculeusement épargnée par la guerre. Nous fûmes témoins de l'extraordinaire affluence de la foule dans les églises le dimanche matin. On nous expliqua que pour les Polonais, l'Eglise, c'était la vieille et irréductible patrie, l'inexpugnable camp retranché devant lequel s'arrêtait un pouvoir politique aux ordres de l'étranger. On nous rapporta l'anecdote qui circula il y a quelques années lors de la visite de Mgr Feltin à Varsovie. Il avait assisté à la messe le dimanche et avait été lui aussi impressionné par la foule des fidèles débordant jusque sur le parvis de l'église. « Mais comment attirez-vous tous ces gens à l'église ? avait-il demandé un peu naïvement au curé. — Moi ? Je sonne la cloche », lui avait-on répondu.

Le lendemain nous reprenions la route de l'ouest. L'entrée à Görlitz en R.D.A. fut laborieuse. Trois heures de fouille et d'interrogatoire par la police douanière. C'est que nous prétendions traverser le territoire dans son épaisseur vivante et concrète, et non à l'abri désinfecté de l'autoroute que nous avions empruntée à l'aller. Et là pour moi, ce fut le choc. Car c'est à travers la Thuringe que nous avons voyagé, dans ces villages et ces petites villes où je jouais enfant avec les garçons de mon âge. Et tandis que le progrès et la richesse ont balayé toute la vieille Allemagne de l'orgueilleuse et opulente République Fédérale, je retrouvais ici miraculeusement conservé tout ce que j'avais connu il y a quarante ans. Oui à chaque coin de rue, c'était la madeleine de Proust qui m'attendait, dans l'aspect des maisons, des vitrines, l'odeur des magasins, des logements — ce mélange de chou rouge et d'encaustique — même dans la façon de s'habiller des gens, et — me croira-t-on ? — dans leur anatomie ! Car les enfants gigantesques et squelettiques qui sont la règle dans tous les pays occidentaux n'ont pas encore fait leur apparition, semble-t-il, en terre socialiste. Ils sont ici petits et râblés, comme nous étions à leur âge, et comme nous habillés, les garçons en culotte courte de cuir et les fillettes en tablier brodé de Dirndl. L'Allemagne de l'Est ? On dirait que le socialisme a agi sur ce pays comme un terrible coup de froid, le figeant tel qu'il était au lendemain de la guerre — elle-même conservatrice — faisant de lui comme une vaste « réserve » soigneusement protégée des miasmes extérieurs.

Longtemps les Allemands de l'Ouest n'ont consenti à appeler l'Allemagne de l'Est que la « Zone » (sous-entendu : *d'occupation soviétique*). Depuis, les relations entre les deux Allemagnes s'étant « normalisées », la dénomination de *Deutsche Demokratische Republik* (République Démocratique Allemande, R.D.A.) a pris place dans le vocabulaire ouest-allemand. Cette reconnaissance fait-elle de la R.D.A. une nation ? On me permettra d'en douter aussi longtemps qu'il faudra la menace permanente de l'Armée rouge pour que le régime tienne en place, et des champs de mines et des barbelés pour empêcher ses habitants de ficher le camp à l'Ouest. Une nation, c'est d'abord un consensus. Aussi longtemps que ce ciment manquera à la

R.D.A., elle ne sera jamais que le châtiment du IIIe Reich.

*

L'Allemagne de l'Ouest est devenue une puissance économique et militaire d'un poids impressionnant. Ce pays amputé de la moitié de son territoire, diminué de 5 millions de morts et de 17 millions d'hommes et de femmes retenus à l'Est, réduit matériellement à un monceau de ruines et moralement couvert de crachats s'est relevé sous mes yeux, je l'ai raconté, avec une stupéfiante vigueur. On a mis ce renouveau sur le compte des dollars américains. Les Américains désireux de contenir l'U.R.S.S. auraient fait des sacrifices pour que se dressât sur sa frontière occidentale cette nation neuve et forte. C'est trop prêter, je crois, à la stratégie américaine, et pas assez aux simples lois du marché capitaliste. La vérité, c'est que l'Allemagne en ruine constituait pour les capitaux étrangers (= américains) un terrain offrant toutes les conditions d'un investissement idéal. Elle les appelait puissamment — malgré elle, malgré eux — comme une zone dépressionnaire appelle irrésistiblement les vents qui la combleront. Car l'économie libérale n'est pas, comme le socialisme, une théorie née de cerveau humain, c'est le marché lui-même abandonné à ses propres lois.

Le relèvement magique de l'Allemagne mutilée de 1946 illustre aussi une vérité de première importance. C'est que la richesse d'un peuple n'est ni dans ses ressources minières, ni moins encore dans l'étendue de son territoire (l'absurde « espace vital » d'Hitler), mais dans la quantité et la qualité de la substance grise de ses habitants. Et il convient d'ajouter que la liberté d'information et d'expression est l'oxygène de cette substance grise. Toute contrainte la diminue. Toute atteinte à la libre expression réduit la richesse d'un pays. La tyrannie est le plus ruineux des luxes. C'est vrai à tous les niveaux, et dans un pays où les poètes sont emprisonnés ou exilés, il est fatal que les ménagères fassent la queue devant les magasins.

La substance grise allemande a atteint un sommet inégalé dans cet étonnant produit des hasards de l'Histoire : le juif allemand. Je laisse à d'autres le soin et l'amusement de démêler pourquoi ces deux composantes se sont mariées avec tant de bonheur, produisant parmi bien d'autres les trois piliers de la civilisation occidentale moderne qui s'appellent : Marx, Freud et Einstein. Je leur laisse aussi le soin et la tristesse d'analyser ce qui devait provoquer le brutal et terrible divorce de ces deux souches. Ce divorce consommé par une vague d'antisémitisme meurtrier a été le commencement de la fin de l'Allemagne. L'Allemagne, cette machine à faire des génies, a été brisée par l'homme à la mèche et à la petite moustache. Pour les Allemands, la catastrophe est incalculable. Je suis des rares Français qui partagent pleinement leur malheur. On peut rêver. Sans la crise de folie nazie, la guerre et la défaite, l'Allemagne et ses confins germaniques — Vienne, Zurich, une partie de Prague — formaient un massif économique et culturel d'une puissance et d'un rayonnement comparables à celui de la France au XVIIe siècle ou de l'Angleterre au XIXe siècle. Les barbares de l'Est et de l'Ouest tenus à distance, le monde aurait continué à être européen, et il aurait été allemand. Je revois une petite scène qui se situe en 1943. Je venais d'écouter avec mon père les informations de Londres. Les villes allemandes flambaient sous les bombes américaines. La Wehrmacht reculait sur tout le front russe. Avec des exclamations de joie, je venais une fois de plus de déplacer vers la gauche le fil qui marquait sur une carte murale de l'U.R.S.S. le tracé des lignes de combat. « Oui, bonnes nouvelles, me dit mon père, très bonnes nouvelles. Mais aussi très mauvaises nouvelles. Il faudrait rire d'un œil et pleurer de l'autre. On est en train de briser l'épine dorsale de l'Europe. » Brisée, elle le fut car elle s'appelait Hitler. Et l'Américain a serré la main du Russe par-dessus des ruines fumantes.

Ceux qui comme nous avaient choisi la culture allemande pouvaient se croire floués. Les Américains ayant gagné la guerre, c'est leur langue qu'il faut parler pour être portier d'hôtel ou pilote de ligne. Floués en apparence seulement, car la base de tout ce XXe siècle finissant reste allemande ou pour le moins germanophone. J'ai cité Marx, Freud, Einstein. Je pourrais ajouter Hegel à un bout de la chaîne, von Braun à l'autre bout, et, entre les deux, Engels, Jung, Kafka, Reich, Heidegger, Schönberg, Marcuse, et bien d'autres. Il est peu de terrains où en creusant on ne trouve pas la vieille terre allemande. « De l'autre côté, là-bas à l'horizon, au bout du pont mouvant de soixante bateaux, savez-vous ce qu'il y a ? demandait Gérard de Nerval. Il y a l'Allemagne ! La terre de Goethe et de Schiller, le pays d'Hoffmann ; la vieille Allemagne, notre mère à tous ! »

III

La dimension mythologique

> *Je suis un mensonge qui dit toujours la vérité.*
>
> Jean Cocteau.

Lorsque je m'interroge sur ceux que je pourrais appeler mes maîtres, je ne trouve que vide et frustration. Mon père était trop discret, trop modeste pour avoir jamais pensé exercer une influence quelconque sur ses fils. Il entretenait dans la famille une atmosphère assez corrosive de dérision mutuelle, tonique mais glaçante comme le vent du nord. Me connaissant mieux, j'ai décelé chez moi-même ce penchant à railler un être d'autant plus durement qu'on l'aime davantage. Nous étions, ma mère et moi, ses têtes de Turc de prédilection et rarement s'interrompait la grêle de petites flèches dont il nous abreuvait. Je sais aujourd'hui pour avoir hérité de ce travers que c'était nous qu'il préférait.

Quant aux écrivains ou philosophes, je n'en vois que deux que j'aurais pu souhaiter rencontrer, Jean Giono et Jean-Paul Sartre. Je reparlerai de Sartre que j'ai manqué à un an près comme professeur de classe de philosophie au lycée Pasteur de Neuilly. J'ai commencé à lire Giono à douze ans. Pendant des années ce fut mon dieu. Pourtant l'idée d'aller le voir m'a à peine effleuré. D'abord je m'exagérais les difficultés matérielles. Comment va-t-on voir un homme célèbre ? Et puis j'imaginais son abord encombré d'une cour d'admirateurs que je haïssais à l'avance. Enfin ses livres s'interposaient entre lui et moi, le repoussant infiniment loin de moi.

Le seul maître que j'ai approché régulièrement, c'est Gaston Bachelard. C'est lui qui m'avait converti à l'idée d'une licence, puis d'une agrégation de philosophie en 1941 par deux livres *La Psychanalyse du feu* et *La Formation de l'esprit scientifique* que j'avais trouvés par hasard au fond d'une librairie de Dijon à une époque où les livres étaient si rares qu'on achetait tout ce qui paraissait sans discernement. Il m'avait donné la soudaine révélation que la philosophie était un instrument apéritif, une clé multiple, un ouvre-boîtes universel permettant une effraction incomparable de tout ce qui passe aux yeux du vulgaire pour clos, irrémédiablement obscur, secret et inentamable. Du coup la littérature et la poésie, la science elle-même devenaient des citrouilles pleines de choses subtiles et drôles que le grand couteau de la dialectique pouvait éventrer d'un seul coup, alors que ceux qui ignoraient le maniement de cet instrument admirable devaient se contenter de palper leur surface lisse ou pustuleuse. Outre l'universalité de ces outils, Bachelard me révélait un trait fondamental de l'entreprise philosophique et qui est comme sa marque d'authentification : le rire. Cette drôlerie profonde, divine, de l'analyse bachelardienne, il l'incarnait lui-même dans ses cours — on le vit bien à la Sorbonne à partir de 1942 — mais il n'était pas pire contresens que d'interpréter ses bouffonneries, ses mimiques, ses grognements, les idées folles qu'il se plaisait à lancer à la tête des étudiants effarés, comme l'éclat d'une nature joviale, champenoise et gastronomique, ou même comme des concessions destinées à s'assurer une joyeuse popularité auprès d'un public jeune. Simplement, je le répète, l'approche de l'absolu se signale par le rire.

Bachelard était parti de disciplines scientifiques — de la chimie singulièrement qu'il avait étudiée en autodidacte alors qu'il était employé des P.T.T. à Bar-sur-Aube — et il semblait destiné à prendre place dans la lignée des grands épistémologues français, les Boutroux, Meyerson, Brunschvicg, etc. Mais si cette place il l'occupa effectivement par une série d'ouvrages magistraux sur la philosophie des sciences, sa principale originalité, c'est d'avoir inventé une discipline nouvelle — la démystification des sciences — puis de l'avoir superbement gauchie ou de s'être laissé gauchir par elle. Son propos en effet — par exemple dans *La Formation de l'esprit scientifique* — consiste à dénoncer certaines images très fortes, très séduisantes qui s'imposent à l'esprit du chercheur mais qui le dévoient ou le bloquent parce qu'elles sont dépourvues de toute valeur scientifique. Il nous montre par exemple comment l'image de la *digestion* a pu faire des ravages dans la recherche chimique, les réactions des corps en présence dans des récipients en forme d'estomac étant assimilées à des processus *digestifs,* explication rassurante pour l'esprit, mais qui ne signifiait rien et ne menait nulle part. Or ces monstres imaginaires — l'éponge, la chambre nuptiale, la transmutation, etc. — à force de les pourfendre, il en était tombé amoureux et il a entrepris de les collectionner et de les élever. Peut-être le choix de la chimie — plutôt que des mathématiques ou de la physique — annonçait-il ce virage. Car la chimie est le domaine des qualités substantielles, sensuelles, odorantes, palpables, et surtout le phénomène chimique se distingue du phénomène physique par son irréversibilité, ce qui le rapproche de la vie. (Une barre de fer se dilate sous l'influence de la chaleur, phénomène réversible et physique. Elle rouille sous l'influence de l'humidité, phénomène irréversible et chimique.) Sa collection tératologique, c'est évidemment dans l'étude des textes des alchimistes, des mystiques et des poètes qu'il devait l'enrichir. Ses livres sur les quatre éléments — qui jalonnent très précisément son évolution, depuis l'attitude franchement critique et défensive de *La Psychanalyse du feu* jusqu'à l'adhésion amoureuse et enthousiaste de *L'Eau et les rêves* — révolutionnent non certes la philosophie dont ils ne sont qu'une lointaine application, mais à coup sûr la critique littéraire et plus encore la lecture poétique.

Pourtant Bachelard n'était pas un philosophe au sens étroit et un rien intolérant où nous l'entendions. Grand éveilleur de vocation, provocateur d'esprit, il s'était lui-même assis entre science et philosophie comme entre deux chaises, et son esprit sarcastique et antisystématique l'apparentait plus à Socrate et à Diogène qu'à Platon ou Aristote.

Des maîtres, il me semble que c'est plutôt au sein de ma propre génération que je les ai trouvés. Les professeurs de notre classe de philosophie au lycée Pasteur s'appelaient Daniel-Rops et Maurice de Gandillac. Mais c'était l'un des élèves qui accaparait la vedette. Roger Nimier était à cette époque un gros garçon, lent et goguenard auquel une précocité un peu monstrueuse, une intelligence et une mémoire hors du commun rendaient difficiles ses contacts avec les autres élèves. Il ne cessait de manger — c'était l'époque où l'on distribuait des biscuits vitaminés dans les écoles — et de tenir des discours auxquels nous ne comprenions goutte. Il serait intéressant de retrouver la collection du journal de la classe qu'il rédigeait seul sous le titre *Le Globule rouge.* Il y a un peu de lui dans le Nestor du *Roi des aulnes.* Sa terrible maturité annonçait peut-être la brièveté de sa carrière et de sa vie : premier roman publié à dix-huit ans, dernier livre publié à vingt-huit ans, mort à trente-six ans, faut-il dire de vieillesse ? Des années plus tard, j'ai eu comme tout le monde à remplir le questionnaire dit de Proust pour un hebdomadaire. La dernière question est celle-ci : quelle est la devise de votre vie ? J'ai ramassé dans ma mémoire une phrase qui y traînait : *Il faut vivre sous le signe d'une désinvolture panique, ne rien prendre au sérieux, tout prendre au tragique.* J'en fus félicité, on me demanda de commenter. Tout ce que je savais, c'était que cette citation n'était pas de moi, mais d'où venait-elle ? J'ai longtemps cherché. Finalement une bonne âme m'a fourni la solution, c'était du Nimier, et même du pur Nimier...

Un autre condisciple — Jean Marinier — devait nous faire connaître Gilles Deleuze qui faisait sa première au lycée Carnot. Un mois de différence capricieusement placé à cheval entre décembre et janvier avait provoqué cet écart d'une année. Mais cette médiocre avance ne pesa pas lourd face aux exigences intellectuelles et à la force spéculative du nouveau venu. Les propos que nous échangions comme balles de coton ou de caoutchouc, il nous les renvoyait durcis et alourdis comme boulets de fonte ou d'acier. On le redouta vite pour ce don qu'il avait de nous prendre d'un seul mot en flagrant délit de banalité, de niaiserie, de laxisme de pensée. Pouvoir de traduction, de transposition : toute la philosophie scolaire et éculée passant à travers lui en ressortait méconnaissable, avec un air de fraîcheur, de jamais encore digéré, d'âpre nouveauté, totalement déroutante, rebutante pour notre faiblesse, notre paresse.

Au plus noir de la guerre, de l'Occupation, des restrictions généralisées qui pesaient sur nous tous, nous avions formé un petit groupe qu'unissait une certaine idée de la philosophie, idée étroite, fanatique même qui se serait assez volontiers complétée de quelques charrettes et d'une guillotine. J'allais écrire étourdiment que Gilles Deleuze était l'âme de ce groupe, quand j'ai imaginé les huées et les pierres dont les fantômes des adolescents que nous fûmes auraient salué ce mot exécré. J'oubliais que notre seule manifestation collective devait prendre la forme d'un numéro unique de la revue *Espace* — elle ne lui survécut pas — dont Alain Clément a été le maître d'œuvre — tout entier dirigé contre la notion de vie intérieure et qui devait s'ouvrir sur la photographie d'une cuvette de w.-c. légendée par cette citation : *Un paysage est un état d'âme.* Il n'en reste pas moins que Gilles Deleuze donnait le ton et entretenait notre ardeur. A qui n'a pas connu cette rage de creuser, ce démon du système, cette fièvre mentale, ce délire d'absolu, je pense qu'il manquera toujours quelque chose du côté de la comprenette.

Nous ne mettions pas en doute que le degré de réalité d'un objet ou d'un ensemble d'objets dépend de sa cohérence rationnelle. Si le monde des rêves est universellement taxé d'irréalité — et débouté, à l'unanimité des témoins, de sa naïve prétention à passer pour réel — c'est en raison de son caractère décousu, chaotique, incohérent. Que si au contraire nos rêves s'enchaînaient parfaitement et recommençaient chaque soir là où nous les avions abandonnés le matin précédent en nous éveillant, nous aurions deux vies parallèles, entremêlées, entrelardées, deux milieux équivalents, et nous passerions de l'un à l'autre en nous endormant et en nous réveillant. Mais pour être d'une rigueur rationnelle incomparablement plus solide que le monde rêvé, le monde réel n'est doué que d'une cohérence relative — tout le scientisme consiste à prétendre faire de ce relatif un absolu — en vérité troué de lacunes, semé de contradictions, hérissé d'absurdités. Il est donc possible, *il dépend de notre seule force cérébrale* de concevoir des ensembles d'un degré de cohérence supérieur au « réel » et donc d'un degré de réalité plus élevé. Ces ensembles existent : ce sont les systèmes philosophiques. Peu nombreux, les doigts des deux mains suffisent à les compter, ils sont de dimensions diverses (il peut y avoir des systèmes miniatures, des maquettes de système), et tous ils surclassent le réel en solidité et en densité, tout de même que celui-ci ridiculise le monde des rêves. Les systèmes sont-ils l'œuvre des grands philosophes comme l'admet une conception naïvement causaliste ? Evidemment non. Le plus cohérent étant toujours cause du moins cohérent, le système avec son insurpassable cohérence est cause de tout, effet de rien. C'est tout au plus le philosophe qui n'est que le déchet que laisse tomber dans le monde empirique le système qui se forme, comme le placenta qui reste au fond du lit de gésine après la naissance d'un enfant.

Dès lors le rôle que nous assignait notre vocation était de deux ordres. Dans la plupart des cas, nous serions les gardiens de ces douze citadelles de granit appelées d'après leur placenta Platon, Aristote, saint Thomas, Descartes, Malebranche, Spinoza, Leibniz, Berkeley, Kant, Fichte, Schelling et Hegel. Professeurs de philosophie, il nous appartiendrait d'initier les jeunes à la connaissance de ces monuments historiques d'une majesté et d'une grandeur supérieures à tout ce que l'humain peut offrir. Mais chacun de nous pouvait aussi, par un décret très improbable du destin, être le premier témoin (placentaire) de la naissance d'un nouveau système, et être désigné par aberration causaliste comme son auteur.

On conçoit qu'une intransigeance aussi radicale allait de pair avec un enfer assez bien peuplé. Nous mettions dans le même sac pour les jeter ensemble par-dessus bord la science et la religion, l'humanisme et les moiteurs de la « vie intérieure ». Notre bêtisier favori s'appelait les *Pensées de Pascal* où nous lisions en pouffant que la peinture est une entreprise frivole puisqu'elle consiste à reproduire imparfaitement des objets déjà dépourvus de valeur par eux-mêmes, que la traduction d'un texte étranger est sans problème puisqu'il suffit de remplacer chaque mot étranger par le mot français correspondant, que la face du monde aurait été changée si le nez de Cléopâtre eût été plus court, que les vérités mathématiques sont moins certaines que les affirmations de la foi puisqu'elles n'ont jamais suscité de martyrs, et autres paris stupides que Flaubert n'aurait pas osé mettre dans la bouche de M. Homais, de Bouvard ou de Pécuchet. L'homme qui cousait des petits papiers dans la doublure de son manteau était notre ilote ivre, et à l'image de ce bigot qui cherchait en gémissant nous opposions celle du métaphysicien qui trouve en riant. Nous tenions d'ailleurs qu'en bonne philosophie la solution précède toujours le problème. Le problème n'est que l'ombre portée d'une solution, fontaine d'évidence jaillie *motu proprio* dans le ciel intelligible. L'existence de Dieu n'avait commencé à être un problème que le jour où était apparu l'argument ontologique, etc. Petits Saint-Just de l'esprit, nous classions les productions de l'esprit en deux catégories que nous séparions d'un coup d'épée : les systèmes philosophiques et les bandes dessinées. Tout ce qui n'était pas système — ou études consacrées à un système — était bande dessinée, et dans cette catégorie méprisable nous jetions pêle-mêle Shakespeare et Ponson du Terrail, Balzac et Saint-John Perse. Nous étions ivres d'absolu et de puissance cérébrale. Les physiciens admettent que la matière est faite d'énergie. Nous souscrivions à cette thèse en précisant que cette énergie est de nature *mentale*. En d'autres termes qu'il dépendait de notre cerveau d'opérer dans le monde tel ou tel changement de notre choix, création ou disparition. Il suffisait qu'il en eût la force. De même qu'il ne dépendait que de notre force musculaire de déplacer tel ou tel poids, plume ou montagne.

Un jour de l'automne 1943, un livre tomba sur nos tables, tel un météore : *L'Etre et le Néant* de Jean-Paul Sartre. Il y eut un moment de stupeur, puis une longue rumination. L'œuvre était massive, hirsute, débordante d'une force irrésistible, pleine de subtilités exquises, encyclopédique, superbement technique, traversée de bout en bout par une intuition d'une simplicité diamantine. Déjà les clameurs de la racaille antiphilosophique commençaient à s'élever dans la presse. Aucun doute n'était permis . un système nous était donné. Nous exultions. Tels les disciples du lycée au IVe siècle avant J.-C., ou les étudiants d'Iéna en 1805, nous avions le bonheur inouï de voir naître une philosophie sous nos yeux. Cet hiver de guerre, noir et glacé, nous l'avons passé enveloppés dans des couvertures, les pieds ficelés de peaux de lapins, mais la tête en feu, lisant à haute voix les sept cent vingt-deux pages compactes de notre nouvelle bible. Et la dernière phrase de la dernière page nous jetait dans un infini de rêve : « Nous y consacrerons un prochain ouvrage. »

Le 28 octobre 1945 Sartre nous convoqua. Ce fut une ruée. Une foule énorme battait les murs d'une salle exiguë. Comme les issues étaient bloquées par ceux qui n'avaient pu pénétrer dans le sanctuaire, on entassait les femmes évanouies sur un piano à queue. Le conférencier follement acclamé fut porté à bout de bras jusqu'à sa table. Cette popularité aurait dû nous avertir. Déjà cette étiquette suspecte — l'existentialisme — avait été épinglée sur le nouveau système. Tombée au fond des boîtes de nuit, elle avait aussitôt polarisé une faune grotesque de chanteuses, de jazzmen, de F.F.I., d'ivrognes et de staliniens. Qu'était-ce donc que l'existentialisme ? Nous allions l'apprendre. Le message de Sartre tenait en quatre mots : *l'existentialisme est un humanisme.* Et de nous raconter une histoire de petits pois dans une boîte d'allumettes pour illustrer son propos. Nous étions atterrés. Ainsi notre maître ramassait dans la poubelle où nous l'avions enfouie cette ganache éculée, puant la sueur et la vie intérieure, *l'Humanisme*, et il l'accolait comme également sienne à cette absurde notion d'existentialisme. Et tout le monde d'applaudir.

Je revois la veillée funèbre qui nous réunit ensuite dans un café. L'un de nous crut trouver la clé de tout dans un roman de Sartre publié en 1938, *La Nausée.* On y voit un personnage ridicule, un raté que le narrateur appelle l'Autodidacte parce qu'il s'instruit en lisant dans l'ordre alphabétique tous les auteurs de la bibliothèque municipale de sa ville. Or cet imbécile se réclame de l'humanisme et — comble de ridicule — il confie à ses intimes que c'est dans la chaude promiscuité d'un camp de prisonniers en 14-18 qu'il a découvert la valeur indicible de l'éternel humain. Pour couronner le tout, il s'inscrit à la S.F.I.O. Tout était clair. Prisonnier en 1940, Sartre nous revenait métamorphosé en autodidacte. Ce fut autour de la table un concert de prévisions catastrophiques : « Il va devenir socialiste. Il fera la quête pour les petits Chinois. Il va devenir une Grande Figure (pour nous toute « grande figure » s'apparentait aux masques géants du carnaval de Nice), le Gandhi de la France gaullienne. Il va faire des bandes dessinées... » Et la suite sembla nous donner raison, les bandes dessinées succédant aux bandes dessinées, romans, pamphlets, drames, farces, reportages, essais politiques, mémoires... Infiniment supérieures à tout ce qui se faisait dans le même genre parce que ces rognures étaient tout de même tombées du Système, elles nous paraissaient pourtant tout juste bonnes à nous faire pleurer la mort de l'auteur de *L'Etre et le Néant.*

Il faut prendre cette réaction à l'égard de Sartre pour ce qu'elle était : une sorte de liquidation du père par des adolescents attardés auxquels pesait la conscience de tout lui devoir. Jugée avec le recul des ans, cette condamnation m'apparaît dans tout son excès juvénile. Pourtant je ne peux m'empêcher de penser qu'elle contenait une graine de vérité. Sartre semble avoir toujours souffert de scrupules moraux excessifs. La peur lancinante de glisser dans ce qu'il considère comme le camp des « salauds » a indiscutablement diminué ses forces et sa puissance créatrice. On ne peut vivre sainement et pleinement, je crois, sans un minimum d'indifférence aux maux des autres. Cette indifférence, qui prend l'aspect assez peu inquiétant d'un bel égoïsme primaire et animal chez tout un chacun, se teinte nécessairement de cynisme chez les plus lucides, les plus intelligents. Le malheur de Sartre, c'est de n'en avoir jamais pris son parti. Mais peut-être faut-il aller plus loin. Peut-être ce marxiste n'a-t-il jamais pu renoncer à l'ambition secrète de devenir un saint...

Vint l'année de l'agrégation, ce bachot hypertrophié, bouffi, ubuesque, l'institution la plus malhonnête et la plus néfaste de notre enseignement. Le petit groupe que nous formions fut taillé en pièces par les examinateurs. Seuls Gilles Deleuze et François Châtelet sauvèrent leur mise. Le jury recula devant l'attentat ignoble qui aurait consisté à les inscrire eux aussi à son tableau de chasse. Il fallut renoncer à notre seule et véritable vocation et jeter aux orties nos robes de clercs-métaphysiciens pour nous convertir au journalisme, à la radio, à l'édition, à la confection, voire à la fiction littéraire, comme Michel Butor et moi-même.

*

Ainsi donc s'il fallait dater la naissance de ma vocation littéraire, on pourrait choisir ce mois de juillet 1949 où dans la cour de la Sorbonne Jean Beaufret m'apprit que mon nom ne figurait pas sur la liste des admissibles du concours d'agrégation. Ma révolte fut d'autant plus passionnée que je me jugeais carrément comme le meilleur de ma génération. En fait mes années d'études en Allemagne qui justifiaient cette prétention n'avaient fait que m'éloigner irrémédiablement du jeu d'oie de l'agrégation. Je repoussai avec indignation l'idée d'enseigner comme simple licencié ou capésien, et de me représenter d'année en année au concours. Il faut ajouter que je me berçais d'une illusion. Je me figurais qu'on peut faire œuvre philosophique seul, en dehors du cadre universitaire, sans l'entourage des confrères et des étudiants. Ayant claqué derrière moi la porte de l'université, je crus que je pourrais poursuivre solitairement dans la voie où j'avançais depuis sept ans, comme un moine défroqué qui s'imaginerait pouvoir observer la règle de son ancien ordre en gagnant sa vie comme ouvrier ou comme commerçant.

J'habitais avec quelques gentils farfelus de mon espèce l'hôtel de la Paix, 29, quai d'Anjou, dans l'île Saint-Louis. Dès le mois d'avril les péniches de la Seine et le pont Marie m'apparaissaient à travers le rideau tremblant des peupliers de la berge. Il y avait là Yvan Audouard, Georges de Caunes, Armand Gatti, Pierre Boulez, Georges Arnaud et, côté femmes, la photographe Ina Bandy et la comtesse de la Falaise, une immense et superbe Irlandaise qui faisait mannequin couturier. Le peintre Fred Deux, Karl Flinker, Gilles Deleuze et Claude Lanzmann étaient nos familiers. Traînant en espadrilles sur les berges et les quais, dans les bistrots de l'île et de la place des Vosges, je gagnais ma vie en bricolant des émissions pour la radio et en abattant pour les éditions Plon des milliers de pages de traduction. Je ne savais pas que ces deux expédients alimentaires me préparaient très efficacement chacun à sa façon au métier d'écrire.

La traduction est certainement l'un des exercices les plus profitables auxquels puisse se soumettre un apprenti écrivain. Traduire de l'anglais en français, ce n'est pas un problème d'anglais, c'est un problème de français. Certes la connaissance de l'anglais est indispensable. Mais il s'agit pour le traducteur d'une connaissance passive, réceptrice, incomparablement plus facile à acquérir que la possession active, créatrice impliquée par la rédaction en français. C'est toute la différence qui sépare la lecture de l'écriture. C'est pourquoi dans une classe seul le thème permet de mesurer la connaissance qu'ont les élèves d'une langue étrangère. La version ne révèle que la connaissance qu'ils ont du français. Les premiers en version sont les meilleurs en français.

L'objectif étant la formulation d'une pensée étrangère dans un français aussi coulant, collant, souple et familier que possible, le traducteur se doit d'apprendre à manier en virtuose les clichés, locutions, formules toutes faites, tournures usuelles et autres idiotismes qui constituent le fonds de la langue dans laquelle il écrit, et dont l'absence ou la rareté caractérise ce jargon abominable qu'on a appelé le « traduit-du ». J'ai bientôt compris l'avantage d'un catalogue des gallicismes. Je l'ai vite su par cœur à force de m'y référer et d'y puiser à outrance pour mes traductions. C'est leur rareté qui trahit la traduction.

Par exemple l'allemand ignorant le verbe *falloir* qu'il rend par *devoir,* le traducteur doit recourir à tout moment à la tournure *il faut que je* de préférence à *je dois* plus bref, aussi clair, mais qui sent son germanisme à plein nez.

Or cet exercice prépare excellemment à l'œuvre originale. En effet le maniement constant des pièces essentielles constituant l'automatisme de la langue apprend non seulement à s'en servir dans la traduction, mais à les gauchir ou à les éliminer dans l'œuvre originale. Car il y a de grandes ressources pour le style — en prose et plus encore en poésie — dans la distorsion des locutions usuelles. Les poètes usent souvent du langage comme certains sculpteurs contemporains d'une machine à coudre ou d'un moteur d'automobile qu'ils transforment en œuvres d'art par des destructions appropriées.

Mais revenons à la traduction. Chaque langue ayant son atmosphère et son attraction propres, le préalable à la bonne traduction est d'échapper à cette atmosphère, de se libérer de cette attraction afin d'évoluer en toute liberté dans la langue adoptée. C'est un problème semblable à la mise sur orbite d'un satellite artificiel qu'il faut pour cela arracher à l'attraction de la terre. J'avais imaginé pour réaliser cet arrachement un procédé que je recommande aux traducteurs. Je choisissais un auteur français ayant une affinité, même lointaine, avec l'auteur étranger que j'avais à traduire, et je m'en imprégnais avant de me mettre au travail, m'efforçant alors de traduire mon étranger non seulement en français, mais singulièrement en Flaubert, en Maupassant ou en Renan. C'est ainsi que j'ai traduit deux romans d'Erich Maria Remarque « en Zola », influence qui est certainement perceptible à la lecture de mes traductions.

Cela me donna l'occasion au demeurant de rencontrer l'auteur de *A l'Ouest rien de nouveau.* Ce natif d'Osnabrück (Basse-Saxe), célèbre dans le monde entier pour son antimilitarisme, avait, avec son échine raide, son visage sévère et rectangulaire et son inséparable monocle, l'air plus vrai que nature d'un ancien officier prussien. Il m'invita à déjeuner au *Relais Bisson* et me fit manger les premiers oursins de ma vie. « C'est la première fois que je peux parler dans ma langue avec l'un de mes traducteurs, m'avoua-t-il. Les autres — l'américain, l'italien, le russe — savent l'allemand comme une langue morte, le latin ou le grec ancien. » Il me félicita de faire des traductions, mais m'encouragea à ne les considérer que comme des exercices pour des œuvres personnelles à venir. « Pourtant, ajouta-t-il, il ne faut pas confondre trop traduction et œuvre personnelle. Ainsi votre traduction — d'ailleurs excellente — de mon dernier roman m'a réservé deux surprises à la lecture. La première, c'est de ne pas y avoir retrouvé certaines pages de l'original. — Et la seconde surprise ? lui demandai-je très inquiet. — La seconde surprise, ce fut au contraire d'y lire certaines pages qui ne se trouvaient pas dans l'original. » J'avais vingt ans, j'étais un petit crétin prétentieux, et je n'avais pas une estime démesurée pour la prose d'E.M. Remarque. Après avoir copieusement rougi et balbutié, j'eus l'insolence de lui répondre : « L'important, n'est-ce pas que les secondes soient meilleures que les premières ? » Il eut la générosité de sourire. Je ne savais pas encore que le traducteur n'est que la moitié d'un écrivain, ce qu'il y a en l'écrivain de plus humblement artisanal. En faisant des traductions, l'apprenti écrivain n'acquiert pas seulement la maîtrise de sa propre langue, il apprend aussi la patience, l'effort ingrat accompli consciencieusement, sans espoir d'argent, ni de gloire. C'est une école de vertu littéraire.

Tout autres étaient les leçons que je retenais de mes activités à la Radiodiffusion nationale, puis à Europe N° 1.

L'émotion sacrée qu'on éprouve enfermé dans le studio de l' « écran sonore », lorsque la lampe rouge en s'allumant vous avertit que vous êtes en contact avec l'« auditeur » et qu'il est temps de parler, est du même ordre, mais plus immédiate, plus brutale que celle que vous donne la vue de votre nom imprimé dans un journal ou sur la couverture d'un livre. Je parle, on m'écoute. Qui m'écoute ? On ne peut répondre à cette question. La parole est catapultée au hasard par des moyens de diffusion formidables. Elle tombe où elle peut. Mystère prodigieusement excitant quand on l'aborde pour la première fois, expérience capitale qui me faisait sentir la présence obscure mais vivante de cette hydre à un million de têtes, le « grand public ». Expérience rendue plus bouleversante par le contact que j'eus un moment avec le courrier des auditeurs, cet énorme concert discordant, déchirant, grotesque, effrayant de voix de toutes provenances qui s'adressent à vous pour tout et pour rien, pour se plaindre en général de la maladie, du mari, du percepteur, de la maîtresse, du grand fils, de la malchance, de la pauvreté, de l'ennui, de la solitude, à vous comme à celui qu'on ne connaît pas mais qui est là par le miracle des ondes, et donc qui peut tout, qui est... Dieu. Oui, quiconque lit le courrier des auditeurs sonde toutes les plaies de ce monstre femelle et plaintif, la foule, et a une idée assez précise de ce que Dieu et ses saints entendent journellement dans les prières qui montent à eux. Ainsi traînant en espadrilles sur les berges de l'île Saint-Louis, aiguisant ma plume sur des traductions, je prenais conscience de la vaste rumeur qui bruissait à mes oreilles comme le souffle de l'océan et que j'avais superbement ignorée quand j'étais clerc universitaire, cette âme collective de tous nos contemporains que l'on peut appeler l'opinion, la masse, le peuple.

L'apparition de la station de radio privée Europe N° 1 devait donner toute son ampleur à cette découverte, et me faire connaître du même coup l'un des hommes les plus étonnants qu'il m'a été donné de rencontrer. Europe N° 1, c'était l'idée et l'œuvre de Charles Michelson. Cet israélite d'origine roumaine, demeuré mystérieusement apatride, avait débuté avant la guerre par un coup d'essai à Tanger qui aurait pu être magistral si la guerre n'était pas venue en travers. Aux termes d'un accord avec les autorités internationales administrant cette ville depuis 1923, il avait seul le privilège d'installer et d'exploiter une station de radio privée sur son territoire, moyennant bien entendu une participation massive du gouvernement aux recettes publicitaires de la station. Les événements suspendirent tout avant que Radio-Tanger-Michelson eût commencé ses émissions. La ville fut occupée par les Espagnols, puis par les Américains, avant de revenir au Maroc. Cependant Michelson, brandissant son contrat devant la Cour internationale de La Haye, obtenait réparation du dommage subi du fait de la mainmise de trois régimes successifs sur le territoire tangérois.

Mais ce n'était là qu'un galop d'essai en vue des grandes manœuvres sarroises. Etat indépendant jusqu'en 1957, la Sarre offrait un terrain non sans analogie avec l'ancienne zone internationale de Tanger. Michelson signa avec son gouvernement un accord l'autorisant à planter une antenne à Sarrelouis. Europe N° 1 était né. Non sans douleurs car le tollé qui salua ses premières émissions fut formidable. C'était principalement sous la pression de la presse écrite qu'avait été votée en 1945 la loi établissant un monopole d'Etat sur la radio et la télévision. On aurait pu croire que la presse avait vocation pour veiller de la façon la plus sourcilleuse sur l'intégrité de la liberté d'expression garantie par la Constitution. On s'étonnerait qu'elle eût exigé avec acharnement la suppression du libre usage de l'expression radiophonique et télévisuelle si on voulait ignorer que les principes les plus sacrés ne pèsent pas lourd devant l'argent. La presse écrite craignait pour ses recettes publicitaires et tenait à tuer dans l'œuf tout concurrent par trop dangereux. Crime crapuleux donc puisque inspiré par des motifs purement intéressés. On sait le châtiment qui devait le punir lorsque la publicité envahit les chaînes de télévision d'Etat quelques années plus tard.

Pendant les mois de novembre et de décembre 1954, on embaucha ferme rue François-1er, de préférence des collaborateurs de la R.T.F. et à des conditions sans commune mesure avec ce qu'ils y gagnaient. Je me retrouvai avec quantité d'autres frétillant dans les filets de Charles Michelson. Dès ma première rencontre avec lui, je fus terrifié et fasciné. Je connaissais son histoire et j'admirais que ce solitaire, cet apatride, traitât d'égal à égal avec des Etats, et parvînt à leur tenir tête et même à leur faire mordre la poussière. Jamais le combat de David et Goliath n'avait reçu une illustration moderne plus impressionnante. Physiquement il respirait l'intelligence, la force et l'acharnement. Il avait un sosie, l'acteur américain Edward G. Robinson, juif roumain comme lui, rendu célèbre par son film *Little Caesar,* tout un programme. A tout cela près que je n'ai jamais vu Robinson dans ses films rayonner de sympathie et de séduction comme cela pouvait être le cas chez Charles Michelson. Pourtant l'argent m'intéressait médiocrement et lors de notre première rencontre, il me sentit sur la défensive. Cette maison fiévreuse, pleine de galopades, où l'on voyait passer trop de visages brûlants d'ambition et d'avidité, me rebutait. J'aimais mieux décidément mes flâneries en savates sur les quais et sous les ponts de l'île Saint-Louis. Le courage me manqua cependant de dire non à ce taureau dont la force de conviction ne paraissait admettre aucune résistance. A sa grande surprise, je demandai trois jours de réflexion. « Nous avons de grandes choses à faire ensemble, me dit-il en me reconduisant. Europe N° 1-radio n'est que la plate-forme de départ d'Europe N° 1-télévision. Pensez au pouvoir que cela va représenter, aux foules que nous allons toucher. Ayez de l'imagination et ne croyez pas que nous ne songions ici qu'à remplir nos poches. » Puis il ajouta avec franchise dans un sourire désarmant : « Mais bien entendu, ça n'est pas non plus exclu. »

Trois jours plus tard ma décision était prise, c'était non décidément. J'étais armé jusqu'aux dents pour répondre à tous les assauts du tentateur. Du moins le croyais-je, car s'il en avait été ainsi, pourquoi ne pas tout simplement lui envoyer un petit mot bref, amical mais négatif ? Non, il fallait que je le revoie, que je me justifie, que j'arrive à le convaincre du bien-fondé de mon refus. Ce besoin dangereux que j'éprouvais de l'affronter à nouveau, c'était tout à fait lui. Je fus désarçonné par l'accueil de sa secrétaire, la douce Mme Thibault. Le patron était en voyage, mais il avait laissé des instructions me concernant. J'eus un flottement fatal. Et la minute qui suivit, je me retrouvai pour la première fois de ma vie pourvu d'un bureau, d'un téléphone, d'une secrétaire et d'une fin de mois assurée.

Le plus étrange c'était que je n'avais rien à faire. La station ne fonctionnait pas encore, le bâtiment de Sarrelouis, d'une audace architecturale inouïe, s'étant effondré sur les appareils. De surcroît mon premier entretien avec Charles Michelson m'avait fait soupçonner qu'il n'en savait pas plus que moi sur les fonctions qu'il se proposait de me confier lorsque tout serait rentré dans l'ordre. En attendant j'entretenais avec lui des rapports familiers et orageux. Au début je me présentais à son bureau à huit heures. Il me lançait rageusement : « Vous avez de la chance vous de pouvoir faire la grasse matinée ! » Un matin j'arrivai à six heures. Il hurla : « Ah non ! Est-ce que vous croyez que je suis à mon bureau à cette heure pour que des petits crétins viennent me déranger ? Allez vous recoucher ! » Une autre fois, dès mon arrivée il me prit à part, et avec beaucoup de douceur, sur le ton de la confidence, il me fit savoir que déjà il était hors de lui et que je devrais considérer comme nulles et non avenues toutes les grossièretés qu'il me dirait. Régulièrement nous allions en Sarre. Je lui servais d'interprète, mais impatient, il m'interrompait et apostrophait directement ses interlocuteurs dans un étonnant sabir qui mêlait l'allemand, le roumain, le yiddish et l'anglais. Nous pataugions dans la boue du chantier de Sarrelouis. On s'efforçait de remettre debout la « cathédrale » de l'émetteur dont la toiture faite d'un voile de ciment précontraint s'était déchirée. Nous organisions des émissions pour Telesaar, l'émetteur de télévision sarrois qu'il avait mis dans sa poche au passage. J'ai fait ainsi plusieurs fois le voyage avec des colosses aux oreilles en choux-fleurs, car c'était le temps où le catch à quatre faisait merveille sur le petit écran. Vingt ans plus tard, revenu à Sarrebruck pour faire une conférence littéraire, j'ai bien surpris mon auditoire en lui révélant ce qui m'avait amené dans leur ville la dernière fois que j'y étais.

Cependant la bataille faisait rage autour d'Europe N°1 dont l'audience s'affirmait. Paradoxalement toutes les émissions étaient diffusées en direct des studios parisiens reliés par une simple ligne téléphonique à la frontière sarroise. Il aurait suffi que les P & T françaises coupassent cette ligne pour que l'émetteur s'arrêtât. Ses ennemis n'obtinrent jamais cela. Il est vrai que le public déjà considérable attaché au journal de Pierre Sabbagh et Maurice Siegel rendait de plus en plus difficile un coup de force contre la jeune station. On s'en prit à défaut à son créateur. Le ministre de l'Intérieur signa un arrêté obligeant Charles Michelson à résider en Corse sous surveillance de la police. Il en avait le pouvoir sans contrôle ni justification, s'agissant d'un apatride. La loi française admet cette survivance de la lettre de cachet. Le but de l'opération était d'obliger Charles Michelson à céder les actions qui lui assuraient le contrôle d'Europe N°1 ; elle réussit.

La direction des opérations revenait à Louis Merlin, grand thaumaturge de la publicité venu de Radio-Luxembourg avec au cœur une passion brûlante : le cirque. Nous allions voir ce que nous allions voir. Dernier venu sur les ondes, Europe N°1 — une invention de Merlin, ce nom prestigieux — avait à conquérir sa place, vite et fort. Ce qui fut fait par une série de coups d'éclat dont les principaux furent l'œuvre de Jacques Antoine et Pierre Bellemare dans le cadre de leur émission « Vous êtes formidables ». Cette série d'opérations publicitaires mérite d'être rappelée parce que dans son style fracassant et purement mercantile — il s'agissait au total de faire vendre les produits de l'Oréal-Monsavon qui « patronnait » l'émission — elle posait et résolvait à sa manière le problème très général des rapports du « receveur » (consommateur, public, spectateur, auditeur, lecteur, etc.) et du « donneur » (producteur, auteur, homme de spectacle, écrivain, etc.).

Bien qu'on dise souvent le contraire — généralement sans le penser vraiment — il existe une hiérarchie dans les modes d'expression, certains arts pouvant à coup sûr être qualifiés de « mineurs » par rapport à certains autres d'une éminence supérieure. Où est le critère ? Il se trouve selon moi dans la quantité et la qualité de la co-créativité que le créateur attend et exige du « receveur ». J'appelle mineur un art qui ne demande que réceptivité passive et docilité amorphe à ceux auxquels il s'adresse, mineure une œuvre où presque tout est donné, où presque rien n'est à construire. Paul Valéry a écrit que l'inspiration n'est pas l'état dans lequel se trouve le poète écrivant des vers, mais celui dans lequel il espère mettre le lecteur de ses vers. Et je pense que la poésie, exigeant plus d'inspiration de ses lecteurs qu'aucun autre mode d'expression des « receveurs » auxquels il s'adresse, doit être considérée comme le plus éminent des arts. A l'autre bout de la hiérarchie, le cinéma ne demande à ses spectateurs que l'immobilité dans une salle obscure, des yeux ouverts fixement sur un écran scintillant, un état d'esprit semi-hypnotique, vacillant entre le rêve éveillé et le sommeil. Le cinéphile idéal, c'est le héros de l'*Orange mécanique* de Stanley Kubrick : assis ficelé dans une camisole de force, des pinces maintiennent ses yeux ouverts face à l'écran, cependant qu'un infirmier y instille à tout moment des gouttes d'eau distillée pour suppléer les battements des paupières. Voilà un consommateur réduit à un degré de passivité difficilement surpassable. Mauvais spectateur en vérité, digne d'un mauvais spectacle ! Oui, qu'il s'agisse d'associer un lecteur à l'édification sonore d'un poème, un auditeur à cette danse abstraite qu'est une symphonie, un amateur d'art à la destruction-reconstruction par lignes et taches de couleur de sa vision du monde, ou au niveau le plus trivial une ménagère au succès commercial d'une marque de lessive, la résistance passive du receveur doit faire place à une complicité active.

Cette résistance passive, l'auditeur de la radio l'aggrave encore par la faculté redoutable qu'il a toujours de faire autre chose en écoutant — d'une oreille combien distraite ! — le « message publicitaire » enrobé de musique qu'on lui destine. Que peut-on attendre d'un receveur qui reçoit tout en faisant la cuisine, le ménage ou l'amour ? A cette condition de réception déplorable des émissions radiophoniques, « Vous êtes formidables » remédiait de façon brutale et péremptoire. A l'heure du dîner, alors qu'il se relâchait après sa journée de travail, l'auditeur, mis en condition par une musique solennelle et vigoureuse — un extrait de *l'Amour des trois oranges* de Prokofiev — s'entendait raconter une histoire vraie, dramatique, au dénouement encore en suspens. Puis on lui apprenait qu'on avait besoin de lui, on lui enjoignait de remettre ses chaussures et son manteau, et de descendre dans la rue... Bref au lieu de bercer le receveur dans une pénombre douce et rêveuse, « Vous êtes formidables » employait la méthode inverse. Elle le secouait et l'obligeait à payer de sa personne. Le plus étonnant, c'est qu'il obéissait. Mais alors quelle n'était pas la pénétration en lui du « message publicitaire » ! C'était le taureau s'embrochant lui-même dans sa charge fougueuse sur la pique du picador.

Pour illustrer cette méthode, je citerai l'exemple des émissions des 15 mai et 30 octobre 1956. La première nous racontait une bien touchante idylle. La fille d'un garde-barrière de la ligne Paris-Charleville vivait clouée sur sa chaise longue de paralytique. Pourtant un chauffeur de locomotive l'avait remarquée, et chaque fois que son train passait devant la maisonnette, il saluait l'infirme d'un coup de sifflet, note amicale et brin de mystère dans la terrible monotonie de cette vie horizontale. Bien entendu Andrée Jammet et Robert Ferret ne s'étaient jamais parlé.

« Vous êtes formidables » allait changer tout cela d'un coup de baguette magique. Ce mardi

15 mai 1956, alertés par des appels radiophoniques impérieux, des milliers d'auditeurs se rendent les bras chargés de cadeaux aux gares de Paris-Est, Lagny, Meaux, Esbly et La Ferté-Milon. Une locomotive haut-le-pied conduite par Robert Ferret fait la collecte et s'arrête — enfin ! — devant la maison des Jammet. La jeune infirme fait la connaissance de son mystérieux ami qui dépose mille cadeaux à ses pieds...

Fin octobre, c'est le drame de la Hongrie écrasée sous la botte soviétique. Toute la journée du 30 la radio a retransmis des échos de la lutte et de l'agonie de la population de Budapest. Le soir « Vous êtes formidables » secoue la torpeur des foyers français. On a frêté à Orly un DC-4 pouvant contenir un chargement de sept tonnes. Il décollera le lendemain pour Budapest, bourré de médicaments. Dans chaque ville, dans chaque village, il faut qu'il y ait au moins un automobiliste volontaire qui se rende devant la mairie pour recueillir des médicaments que la population lui apportera à l'intention des Hongrois. Ensuite il prendra la route pour Orly. Certains venant de Nice ou de Brest rouleront toute la nuit et arriveront pour voir l'appareil décoller en bout de piste. Qu'importe ! Ce qui comptait seul, c'était l'effort, le sacrifice, la passivité vaincue !

Certaines opérations connurent de rebondissement en rebondissement une amplification inattendue de farce énorme, nationale, voire internationale. L'une d'elles débuta le 22 janvier 1957, et eut pour héros un industriel américain — Abraham Spanel — qui, ayant fait fortune dans les objets de caoutchouc, achetait des pages entières dans la presse américaine pour y faire l'éloge de la France et défendre sa politique. Ce soir-là « Vous êtes formidables » demanda aux auditeurs d'envoyer immédiatement une carte postale de leur ville ou de leur village avec ses simples mots : « Merci, Monsieur Spanel ! » On en reçut 1 361 000. Ces cartes, il fallait quelqu'un pour les convoyer. Qui ? Un facteur français. Quel facteur ? S'il y en avait un qui s'appelait Lafrance ce serait celui-là. Réponse du ministère des P & T : aucun facteur ne répondait actuellement au doux nom de Lafrance. Alors peut-être un facteur s'appelait-il Lafayette : ce serait donc le facteur de cette commune. Misère ! Ce village trop petit était desservi par le facteur du bourg voisin ! Il fallait en finir, car le temps pressait. On persuada l'administration des P & T de nommer facteur l'un des habitants de Lafayette : ce fut le citoyen Abel Charbonnier, plus vrai bougnat que nature. Il débarqua à Paris — qu'il voyait pour la première fois — avec en bandoulière une sacoche toute neuve en cuir de vache. Puis ce fut la traversée de l'Atlantique dans un Constellation spécial, une réception d'ambassadeur organisée par A. Spanel, une tournée triomphale d'Etat en Etat. Trois semaines plus tard Abel et Abraham atterrissent ensemble à Orly. Ils sont reçus à l'Elysée par le président Coty. On frète un autorail spécial à destination de Chavaniac dans lequel en cours de route le sculpteur-minute Barteletty-Daillon sculpte le buste d'Abraham Spanel en pierre de cathédrale. On l'inaugurera à la mairie en arrivant.

Pour le clerc philosophe fraîchement défroqué, sortant à peine de *L'Ethique* de Spinoza ou de la *Critique de la raison pure* de Kant, quel dépucelage que ce contact quotidien avec les grands requins cyniques ou inconscients de la publicité, et ces folles équipées dont la dernière m'envoya au fond de l'Afrique noire ! L'expérience était d'autant plus brisante que je n'avais rien changé à ma vie d'étudiant attardé et solitaire. Or il n'est rien de tel pour vous enfoncer dans votre solitude que la présence chaude et bruissante d'une grande foule anonyme. Le villageois d'autrefois coupé du monde mais entouré par les petites gens du voisinage ne connaissait pas l'isolement de l'homme d'aujourd'hui obsédé par les mass media, relié quotidiennement à l'actualité proche et lointaine par le journal, la radio et la télévision.

Les mass media remplacent le voisin par des héros mythologiques. Ils font le vide autour de vous, et ce vide ils le peuplent d'allégories de plâtre qui portent le nom d'un pape, d'un dictateur, d'une vedette de cinéma, d'un prix Nobel de physique. Nombre de couples n'ont plus rien à se dire depuis que Farah Diba et le shah d'Iran se font des scènes de ménage à la une de leur journal. J'ai vu un père de famille nombreuse entouré de sa femme et des amis de sa femme, de ses enfants et des amis de ses enfants, couler tout à coup entre la poire et le fromage dans des abîmes de déréliction : quelqu'un venait de s'éveiller en lui qui se demandait ce qu'il faisait là avec tous ces étrangers. Pourtant, entre mon modeste artisanat de traducteur et les tempêtes publicitaires qui me révélaient la présence du grand public, il y avait la vie, il devait y avoir une mythologie, une autre mythologie, féconde et profonde, qui me permette à la fois de m'exprimer et de trouver le contact du public parce qu'elle l'enrichirait en le faisant rire, trembler et pleurer, en changeant sa façon de sentir, de voir et de penser, au lieu de l'exploiter en lui vendant de la lessive et du shampooing.

*

Donc faire œuvre littéraire. Mais ne jamais oublier que je venais d'ailleurs, et rester dans le monde des lettres un homme d'ailleurs. Il ne fallait pas renoncer aux armes admirables que mes maîtres métaphysiciens avaient mises entre mes mains. Je prétendais bien sûr devenir un vrai romancier, écrire des histoires qui auraient l'odeur du feu de bois, des champignons d'automne ou du poil mouillé des bêtes, mais ces histoires devraient être secrètement mues par les ressorts de l'ontologie et de la logique matérielle. J'apprenais à écrire en prenant modèle sur Jules Renard, Colette, Henri Pourrat, Chateaubriand, Giono, Maurice Genevoix, ces poètes de la prose concrète, savoureuse et vivante dont le patronage explique que je me sente chez moi en cette académie Goncourt si obstinément fidèle à ses origines naturalistes et terriennes. Mais je voulais faire sentir sous ces vertes frondaisons et ces bruns labours le roc de l'absolu ébranlé par le lourd tam-tam du destin. J'avais l'ambition de fournir à mon lecteur épris d'amours et d'aventures l'équivalent littéraire de ces sublimes inventions métaphysiques que sont le cogito de Descartes, les trois genres de connaissance de Spinoza, l'harmonie préétablie de Leibniz, le schématisme transcendantal de Kant, la réduction phénoménologique de Husserl, pour ne citer que quelques modèles majeurs. Bref je me trouvais dans la situation d'un directeur d'usine à la fin d'une guerre pendant laquelle il a fabriqué exclusivement des canons et des tanks. Il faut désormais qu'il sorte des réfrigérateurs et des cuisinières, mais si possible avec les mêmes machines, car il ne saurait être question de détruire et de reconstruire toute son usine. Comment faire sortir un roman de Ponson du Terrail de la machine à écrire de Hegel ? Pour reprendre une comparaison de Paul Valéry, je prétendais faire des parties de dames avec un jeu d'échecs. Il me semble au demeurant qu'une certaine école moderne s'acharne inversement à faire des parties d'échecs avec un jeu de dames, je veux dire qu'armée des seuls outils hérités de la tradition littéraire, elle s'efforce de faire éclater les limites de la littérature pour aller, sinon plus loin, du moins ailleurs.

La recherche dura interminablement, hantée par l'idée que peut-être elle était vaine, sans issue, guidée par un propos absurde. Je m'obstinais toutefois à ne poser le problème qu'en termes *quantitatifs*, tel un spécialiste du saut en hauteur qui sait sans aucun doute possible qu'il suffirait qu'il sautât 210 centimètres pour être champion du monde. Il n'était que d'avoir du génie — ou simplement ce qui revient au même plus d'intelligence, plus de patience, plus de force — pour enfoncer les obstacles, forcer les portes, instaurer l'œuvre. Mais toute jactance juvénile mise à part — ces coups de poing tambourinant mes pectoraux de petit Tarzan métaphysicien — que savais-je au juste de la quantité de pouvoir cérébral dont je disposais ? Car le problème évidemment simplifié pour être formulé en termes quantitatifs, la solution, elle-même quantitative, contient logiquement une condamnation sans appel. La qualité se discute. On peut toujours finasser dans les nuances. La quantité, elle, ne pardonne pas. Le « tu n'iras pas plus loin » prononcé fatalement un jour ou l'autre à l'encontre de l'athlète et du métaphysicien est d'une redoutable précision. Et les quantités ne se pardonnent pas entre elles. Spinoza a formulé cela dans l'axiome de la quatrième partie de *L'Ethique* que l'on ne saurait trop méditer : à une force donnée quelle qu'elle soit, il est toujours possible d'opposer une force plus grande qui en viendra à bout. L'homme le plus fort du monde est un gringalet face au taureau ou à l'éléphant. Un champion de saut en hauteur imaginera toujours avec désespoir la barre placée plus haut qu'il ne peut la franchir, et moi, quoi que j'écrive, j'ai sans cesse présent à l'esprit avec une clarté torturante ce qu'il faudrait faire pour que ce soit meilleur, et que je ne puis faire faute de talent ou de génie suffisants.

Cette vision quantitative de l'œuvre pèse sur moi et ne se laisse jamais oublier. S'y rattache notamment la durée, la très longue durée de mes maturations et élaborations. Car il en est des écrivains comme des coureurs : il y a des sprinters et des spécialistes du fond et du demi-fond. Certains bouclent leur œuvre en trois semaines. On dit que Stendhal dicta *La Chartreuse de Parme* en cinquante-deux jours. A d'autres, il faut du temps, beaucoup de temps. Ce sont des marathoniens. J'appartiens à cette sorte. Un manuscrit mûrit dans ma tête et sur ma table quatre ou cinq années. Je le comparerais volontiers à une grosse marmite mijotant à très petit feu et dont je soulèverais à tout moment le couvercle pour y ajouter quelque ingrédient nouveau. Ou à une maison que je construirais seul autour de moi, n'ayant rien d'autre pour m'abriter, et donc grelottant au début sur un chantier informe battu par tous les vents, puis aménageant un espace de plus en plus avenant. La dernière année est angoissante et délicieuse à la fois. Parce que le roman approchant de son achèvement, mon esprit parcourt avec un bonheur naïf ses pièces et ses dépendances, apportant par-ci, par-là des améliorations de détail, mais il est fatigué en même temps de cet édifice trop lourd, trop compliqué dont il est le seul habitant et dont il a hâte de se débarrasser pour se livrer à des jeux nouveaux et en attendant interdits. Car rien n'est plus séduisant que les œuvres futures, rêvées pendant que s'achève dans la douleur un travail de longue haleine. Elles ont toute la fraîcheur gratuite et légère qui manque au livre en chantier, sali par les efforts et les incertitudes. Il n'empêche que la rupture reste blessante et marque le début d'une période errante et désemparée.

Longue maturation et vision quantitative sont, je l'ai dit, inséparables. C'est que l'ouvrier qui a pris conscience de sa faiblesse face à l'œuvre entreprise n'a plus que la ressource de mettre le temps de son côté et de recourir à l'accumulation patiente. Le maçon chétif qui ne peut soulever qu'une brique à la fois aura tout de même remué des tonnes de briques à la fin du mois. Le suicide emprunte aussi parfois cette voie indirecte de l'accumulation. Un homme qui monte à pied au sommet de la tour Eiffel charge son corps à chaque marche de l'escalier d'une petite quantité d'énergie potentielle laquelle additionnée des centaines de fois deviendra formidable. C'est cette même énergie née de ses propres jambes qui le réduira en bouillie lorsqu'il sautera dans le vide et s'écrasera par terre. Ce que j'ai mis quatre ou cinq ans à écrire, le lecteur va en subir le choc en quelques heures. Il se trompera s'il me félicite de la force de la décharge, laquelle encore une fois n'est qu'une question de temps et de patience. Ce qui mérite louange, c'est tout au plus d'avoir su agencer un réservoir, un accumulateur, une batterie où l'énergie a pu être retenue si longtemps.

Il convient d'ajouter que l'auteur est doublement dépassé par son œuvre. D'abord de ce point de vue strictement quantitatif que nous avons envisagé, puis en vertu d'un phénomène très général qu'on pourrait étudier comme *le passage à la qualité.*

D'un point de vue quantitatif d'abord pour peu que le temps consacré à écrire un roman dépasse sensiblement celui sur lequel s'étale la conscience qu'il a de lui-même. Lorsque je dis *moi, mon présent,* ce que *je suis,* j'entends une certaine durée qui n'est évidemment pas réduite à l'instant présent, mais qui excède rarement six à dix-huit mois. En deçà et au-delà de cette durée, il y a l'homme que j'étais jadis et celui que je serai plus tard, et je ne m'identifie avec ces deux hommes que d'une certaine et très abstraite façon. Il en résulte que le livre sur lequel on peine depuis quatre ans vous devient dans tout son ensemble étranger et constitue comme un édifice assez impressionnant, par lui-même beaucoup plus vaste, complexe et savant que son auteur. Je songe au célèbre roman de Curt Siodmak *Le Cerveau du nabab*[1]. On y voit un biologiste cultiver en bocal un cerveau humain dans des conditions si anormalement favorables que l'organe croît, prolifère, devient le siège d'un esprit surhumain, génial qui réduit en esclavage le biologiste, comme un homme fait d'un chien. Il y a de cela dans la relation d'un auteur avec son œuvre. Au bout de peu de temps, mon livre est doué d'un nombre plus grand de pièces, organes, éléments de transmission, réservoirs, soupapes et bielles que je n'en puis concevoir en même temps. Il échappe à ma maîtrise, et se prend à vivre d'une vie propre. J'en deviens alors le jardinier, le serviteur, pire encore, le sous-produit, ce que l'œuvre fait sous elle en se faisant. Je vis dans la servitude d'un monstre naissant, croissant, multipliant, aux exigences péremptoires (Va visiter une usine d'incinération des ordures ménagères. Rapporte-moi ce que tu pourras glaner à la Croix-Rousse sur les anciens métiers Jacquard. Quelle est la place du Saint-Esprit dans la théologie orthodoxe ? Comment vit-on dans un asile pour débiles profonds ? m'a dit le manuscrit des *Météores*), à l'appétit dévorant, l'œuvre, l'œuvre pie, la pieuvre... Et quand elle me lâche, quand gorgée de ma substance elle commence à rouler de par le monde, je gis exsangue, vidé, écœuré, épuisé, hanté par des idées de mort.

Cette volonté impérieuse de l'œuvre proliférante s'aggrave d'un phénomène commun aux accumulations et aux diminutions de tout ordre et qui est *le passage à la qualité.* Si la température de l'eau s'abaisse régulièrement, le zéro Celsius dépassé, le liquide se solidifie. L'eau à la température de + 1 se distingue à peine de l'eau à la température de + 2. A partir de − 1, un changement qualitatif si profond a lieu qu'en toute naïveté on peut se demander si on a encore affaire à la même substance. Aux changements parfaitement continus de la quantité, la qualité superpose des périodes d'immuabilité, interrompues par des mutations brutales et tout à fait discontinues, brutalité et discontinuité qui n'excluent pas, bien entendu, la finesse et l'harmonie structurelles, comme le montre l'exemple des cristaux de neige.

Cette dialectique entre quantité (continue) et qualité (discontinue) est un sujet d'observation et de réflexion des plus excitants. J'en ai tenté une application littérale (et littéraire) dans un conte, *Le Nain rouge*[1]. L'idée de cette histoire m'est venue à la lecture des *Mots* de Jean-Paul Sartre. Faisant allusion à sa petite taille, l'auteur précise qu'elle ne fait tout de même pas de lui un nain. Je me suis alors demandé quel était le seuil qui établissait le partage entre les nains et les hommes petits. Mon histoire est donc celle d'un grand nain (pourquoi parle-t-on toujours de « petits nains » ?), si grand qu'il suffit de chausser des souliers à très haute semelle pour devenir un homme petit. Ce qu'il ne manque pas de faire, bien entendu. Il est très malheureux. Personne ne l'aime, ne le respecte, ne le craint. Il excite partout le rire et le mépris. Un jour pourtant le hasard l'amène à se risquer dehors sans ses cothurnes. Chaussé de mocassins à semelle fine, il s'aperçoit avec stupeur qu'on ne rit plus de lui. On l'observe avec une crainte respectueuse. L'homme petit est devenu un nain, monstre sacré. Ce jour-là, il séduit une femme pour la première fois, une femme qui ne se serait certes pas commise avec un homme ridiculement petit, mais l'expérience d'un nain la tente et finalement la retient. En renonçant aux quelques centimètres que lui donnaient ses chaussures habituelles, mon héros franchit le seuil de l'anormal et accède à la sphère du génie.

Le paradoxe et tout le sel de cette fable c'est évidemment qu'à un *moins* quantitatif réponde une mutation qualitative qui est en fait un *plus*. Pourtant cette formulation reste équivoque. En effet l'idée qu'une qualité soit susceptible de plus et de moins (une couleur plus ou moins intense, une boisson plus ou moins désaltérante, un visage plus ou moins beau, etc.) ne doit-elle pas être écartée comme introduisant frauduleusement un élément de quantité au sein même de la qualité ? Toute une part de la philosophie de Bergson est dirigée contre cette sorte de fraude. Il n'en reste pas moins que certaines qualités évoquent irrésistiblement des quantités. Le corps d'Hercule — sa musculature énorme et agencée, semble-t-il, pour le maximum d'efficacité même au repos, même endormi — suggère infailliblement une quantité très grande d'énergie, des masses considérables soulevées, déplacées, etc.[1]. Plus simplement encore, le ventre de l'obèse, ses bourrelets de graisse, sa démarche lente et pénible sont autant de traductions qualitatives du chiffre auquel il ferait monter l'aiguille d'un pèse-personne. Mais si ces exemples restent relativement accessibles à l'intelligence, c'est qu'ils illustrent le passage de la qualité (Hercule, obèse) à la quantité (force, poids).

Tout autre est le passage inverse, celui qui va de la quantité (hauteur en centimètres) à la qualité (homme petit — nain). Car on peut admettre que la quantité ne soit qu'un aspect partiel, abstrait de la qualité, et que la quantité soit extraite de la qualité, comme on tire le moins du plus. En revanche l'opération inverse est environnée de mystère. Comment en effet un simple refroidissement de la vapeur d'eau de tant de degrés peut-il aboutir à une création imprévisible et originale : le cristal de glace et sa composition, le flocon de neige ? Une autre illustration familière de ce phénomène inexplicable se situe dans l'ordre culinaire. Car le cuisinier n'agit que quantitativement — plus ou moins de sel, d'eau, d'huile, etc., telle action mécanique plus ou moins prolongée ou énergique, une cuisson plus ou moins intense et durable — pour arriver à ce résultat éminemment qualitatif, la saveur du plat préparé. C'est l'exemple classique de la mayonnaise qui doit « prendre », cette « prise » n'étant rien d'autre que le passage à la qualité. Une mayonnaise ratée est celle qui demeure à l'état quantitatif.

Le dessein et le dessin d'un roman étant définis au départ toute surprise majeure venant troubler l'ordre de marche est pratiquement exclue. Je ne me soucie guère en cours de travail que d'accumuler des énergies poétiques en leur laissant le soin de s'organiser librement entre elles. Cette tâche purement quantitative m'absorbe au point que dépassé par l'ampleur de la construction, je suis incapable de percevoir distinctement la « prise », le passage à la qualité, l'œuvre de cristallisation sans laquelle le livre ne serait qu'un informe salmigondis. Je fais confiance... au pouvoir cristallisateur du dessein-dessin, ou à la force organisatrice de l'œil du lecteur ? L'un et l'autre sans doute, le regard fécond du lecteur achevant en arabesque la courbe de mon récit. Mais quelle que soit la finesse et la complexité de ses pleins et de ses déliés, le balancement de ses équivalences et la subtilité de ses structures — que je finis tout de même par reconnaître moi-même à mesure que je me transforme d'auteur en lecteur — je me demande toujours avec nostalgie quelle n'aurait pas été la beauté de mon livre — quelle figure il n'aurait pas prise en passant à la qualité — si la dose de travail investie y avait été plus grande qu'elle ne fut en effet.

*

Le passage de la métaphysique au roman devait m'être fourni par le mythe. Qu'est-ce qu'un mythe ? A cette question immense, je serais tenté de donner une série de réponses dont la première, la plus simple est celle-ci : *le mythe est une histoire fondamentale.*

Le mythe, c'est tout d'abord un édifice à plusieurs étages qui reproduisent tous le même schéma, mais à des niveaux d'abstraction croissante. Soit par exemple le fameux *Mythe de la Caverne* de Platon. Imaginons, nous dit Platon, une caverne où sont retenus des prisonniers, attachés de telle sorte qu'ils ne puissent voir que le fond rocheux de la caverne. Derrière eux, un grand feu. Entre ce feu et eux défilent des personnages portant des objets. De ces personnages et de ces objets, les prisonniers ne voient que les ombres projetées sur le mur. Ils prennent ces ombres pour la seule réalité, et font sur elles des conjectures forcément partielles et erronées. Raconté de cette façon le mythe n'est qu'une histoire pour enfant, la description d'un guignol qui serait aussi théâtre d'ombres chinoises. Mais à un niveau supérieur, c'est toute une théorie de la connaissance, à un étage plus élevé encore cela devient morale, puis métaphysique, puis ontologie, etc., sans cesser d'être la même histoire.

Ce rez-de-chaussée enfantin du mythe est l'une de ses caractéristiques essentielles, tout autant que son sommet métaphysique. Ayant écrit *Vendredi ou les limbes du Pacifique,* j'ai été heureux et fier d'y ajouter dans son édition de poche une postface assez technique de Gilles Deleuze au moment où ce même roman faisait l'objet d'une version pour les jeunes [1] et d'une mise en scène également pour les jeunes au palais de Chaillot par les soins d'Antoine Vitez. La réussite de ce roman est attestée à mes yeux par le témoignage de ces deux lecteurs extrêmes : d'un côté un enfant, de l'autre un métaphysicien.

Un mythe est une histoire que tout le monde connaît déjà. Quand j'écrivais *Les Météores* je répondais à ceux qui m'interrogeaient sur le sujet de mon prochain roman : c'est l'aventure de deux frères jumeaux parfaitement ressemblants. Aussitôt le visage de mon interlocuteur s'éclairait. Des frères jumeaux ? Justement, il en connaissait ! Deux frères-pareils. Quand l'un des deux s'enrhumait à Londres, l'autre éternuait à Rome. Combien de fois n'ai-je pas entendu ce genre d'anecdote ! Il était bien inutile que j'entre dans les détails de mon projet. On les connaissait déjà, on me les récitait à l'avance. Je me félicitais : c'était la preuve que mon sujet était de nature mythologique. André Gide a dit qu'il n'écrivait pas pour être lu mais pour être relu. Il voulait dire par là qu'il entendait être lu au moins deux fois. J'écris moi aussi pour être relu, mais, moins exigeant que Gide, je ne demande qu'une seule lecture. Mes livres doivent être reconnus — relus — dès la première lecture.

On cernera mieux la nature du mythe en comparant personnage de roman et héros mythologique. Soit par exemple Julien Sorel ou Vautrin. Ces personnages ont une double caractéristique. D'abord ils sont prisonniers des œuvres où ils apparaissent. Ils ont bien fait quelques apparitions sur les scènes ou à l'écran, mais parce que toute l'œuvre — *Le Rouge et le Noir*, *Le Père Goriot* — avait fait l'objet d'une adaptation dramatique. Corrélativement, aussi connus soient-ils, ils sont moins célèbres que leurs auteurs respectifs, Stendhal ou Balzac.

Il en va tout autrement d'un personnage mythologique, don Juan par exemple. Créé en 1630 par Tirso de Molina *(Le Séducteur de Séville)*, il a bien vite oublié et fait oublier ses origines. Qui connaît Tirso de Molina ? Qui ne connaît pas don Juan ? On l'a vu réapparaître partout de génération en génération dans des comédies, des romans, des opéras. On dirait que chaque pays, chaque époque a voulu donner sa version particulière du héros qui incarne la révolte du sexe contre Dieu et la société, l'utilisation du sexe contre l'ordre, contre tous les ordres. Mais peut-être cette pérégrination du séducteur d'œuvre a-t-elle un ressort caché et vivant. Si don Juan a animé tant de vies imaginaires, c'est sans doute parce qu'il a sa place dans la vie réelle. Si nous le rencontrons dans tant d'œuvres, c'est parce que nous le rencontrons dans la vie. Il y a des don Juan autour de nous, il y a du don Juan en nous. C'est l'un des modèles fondamentaux grâce auxquels nous donnons un contour, une forme, une effigie repérée à nos aspirations et à nos humeurs. La foule se précipite au cinéma, au théâtre, sur les chansons, sur les dessins. Que cherche-t-elle sinon ce que cherche la poule qui avale des grains de calcaire pour fabriquer la coquille de ses œufs ? La poule *scrupuleuse*[1] ayant à envelopper le jaune et le blanc de l'œuf — ce qu'il y a au monde de plus fluant, flasque et glaireux — a inventé cette forme d'une pureté impeccable, ce chef-d'œuvre insurpassable de *design*, la coquille de l'œuf. La foule sécrète des désirs lâches, rêve de contacts inavouables, profère des appels inarticulés. Elle souffre de la difformité de son cœur. La matière amorphe appelle la forme nette, le dessin rigoureux, le corps galbé, le visage d'ange, la belle aventure. La foule, *scrupuleusement,* lit des romans, va au cinéma, fredonne des chansons.

Il faut aller plus loin, passer de la sociologie à la biologie. L'homme ne s'arrache à l'animalité que grâce à la mythologie. L'homme n'est qu'un animal mythologique. L'homme ne devient homme, n'acquiert un sexe, un cœur et une imagination d'homme que grâce au bruissement d'histoires, au kaléidoscope d'images qui entourent le petit enfant dès le berceau et l'accompagnent jusqu'au tombeau. La Rochefoucauld se demandait combien d'hommes auraient songé à tomber amoureux s'ils n'avaient jamais entendu parler d'amour. Il faut radicaliser cette boutade et répondre : pas un seul. Pas un seul, car ne jamais entendre parler d'amour, ce serait subir une castration non seulement génitale, mais sentimentale, cérébrale, totale. Denis de Rougemont illustre également cette idée lorsqu'il affirme qu'un berger analphabète qui dit *je t'aime* à sa bergère n'entendrait pas la même chose par ces mots si Platon n'avait pas écrit *Le Banquet.* Oui, l'âme humaine se forme de la mythologie qui est dans l'air. Les animaux eux-mêmes connaissent quelque chose d'approchant, un processus d'*animation* (anima = âme, animal, etc.) qui reproduit à sa façon le phénomène que nous décrivons. Il suffit pour le comprendre d'entendre à la lettre cette âme animale véhiculée *par l'air.* Car nombre d'animaux — des insectes aux mammifères — n'entrent en relations — sexuelles notamment — que grâce aux odeurs. Priver de flair ces animaux, c'est oblitérer chez eux la fonction érotique, voire sociale. De même un enfant qu'on aurait mis à l'abri dès le premier jour de toute « éducation » sexuelle et sentimentale par un filtrage approprié des bruits et des lumières qui lui parviennent, sa sexualité se réduirait sans doute à des éjaculations nocturnes sans rêves.

Dès lors la fonction sociale — on pourrait même dire biologique — des écrivains et de tous les artistes créateurs est facile à définir. Leur ambition vise à enrichir ou au moins à modifier ce « bruissement » mythologique, ce bain d'images dans lequel vivent leurs contemporains et qui est l'oxygène de l'âme. Généralement ils n'y parviennent que par des petites touches insensibles, comme un grand couturier retrouve parfois dans les robes bon marché des grands magasins quelque chose du modèle unique, audacieux, absurde et hors de prix qu'il a créé dans la solitude de son studio un an auparavant. Mais il arrive aussi que l'écrivain frappant un grand coup métamorphose l'âme de ses contemporains et de leur postérité d'une façon foudroyante. Ainsi Jean-Jacques Rousseau *inventant* la beauté des montagnes, considérées depuis des millénaires comme une horrible anticipation de l'Enfer. Avant lui tout le monde s'accordait à les trouver affreuses. Après lui leur beauté paraît évidente. Il a réussi au suprême degré, c'est-à-dire au point de s'effacer lui-même devant sa trouvaille. (En réalité son génie a consisté en l'occurrence à faire passer la notion de *sublime* du domaine humain et moral où elle était jusque-là limitée — notamment dans l'art dramatique — au domaine de la nature où seul le beau avait droit de cité. Dans le même mouvement Bernardin de Saint-Pierre et Chateaubriand devaient ajouter au sublime alpin de

Rousseau le sublime des mers et celui des déserts. Kant dans la *Critique du jugement* fournit l'analyse esthétique du sublime — ouvert, imparfait, infini — par opposition à celle du beau — fermé, équilibré, fini.) Ainsi Goethe créant avec Werther (1774) l'amour romantique et déclenchant du même coup une épidémie de suicides. Il est bien vrai de dire qu'aujourd'hui aucun homme n'aimerait comme il aime, si Goethe n'avait pas écrit son *Werther.*

Cette fonction de la création littéraire et artistique est d'autant plus importante que les mythes — comme tout ce qui vit — ont besoin d'être irrigués et renouvelés sous peine de mort. Un mythe mort, cela s'appelle une allégorie. La fonction de l'écrivain est d'empêcher les mythes de devenir des allégories. Les sociétés où les écrivains ne peuvent pas exercer librement leur fonction naturelle sont encombrées d'allégories comme d'autant de statues de plâtre. En même temps l'écrivain domestiqué, émasculé, enfermé dans un académisme rassurant, célébré comme une « grande figure » devient lui-même une statue de plâtre qui prend la place de son œuvre insignifiante, alors qu'au contraire l'œuvre vivante et proliférante, devenue mythe actif au cœur de chaque homme, refoule son auteur dans l'anonymat et dans l'oubli.

*

Pendant quinze années, j'ai rempli mes tiroirs de manuscrits avortés. Le passage de la métaphysique au roman, la transmutation romanesque de la métaphysique ne réussissait pas. En 1958, j'ai tenté une première version du *Roi des aulnes.* Le manuscrit démesuré s'arrêtait à la déclaration de guerre en 1939 qui lui servait d'épilogue. Je me suis avisé alors que seul le tiers de ce roman était écrit, car il convenait de lui ajouter les aventures de mon héros pendant la « drôle de guerre » (39-40), puis sa captivité en Allemagne et son épanouissement monstrueux dans le climat de la Prusse-Orientale du IIIe Reich. L'entreprise me parut au-dessus de mes forces. J'ai abandonné une fois de plus. C'était en 1962. J'ai commencé alors la rédaction de *Vendredi* où je voulais mettre l'essentiel de ce que j'avais appris au musée de l'Homme sous la direction notamment de Claude Lévi-Strauss. Pour la première fois ce manuscrit achevé en décembre 1966 me parut digne d'être soumis au lectorat d'une maison d'éditions. Il parut en mars 1967. Je venais d'obtenir enfin ma naturalisation littéraire. J'allais continuer d'écrire des romans — à commencer bien entendu par ce *Roi des aulnes* abandonné que je tentai d'achever, pour m'apercevoir bientôt que tout le manuscrit devait être jeté comme inutilisable et repris *ab initio.* Il y avait je ne sais quelle courbature dans cette première version qui la condamnait inexorablement à ne pas dépasser la date du 2 septembre 1939.

Mais bien entendu il ne pouvait être question pour moi que de romans traditionnels. En vrai naturalisé de fraîche date, j'avais le respect scrupuleux des usages de ma nouvelle patrie. J'entendais écrire comme Paul Bourget, René Bazin ou Delly. Quand je commençais un roman, c'était toujours avec l'idée de réécrire *Le Comte Kostia* de Victor Cherbuliez qui avait enchanté mon enfance. Cela me rappelle une anecdote qui circulait à Londres il y a quelques années, lorsque la fin du Commonwealth faisait affluer en Angleterre des Indiens, Cinghalais, Afrikaanders et autres Pakistanais désireux de se fixer dans la « mère patrie ». L'un d'eux vient de se faire faire un costume typiquement british chez le meilleur tailleur de la City. Il s'admire ravi dans la glace, et tout à coup il s'effondre en larmes sur une chaise en gémissant : « Oui, mais nous avons perdu l'Empire ! » Je suis ce naturalisé, romancier au teint quelque peu basané par le soleil métaphysique. A peine ai-je revêtu mon beau costume d'académicien, je m'aperçois que nous avons perdu le personnage, la psychologie, l'intrigue, l'adultère, le crime, les paysages, le dénouement, tous les ingrédients obligés du roman traditionnel. Alors je dis non, comme mon Pakistanais naturalisé dirait non aux étudiants nés et élevés à Oxford qu'il verrait conspuer la reine et le Premier ministre. Non aux romanciers nés dans le sérail qui en profitent pour tenter de casser la baraque. Cette baraque, j'en ai besoin, moi ! Mon propos n'est pas d'innover dans la forme, mais de faire passer au contraire dans une forme aussi traditionnelle, préservée et rassurante que possible une matière ne possédant aucune de ces qualités. On parlera peut-être à ce propos de parodie. Va pour la parodie. Mais il y a parodie et parodie. Il y a les exercices « à la manière de » qui pastichent un auteur en reproduisant tous ses tics et procédés. Mais il y a aussi Maurice Ravel. La plus grande partie de l'œuvre de Ravel — le *Boléro, La Valse, Le Tombeau de Couperin,* la *Pavane pour une infante défunte* — est parodique. Reste à savoir si *La Valse* n'est pas plus valse viennoise à elle seule que toute l'œuvre des trois Strauss, Johann-père, Johann-fils et Oscar. Car si la parodie peut tomber dans le pastiche, elle peut aussi s'élever à la quintessence.

Il reste deux traits — l'un négatif, l'autre positif — qui me paraissent essentiels à l'œuvre littéraire : l'humour et la célébration.

*

Selon Henri Bergson, la société sécrète naturellement une organisation, des structures, un ordre qui lui assurent une stabilité croissante, mais qui sont une perpétuelle menace de sclérose. Cette sclérose se manifeste superficiellement dans notre comportement lorsque nous répondons aux sollicitations du milieu par des réactions inadaptées, parce que mécaniques, montées à l'avance en fonction de situations analogues à celle qui se présente, mais au fond différentes. Bref lorsque nous agissons comme des automates qui récitent leur programme, et non comme des êtres vivants en perpétuel état d'improvisation créatrice.

Le rire est le remède à cette sclérose. Le rire fait mal. C'est le châtiment que tout témoin est invité à infliger à son semblable lorsqu'il le prend en flagrant délit d'automatisme inadapté. C'est un rappel à l'ordre, ou plutôt c'est l'inverse, c'est un rappel au désordre qui est vie, remise en question permanente de l'ordre d'hier. C'est pourquoi les personnages les plus enfoncés dans des structures immuables — fonctionnaires, gendarmes, militaires, médecins, hobereaux, etc. — étant plus exposés que d'autres aux démentis de leur milieu, à la tentation de plaquer du mécanique sur du vivant, ont une vocation comique particulière que le théâtre et la satire exploitent traditionnellement.

Cette analyse bergsonienne du comique est sans doute ce qui a été proposé de meilleur sur le sujet, et il serait bien difficile d'y apporter des corrections notables, si ce n'est en y ajoutant des prolongements qui feront éclater les limites du « sociologisme » un peu étroit caractéristique d'une époque influencée par A. Comte et Durkheim. Le rire de Bergson est un rire de société dont les meilleurs exemples se trouvent dans les comédies de mœurs ou les spectacles de cirque. Bien que Bergson relève justement la secrète amertume de ce rire, on peut parler à son propos d'humour rose, par opposition à l'humour noir qui nargue la mort elle-même, mais sans l'arracher pour autant à ses cadres sociaux.

L'humour noir use des croque-morts, du corbillard, du défunt, des proches endeuillés, comme d'autant de personnages et d'accessoires d'une comédie funèbre. Témoin cette histoire classique du genre :

« A la porte d'un cimetière le curé attend un enterrement depuis plus d'une demi-heure. Il demande au fossoyeur qui attend comme lui : " Dites donc, à quelle heure le cortège va-t-il arriver ? " Le fossoyeur regarde sa montre et dit : " Ben, monsieur le curé, s'ils ne se sont pas amusés en route, ils ne devraient plus tarder. " »

Comme on le voit les circonstances macabres renforcent l'effet comique en lui ajoutant une nuance cynique et même blasphématoire — ce sont des choses dont on ne doit pas rire, ça porte malheur, etc. — mais ne concerne pas sa nature même qui reste de société.

Il y a, me semble-t-il, un humour d'un troisième genre que j'appellerai pour rester dans la gamme des couleurs, l'*humour blanc* et qui possède une autre dimension, plus proprement métaphysique ou cosmique.

Le cosmique et le comique. Ces deux mots qui paraissent faits pour être rapprochés se repoussent presque toujours en réalité. C'est encore une fois que le comique tel qu'il apparaît habituellement est un phénomène social, un jeu dont la piste habituelle est le salon, un milieu plat, superficiel, aussi étendu qu'il se peut. Le succès du comique se mesure en effet à sa propagation horizontale. Il y a des « mots » qui font tout Paris, toute la France, toute l'Europe, le tour du monde. On se trouve là aux antipodes du cosmique, intuition verticale qui plonge jusqu'aux fondements du monde et s'élève jusqu'aux étoiles. Pour prendre des exemples classiques, Voltaire et Talleyrand étaient des esprits comiques, Rousseau et Chateaubriand des esprits cosmiques. Et ils s'opposaient comme l'eau et le feu.

Mais il y a un comique cosmique : celui qui accompagne l'émergence de l'absolu au milieu du tissu de relativités où nous vivons. C'est le rire de Dieu. Car nous nous dissimulons le néant qui nous entoure, mais il perce parfois la toile peinte de notre vie, comme un récif la surface des eaux. A la peur animale des dangers de toute sorte qui nous menacent, l'homme ajoute l'angoisse de l'absolu embusqué partout, minant tout ce qui se dit, tout ce qui se fait, frappant toute chose existante de dérision. Tout est fait pour que le rire blanc n'éclate pas. La grandiloquente abjection d'un Napoléon ou d'un Hitler — ce tumulte de proclamations, de trompes, de canonnades et d'écroulements — n'ajoute ni ne retranche rien à la tragique condition humaine, cette brève émergence entre deux vides. Le rire blanc dénonce l'aspect transitoire, relatif, d'avance condamné à disparaître de tout l'humain. L'Ecclésiaste s'il avait su rire aurait ri blanc, mais il ne pouvait rire. Bossuet a écrit : « Le sage ne rit qu'en tremblant. » Mot d'autant plus remarquable que l'Aigle de Meaux tel que nous l'imaginons ne devait ni rire, ni trembler.

L'homme qui rit blanc vient d'entrevoir l'abîme entre les mailles desserrées des choses. Il sait tout à coup que rien n'a aucune importance. Il est la proie de l'angoisse mais se sent délivré par cela même de toute peur. Nombreux sont ceux qui vivent et meurent sans avoir jamais éclaté de ce rire-là. Certes ils savent confusément que le néant est aux deux bouts de l'existence, mais ils sont convaincus que la vie bat son plein, et que, pendant ces quelques années, la terre ne trahira pas leurs pieds. Ils se veulent dupes de la cohérence, de la fermeté, de la consistance dont la société pare le réel. Ils sont souvent hommes de science, de religion ou de politique, domaines où le rire blanc n'a pas sa place. Ils sont en vérité presque tous les hommes. Lorsque les lattes disjointes de la passerelle où chemine l'humanité s'entrouvrent sur le vide sans fond, la plupart des hommes ne voient rien, mais certains autres voient le rien. Ceux-ci regardent sans trembler à leurs pieds et chantent gaiement que le roi est nu. Le rire blanc est leur cri de ralliement.

Les écrivains qui unissent comique et cosmique se comptent sur les doigts d'une seule main. En tête d'entre eux, il faudrait citer Nietzsche dont toute l'œuvre est parcourue par un friselis de drôlerie qui sape les racines mêmes de l'être. Bien que l'humour nietzschéen soit principalement dans le ton même de sa voix inimitable, on peut citer plus d'une page, plus d'un trait de lui où se trouvent étroitement mêlées la source cosmique et la veine comique. « Il faut avoir un chaos en soi-même pour accoucher d'une étoile qui danse. » Voilà une phrase d'un retentissement profond et dont les mots s'entrechoquent en un cliquetis hautement réjouissant. Paul Valéry — si proche de Nietzsche — a multiplié les traits d'une sorte de métaphysique de l'ironie qui n'appartient qu'à lui. « Dieu a tout fait de rien, mais le rien perce. » « Un ange est un démon à l'esprit duquel une certaine réflexion ne s'est pas encore présentée. » « Un homme seul est toujours en mauvaise compagnie. » Mais des poèmes entiers comme *Le Cimetière marin* ou l'*Ebauche d'un serpent* mêlent intimement le rire et l'absolu. Léon Bloy prophète de l'absolu, mendiant ingrat et pèlerin de l'Apocalypse n'était pas comme Pascal l'homme qui cherche en gémissant, c'était le grand consignataire de vérités clamées dans un rire rugissant. Non que ce rire ait éclairé bien souvent son masque lourd et buté, et ses yeux ronds, naïfs, exorbités d'enfant malade et halluciné. Mais il ne se distingue pas de sa voix tonnante et de ses clameurs vengeresses. Lorsqu'il revendique en 1912 le naufrage du *Titanic* chargé de milliardaires qui fêtaient au milieu d'un parterre de femmes élégantes et déshabillées la traversée inaugurale de ce paquebot ultra-moderne, en s'écriant : « Je suis un océan de mépris, et c'est moi qui ai lancé le glaçon qui creva les flancs du *Titanic* », on l'aurait sans doute indigné en distinguant dans ce mot une composante humoristique. Mais c'est qu'il se serait mépris sur la nature véritable de cet humour qui est une hilarité souvent effrayante signée par Dieu. Léon Bloy illustre à chaque page de son œuvre cette vérité que l'absolu ne surgit pas sans qu'éclate un certain rire. D'un écrivain contemporain, il écrit : « Il se veut homme de lettres au point qu'il ne pourrait dire bonjour avec simplicité, quand même les neuf chœurs des anges l'en supplieraient à deux genoux. » La guerre des Boers fait rage. L'impopularité des Anglais est à son comble. Bloy écrit : « Plus on crève d'Anglais, plus les Séraphins resplendissent. » C'est drôle et ça monte jusqu'au ciel.

Cette intense jubilation qui marque le passage à l'absolu se retrouve très affaiblie dans certaines des histoires drôles qui circulent.

Des marins débarquent dans une île déserte. Ils y découvrent un très vieil homme : « Que faites-vous ici ? — J'ai tout quitté pour oublier. — Pour oublier quoi ? — J'ai oublié. »

Deux hommes, un Blanc et un Indien, traversent les Montagnes Rocheuses. Il fait très froid. Le Blanc est emmitouflé dans des fourrures. L'Indien est nu. « Mais comment fais-tu, lui demande le Blanc. Tu n'as pas froid ? — Et toi, tu n'as pas froid au visage ? — Non. — Moi visage partout. »

Mais sans doute est-ce l'humour juif qui illustre le plus fréquemment le comique particulier surgissant au moment où tout un échafaudage de conventions relatives s'effondre sous un coup d'œil absolu.

Au moment des pires persécutions contre les juifs, deux d'entre eux se rencontrent à Paris. « On m'a indiqué une ville où nous serions en paix, dit l'un. — Quelle ville ? — Kaboul. — Où est-ce ? — En

Afghanistan. — En Afghanistan ! Mais c'est très loin ça ! — Loin de quoi ? »

Il va de soi que cet humour-là n'a rien de commun avec les « histoires juives » inspirées par l'antisémitisme et qui relèvent par leurs thèmes — l'argent, la cupidité — de la simple satire sociale.

Thomas Mann malgré ses personnages aux arrière-plans souvent diaboliques — je pense notamment à Adrien Leverkühn, le héros de *Docteur Faustus* — était plus l'écrivain de l'humour noir que de l'humour blanc. Quoi de plus comiquement macabre que cette trouvaille de *La Montagne magique,* roman situé dans un sanatorium pour tuberculeux : le jeune Hans Castorp est amoureux d'une malade, Claudia Chauchat. Elle part en lui laissant sa photo qu'il portera désormais sur lui et qu'il couvrira à tout moment de baisers. Mais il ne s'agit pas d'un portrait ordinaire, c'est un « portrait intérieur », à savoir la radiographie des poumons de la jeune femme rongés par le bacille de Koch. Ce genre de cruauté drolatique abonde dans cet admirable et puissant roman, mais sans jamais quitter, me semble-t-il, le terrain du persiflage psychologique. En revanche on trouve dans ce même livre une page qui illustre parfaitement ce que j'essaie de définir sous le nom d'humour blanc. C'est la description par un malade qui a failli en mourir du *choc pleural* qu'il a subi alors qu'on effectuait sur lui un pneumothorax. « Alors j'entends le professeur qui dit *Allons-y !* et aussitôt il se met à tâter la plèvre avec un instrument contondant, contondant oui, car il ne s'agit pas de percer la plèvre prématurément. Il tâte pour trouver l'emplacement convenable où le gaz sera insufflé, et comme il fait cela, comme il promène son instrument sur ma plèvre, Messieurs, Messieurs, c'en est fait de moi, terminé, ce qui m'arrive est indescriptible ! Car la plèvre, Messieurs, on ne doit pas y toucher, on n'a pas le droit, elle ne veut pas qu'on la touche, elle est taboue, cachée sous la chair, isolée, inapprochable, une fois pour toutes. Et voici qu'on l'avait dénudée et qu'on la palpait ! Affreux, Messieurs ! Je n'aurais jamais cru qu'un sentiment aussi abominable, immonde, abject, pût être ressenti sur la terre, hors de l'Enfer. J'ai eu une syncope, trois syncopes à la fois, une verte, une brune et une violette. Et en plus, elle puait, cette syncope ! Le choc pleural agissait sur mon odorat, Messieurs, et ça sentait l'ammoniac à plein nez, une odeur d'Enfer. Et surtout je riais, je m'entendais rire dans mon agonie, mais non pas comme rit un homme, c'était le rire le plus indécent, le plus répugnant que j'aie jamais entendu, parce que, Messieurs, la palpation de la plèvre, c'est comme si on vous chatouillait de la façon la plus infâme, la plus raffinée, la plus inhumaine. »

Cette page nous donne la transcription romanesque du phénomène du rire blanc. Il suffit en effet de remplacer ce malade par l'être en général, sa plèvre par l'absolu, pour l'entendre retentir. Oui, il y a des points fondamentaux de l'être : le sourire naît irrésistiblement quand on les approche, le rire blanc éclate quand on les touche.

Je voudrais maintenant rappeler deux anecdotes parce qu'elles sont très proches l'une de l'autre, mais tandis que la première ne sort pas des limites de l'humour blanc dont elle livre dans sa simplicité une pure et simple définition, la seconde contient l'humour blanc et le dépasse vers le lyrisme et la célébration.

La première anecdote concerne Antoine Bibesco. Grand mondain parisien, sceptique, blasé et revenu de tout, il est invité par un de ses amis à visiter une nouvelle demeure qu'il vient d'installer. Or il s'agit d'un homme riche et grand connaisseur d'art, et sa maison est un paroxysme de beauté raffinée et de luxe irréprochable. A la fin de la visite, Bibesco se laisse tomber dans un fauteuil en disant :

— Oui d'accord, mais pourquoi pas plutôt rien ?

La seconde histoire se ramène à un mot d'une syllabe de Jean Cocteau. Il avait montré à un journaliste les souvenirs émouvants ou prestigieux qui entouraient sa vie quotidienne. Et le visiteur lui posa la question traditionnelle :

— Si la maison brûlait, et si vous ne pouviez emporter qu'une seule chose, laquelle choisiriez-vous ?

Réponse de Cocteau :

— Le feu !

On le voit, il y a dans ce seul mot toute la menace d'anéantissement contenue déjà dans la réaction de Bibesco, mais parce qu'il était aussi un poète de génie, Cocteau y ajoute d'instinct une dimension de louange et d'exaltation.

Car si le rire blanc signale la fonction subversive et destructrice de l'œuvre littéraire, il en est une autre, toute positive celle-ci, qui est de célébration.

L'écrivain magnifie tout ce qu'il touche. S'il est médiocre, il embellit, prêtant aux choses et aux êtres des qualités empruntées, étrangères à leur essence et qui s'accrochent à elle comme autant d'ornements inutiles. Mais le bon écrivain n'ajoute vraiment rien. Il illumine de l'intérieur, faisant ainsi apparaître, transparaître des structures fines et élégantes habituellement noyées dans l'opacité de la substance. Je reviens à mon thème de la *reconnaissance*. Le lecteur du bon écrivain ne doit pas découvrir des choses nouvelles à sa lecture, mais reconnaître, retrouver des vérités, des réalités qu'il croit en même temps avoir pour le moins soupçonnées depuis toujours. S'agit-il d'une illusion savamment entretenue par l'écrivain ? Peut-être. Peut-être le comble de l'art consiste-t-il à créer du nouveau en lui prêtant un air de déjà vu qui rassure et lui donne un retentissement lointain dans le passé du lecteur. En même temps que je crée un personnage, je lui invente un passé afin de le rendre plus crédible. Peut-être le procédé doit-il être généralisé, de telle sorte que toute image, toute idée, toute analyse ou description soient douées d'une sorte de rétroactivité et arrachent au lecteur cette exclamation : « Mais oui, je savais cela déjà, j'aurais pu l'écrire moi-même ! » C'est sans doute l'une des clefs de cette indispensable complicité dont je parlais entre donneur et receveur, et qui réalise le rêve de toute création qui est de devenir contagieuse.

Il y a trois activités de célébration qui sont la philosophie, le roman et la poésie. Elucider la fonction, le fonctionnement et les relations de ressemblance et de différence de ces genres serait l'objet d'une étude difficile et de longue haleine. Notons simplement que le mot et l'idée changent de poids respectifs d'un genre à l'autre. Dans un poème, le mot l'emporte sur l'idée, laquelle suit comme elle peut ou ne suit pas du tout. La musique des rimes est première. L'enchaînement des significations secondaire. Au contraire pour un philosophe l'idée l'emporte absolument sur le mot. Celui-ci n'est jamais assez subordonné à l'idée, au point que le philosophe est constamment amené à créer des termes nouveaux pour mieux exprimer sa pensée.

De là le jargon philosophique dont les niais ont grand tort de se plaindre. D'abord parce que le vocabulaire technique est le propre de toute discipline — médecine, biologie, physique, mathématique — et on ne voit pas pourquoi seule la philosophie devrait s'en abstenir. Ensuite parce que le terme technique est la promesse — généralement tenue — qu'une fois comprise et assimilée sa définition ne changera plus et jouera comme une clé irremplaçable pour comprendre le texte. Il y a certes des philosophes qui écrivent avec les mots de tout le monde. Ce sont les plus flous, les plus ingrats, en un mot les plus difficiles. Comparons par exemple l'un d'eux, Descartes, avec Kant dont l'arsenal terminologique effarouche souvent le nouveau venu. Lorsque Kant parle de *schématisme transcendantal,* il emploie une expression qu'il a forgée et dont il a donné *ab initio* une définition coulée dans le bronze. Des expressions de cette sorte, il y en a dans son œuvre une vingtaine, pas davantage, et la maîtrise de ce petit lexique — évidemment indispensable — livre à elle seule la moitié du kantisme. Au contraire lorsque Descartes parle des « idées claires et distinctes », il marie trois mots dont la définition ne se trouve nulle part dans son œuvre et varie sans doute notablement d'une page à l'autre. Tout au plus ces mots de tout le monde donnent-ils au lecteur paresseux l'illusion qu'il a compris d'emblée et qu'il peut s'en aller. Une interprétation exigeante des textes cartésiens soulève les pires difficultés et se solde par des résultats souvent brillants mais toujours discutables.

Il faut se garder de tout terrorisme et ne pas imposer des interdits à la création littéraire. Il me semble pourtant que le mélange de la poésie et du roman est un mariage contre nature dont il n'y a pas trop à attendre. Car le récit romanesque est un mouvement en avant, d'un dynamisme narratif qui est le contraire de la contemplation poétique. A mi-chemin entre la philosophie et la poésie, le roman emprunte à la philosophie la propulsion de ses raisonnements et intentions qu'il alourdit il est vrai en lui faisant véhiculer affabulation et évocation. En passant de la philosophie où les concepts jouent sans frottements ni perte d'énergie au roman avec ses personnages et ses paysages, on voit les mots se charger de substance et comme engraisser. Il faut qu'ils demeurent cependant assez déliés pour que l'affabulation soit menée à bon train et à bonne fin. L'énergie presque pure qui tourne en circuit fermé dans un système philosophique devient motrice dans le roman, mais elle ne doit pas s'y dépenser en chaleur et en lumière immobiles, ce qui est le propre de la poésie. Le mot transparent comme un concept dans la philosophie, opaque comme une chose dans le poème, doit demeurer translucide dans le roman et mêler en lui autant d'intelligence que de couleurs et d'odeurs. Ajoutons qu'à ces trois niveaux de concrétisation du mot correspond une difficulté variable pour sa traduction dans une langue étrangère. Alors que la traduction de la philosophie offre rarement des difficultés insurmontables, celle de la poésie est purement et simplement impossible. Un poème passant d'une langue dans une autre, cela devient deux poèmes puisés à la même source d'inspiration. La traduction romanesque se situe pour la difficulté quelque part entre cette relative aisance et cette impossibilité.

Un bon équivalent de l'opposition poésie roman est fourni par l'alternative photographie-cinéma. Le film, dramatique comme le roman, est entraîné de sa première à sa dernière image par la force d'une affabulation dont chaque épisode appelle et fait désirer et redouter à la fois le suivant. Une image trop belle — d'une beauté trop statique (mais toute beauté n'est-elle pas statique par quelque côté ?) — n'a pas sa place dans ce déroulement qu'elle ne peut que freiner. Comme le roman poétique, le film de photographe a les défauts rédhibitoires d'un hybride malvenu. Car la photographie veut *retenir*, c'est sa vocation, sa raison d'être. Comme le poème a pour ambition naturelle d'être appris par cœur et récité, récité, récité encore, la photographie demande à être regardée, non pas une fois ni deux, mais sans trêve ni relâche, qu'elle soit posée sur une cheminée ou glissée dans un portefeuille. Objet modeste et méprisé, elle pose des exigences démesurées, comme ces pauvres qui ne pouvant rien espérer rêvent de l'infini. Tandis que sur le roman comme sur le film, il n'y a pas en principe à revenir deux fois.

A l'opposé encore du roman et du cinéma, la poésie et la photographie ont deux points communs : elles apportent rarement la célébrité et jamais la fortune.

Par leur vocation apologétique la philosophie, le roman et la poésie s'opposent aux activités scientifiques qui sont *réductrices*. La pensée scientifique vise à la seule efficacité. Elle se veut active et de bon rendement. Elle va toujours du complexe au simple. réduisant systématiquement la profusion du concret à la sécheresse d'une formule légère et maniable comme un outil. Pour le physicien ou le chimiste la pluie irlandaise, la mer Rouge, le lac Titicaca, la rosée matutinale de mon jardin, c'est toujours identiquement H_2O. Cette formule schématise l'analyse de la molécule de l'eau en ses atomes élémentaires, ou sa synthèse à partir de ces mêmes atomes. Le physicien n'en demande pas davantage. La philosophie, le roman et la poésie font le trajet inverse allant toujours du simple au complexe, restituant leur éblouissante fraîcheur aux formules parlées de la foule, célébrant l'inépuisable richesse du réel et l'irremplaçable originalité des choses et des êtres — et créant du même coup cette richesse pour notre émerveillement.

Depuis un siècle on voit en outre deux pseudo-sciences s'aventurer avec des prétentions également réductrices dans des domaines où les vraies sciences ne peuvent prétendre pénétrer. Le marxisme et le freudisme « ramènent » les créations les plus fines et les plus foisonnantes à quelques schémas d'une indigence navrante. Soumettez-leur l'œuvre de Proust, de Kafka ou de Faulkner, ils vous répondront l'un par la peur de la petite-bourgeoisie face à la montée du pouvoir prolétarien, l'autre par la liquidation plus ou moins réussie du complexe d'Œdipe. Alors qu'une étude philosophique de ces œuvres révélera des structures, des architectures et des profondeurs qui avaient échappé aux lectures antérieures, parce que aussi bien elles n'existaient pas encore.

Car la vraie critique doit être créatrice et « voir » dans l'œuvre des richesses qui y sont indiscutablement, mais que l'auteur n'y avait pas mises. Proposition paradoxale si l'on s'en tient à l'idée habituelle d'un auteur « créant » l'œuvre, c'est-à-dire la sortant de lui-même, comme une poupée gigogne en expulse une autre plus petite qui était dans son ventre. Mais elle prend au contraire tout son sens si l'on accepte le principe souvent illustré dans cet essai d'une autogenèse de l'œuvre dont l'auteur ne serait lui-même que le sous-produit.

IV

Vendredi

Il y a toujours une autre île.

Jean Guéhenno.

Le 31 janvier 1709 un canot occupé par six hommes armés et un officier se détacha du *Duke*, navire de guerre anglais équipé de trente canons, et aborda la plage de l'île Más a Tierra, la plus importante de l'archipel Juan Fernández situé dans l'océan Pacifique à six cents kilomètres à l'est de Santiago-du-Chili. Les hommes eurent bientôt la surprise de voir gesticuler à terre un personnage hirsute, vêtu de peaux de chèvres. L'un d'eux lui demanda quel était le meilleur endroit pour atterrir. L'inconnu répondit à grands gestes et bondit de rocher en rocher à leur rencontre.

Il s'appelait Alexandre Selcraig, mais Selkirk était son nom de mer, car la coutume voulait alors qu'on changeât de patronyme en s'engageant sur un navire. Au printemps de l'année 1703, il avait quitté sa ville natale, Largo, un petit port de la côte écossaise pour s'engager à Londres sur le *Cinq Ports* — quatre-vingt-dix tonneaux, seize canons, soixante-trois hommes — qui devait en compagnie d'un autre navire, le *Saint-George*, donner la chasse dans le Pacifique aux galions espagnols chargés de métaux précieux. A vingt-sept ans Selkirk n'était plus un novice. Fait prisonnier par des pirates, il avait été vendu à un boucanier français à Saint-Domingue. Là pendant trois années, il avait forcé, tué et dépecé des taureaux et des vaches sauvages dont la chair fumée était d'un fructueux rapport. Son surnom — Tête de pierre — en disait long sur son caractère.

Aussi bien sa mésentente avec le lieutenant Thomas Stradling commandant le *Cinq Ports* éclata-t-elle dès le début de la course et ne cessa d'empirer, d'autant plus que l'expédition se révéla décevante. C'est pourquoi à l'occasion d'une relâche à Más a Tierra où les deux navires s'étaient rejoints en février, Selkirk avait-il exploré l'île et noté toutes ses ressources dans une intention bien arrêtée. Il faut ajouter que cet homme fort et fruste croyait aux présages et qu'un rêve lui avait prédit le sort le plus lamentable pour le *Cinq Ports* et ses hommes. Qu'importe, ce premier contact de Robinson et de son île a quelque chose d'émouvant. Bien que déserte, elle était parfaitement habitable. Au demeurant elle avait eu un habitant de 1680 à 1683, un Indien Mosquito oublié par un navire et qui n'avait été recueilli que trois ans, deux mois et onze jours plus tard, en excellente santé. En somme Vendredi avait précédé Robinson de plus de vingt ans, manquant ainsi un rendez-vous mémorable. Il faudra le génie de Daniel Defoe pour réparer cette erreur du destin.

En septembre l'affaire était décidée entre Selkirk et Stradling. Le *Cinq Ports* ayant à nouveau fait escale à Más a Tierra repartirait sans l'Ecossais. On le déposa sur la plage avec son coffre personnel, un fusil, quelques munitions et une Bible. Or au tout dernier moment, il mesura soudain la folie de sa décision, et comme la chaloupe s'arrachait à l'empreinte de son étrave dans le sable, il céda à la panique. Il supplia Stradling de le ramener à bord. Le commandant accepta, mais alors Selkirk serait mis aux fers comme mutin et livré à la Justice anglaise du premier port touché. La condition était inacceptable. Selkirk dut se résigner à son sort. Bien lui en prit d'ailleurs, car le *Cinq Ports* conformément à ses présages devait tomber peu après aux mains des Espagnols, et son équipage décimé était vendu comme esclaves. Mais ces tristes nouvelles arrivèrent à sa connaissance que bien plus tard.

Il s'avéra en effet que si Más a Tierra était une terre au total avenante, au climat tempéré, les rares visites qu'elle recevait étaient de fort mauvais aloi. Les navires qui venaient s'y approvisionner en eau, choux palmistes et viandes battaient pavillon espagnol quand ils n'arboraient pas le drapeau noir à tête de mort des pirates. Plus d'une fois Selkirk ne dut son salut qu'à ses jambes et à la parfaite connaissance qu'il avait de l'intérieur de l'île. Il fallut quatre ans et quatre mois pour qu'un navire anglais voulût bien se présenter.

Après une assez longue escale à Más a Tierra le *Duke* et son compagnon le *Dutchess* reprirent la chasse à l'Espagnol et au Français. L'expédition avait pour chef le capitaine Woodes Rogers qui raconta plus tard dans ses mémoires l'épisode robinsonien de sa carrière. Selkirk fit preuve des plus grandes qualités marines auxquelles s'ajoutait une indifférence à l'égard de l'alcool et du tabac qu'il devait à sa longue abstinence. Parfois un navire capturé venait grossir l'expédition. Il fallait alors lui trouver un équipage et un capitaine. C'est ainsi que Selkirk se vit finalement confier le commandement d'une capture rebaptisée l'*Increase*. Il participa brillamment en cette qualité à la mise à sac de la ville espagnole de Guayaquil en Equateur. Il dut attendre le 14 octobre 1711 pour fouler à nouveau la terre maternelle qu'il avait quittée huit ans, un mois et trois jours auparavant.

La sensation que provoqua son retour fut considérable. Chose remarquable, des aventures de ce genre — naufragés revenant après des années de solitude passées sur un îlot — ne manquaient pas dans le passé. Il serait facile d'en citer bon nombre, à commencer par celle de l'Indien Mosquito dont nous avons déjà parlé. Aucune n'avait eu le retentissement de celle de Selkirk. Ce point importe à notre propos. C'est qu'en effet pour la première fois le terrain était prêt à recevoir ce fait divers, semence de mythe. Nous y reviendrons. En attendant Selkirk devient un personnage, on accourt, on l'interroge. Les plus perspicaces scrutent les traces qu'a dû laisser en lui cette terrible épreuve de solitude. Sir Richard Steele écrit dans sa revue *The Englishman :* « La personne dont je parle ici est Alexandre Selkirk, dont le nom est familier aux amateurs de curiosités. J'ai eu le plaisir de causer fréquemment avec l'homme à son retour en Angleterre en l'année 1711. Il était très curieux de l'entendre car c'est un homme de bon sens qui sait donner un récit des différentes révolutions de son esprit dans sa longue solitude. Quand je le vis pour la première fois, même si je n'avais pas été averti de son caractère et de son histoire, j'aurais discerné qu'il avait été longtemps privé de compagnie en raison de son aspect et de son attitude. Il existait une forte et sérieuse expression dans son regard et un certain détachement des choses ordinaires qui l'entouraient comme s'il avait été plongé dans la méditation. L'homme souvent regrettait son retour dans le monde qui ne pouvait, assurait-il, malgré ses agréments, lui rendre la tranquillité de sa solitude. »

On aurait rêvé pour lui un destin hors du commun, une vie marquée à tout jamais par l'aventure exemplaire de sa jeunesse, orientée par une vocation impérieuse — littéraire, philosophique, religieuse ou simplement perverse — née dans les montagnes pelées de Más a Tierra. Defoe se contente de le faire torturer par une incoercible bougeotte. Un autre roman reste à écrire sur l'impossible réinsertion sociale du grand solitaire du Pacifique [1]. Or la suite et la fin d'Alexandre Selkirk sont banales. Il se marie, embarque à nouveau, meurt en 1723 à bord d'un vaisseau de Sa Majesté, le *Weymouth*.

Daniel Defoe rencontra-t-il Alexandre Selkirk ? Rien ne le démontre. Un faible indice tendrait cependant à prouver le contraire. Selkirk revient en Angleterre en 1711. Le roman de Defoe ne paraît qu'en 1719. Il semble que si l'écrivain avait rencontré personnellement son modèle, le délai aurait été moins long entre l'aventure réelle et sa transcription romanesque. Defoe n'aurait-il pas été stimulé dans son travail par ce contact étrange, par ce témoignage irremplaçable ? Simple conjecture. A cela s'ajoute que les écarts entre l'histoire et l'œuvre littéraire sont nombreux. D'abord les lieux. Oubliée l'île Más a Tierra dans le Pacifique ! Robinson Crusoé sera jeté sur une île des Caraïbes, proche de l'embouchure de l'Orénoque, dans l'océan Atlantique par conséquent. Pourquoi ce changement ? Sans doute parce que l'auteur visant au succès populaire a préféré cette région du globe plus connue et plus riche en légendes et en récits que l'archipel Juan Fernández. De même la durée de la solitude du héros passe de quatre ans et quatre mois à vingt-huit ans. Il faut ce qu'il faut ! Selkirk avait été déposé à Más a Tierra en demi-mutiné, en tout cas pour incompatibilité d'humeur avec son commandant. Crusoé est jeté sur son île à la suite d'un naufrage dont il est le seul survivant. C'est plus édifiant, seul le doigt de Dieu étant intervenu dans ce coup du sort. Mais bien entendu, c'est à mes yeux au moins l'invention du personnage de Vendredi qui constitue l'apport le plus génial de Daniel Defoe aux données historiques. Nous y reviendrons.

Ce qui compte au premier chef, c'est le succès de ce livre qui fut éclatant au double sens du terme. Car le pauvre Daniel Defoe qui n'avait connu auparavant pour des ouvrages sérieux et méritoires que misère et persécution se retrouva vite célèbre et riche, à telle enseigne qu'il se hâta de donner une suite, des suites, aux aventures de Robinson Crusoé. Le lecteur d'aujourd'hui qui aborde pour la première fois une édition complète du roman n'est pas peu surpris de constater que l'épisode de l'île déserte n'occupe que son premier tiers, le reste se situant dans le monde entier jusqu'à la mort de Vendredi revenu malencontreusement dans la fameuse île et tué par des Indiens qui pourraient être ses frères.

Le succès du roman de Daniel Defoe aussi considérable qu'il fût serait comparable à celui de bien d'autres chefs-d'œuvre littéraires s'il n'avait pas suscité autant de versions nouvelles et d'imitations dans tous les pays du monde. Les exemplaires de ce livre — traduit ou non — agissaient comme autant de graines dispersées par le vent et produisant où elles tombaient des œuvres nouvelles, profondément influencées par la mentalité et le climat du pays. On a vu ainsi — pour ne citer que les plus célèbres — un *Robinson des demoiselles*, un *Robinson des glaces*, un *Robinson suisse* — le père de famille y est surtout préoccupé d'exploiter toutes les ressources pédagogiques que recèle l'île au profit de ses enfants, — tout près de nous Saint-John Perse a écrit ses admirables *Images à Crusoé* et Jean Giraudoux *Suzanne et le Pacifique* où une jeune fille de Bellac remplace le puritain barbu de Defoe. On dirait que chaque génération a éprouvé le besoin de se raconter, de se reconnaître et ainsi de se mieux connaître à travers cette histoire. Robinson a très vite cessé d'être un héros de roman pour devenir un personnage mythologique.

Le cas de Jules Verne écrivant *L'Ile mystérieuse* (1874) nous paraît particulièrement instructif. Nul doute qu'en publiant ainsi *son* Robinson Crusoé, l'auteur n'ait voulu lancer un défi au héros de Daniel Defoe, né cent cinquante ans plus tôt. Robinson disposait en effet de deux atouts majeurs dans sa lutte pour survivre. D'abord il avait reçu un véritable viatique grâce à l'épave du navire, laissée à sa disposition par la civilisation. Ensuite il avait été jeté sur une île verdoyante, gorgée de fruits et peuplée d'animaux aussi peu redoutables que les fameuses chèvres.

Les cinq naufragés de Jules Verne n'ont droit qu'à un îlot rocheux battu par les flots. Ensuite ils arrivent en ballon, accrochés au filet, car ils ont été contraints de larguer la nacelle pour n'être pas engloutis dans la mer. En les voyant s'ébrouer sur leur île comme des chiens mouillés, on songe irrésistiblement à cinq prestidigitateurs qui ayant retroussé leurs manches agiteraient leurs doigts écarquillés en prononçant la phrase rituelle : rien dans les mains, rien dans les poches ! Sur quoi nous assistons à un festival étourdissant d'inventions, de trouvailles, de stratagèmes. On fait du feu, on cuit des briques, on extrait du minerai, on forge l'acier. Ce n'est rien encore. On compose de la nitroglycérine. On fait de l'engrais chimique grâce auquel l'île à partir d'un grain trouvé dans la doublure d'une veste va se couvrir de blé. On coule le verre. On construit un ascenseur hydraulique, et bientôt l'électricité et le télégraphe couronnent cet édifice fantastique. Robinson avec son enclos et ses chèvres est surclassé, battu, ridiculisé.

C'est que parmi les cinq naufragés, il y a Cyrus Smith, un *ingénieur* — un mot superbe où se mêlent le génie et l'ingéniosité — héros julesvernien par excellence qui incarne le triomphe des sciences appliquées et des techniques. On pourrait certes ironiser sur ces cinq naufragés que pas une fois ne visite la tentation du doute, du désespoir ou de la haine. Pour n'avoir pas fait d'électricité, Crusoé avec ses crises religieuses et ses idées de suicide avait un autre poids humain. Jules Verne pourrait répondre sans doute que le travail, c'est le bonheur, et qu'on n'a guère le temps de pleurer quand il s'agit de fabriquer de l'acide sulfurique ou du verre à vitre à partir de rien.

Mais il aurait une autre réponse. Si ses héros n'ont guère de vie intérieure leur île possède la sienne. Cette vie secrète de l'île mystérieuse s'appelle Nemo. Car le commandant du *Nautilus,* sombre métaphysicien des abysses, est caché dans son joujou magique au fond des rochers. Smith, c'est le héros du XIXe siècle rêvant au XXe. Et Smith malgré son génie ingénieux se sent tout à coup très petit garçon en face du solitaire grandiose que nous verrons jouer des chorals de Bach sur l'orgue de son sous-marin tandis qu'un séisme l'engloutira avec l'île mystérieuse.

*

Dans cet éclatement en facettes multiples du roman de Daniel Defoe nous reconnaissons les deux caractéristiques du passage à la dimension mythologique dont nous avons parlé précédemment. Car en même temps que Robinson Crusoé s'échappait de l'œuvre où il était apparu premièrement pour animer des dizaines d'autres œuvres sous des avatars différents, sa popularité dépassait et éclipsait celle de son auteur. Bien de tous les hommes, Robinson est l'un des éléments constitutifs de l'âme de l'homme occidental.

C'est qu'en effet sous quelque aspect qu'on l'envisage, il est présent et vivant en chacun de nous. Son mythe est à coup sûr l'un des plus actuels et des plus vivants que nous possédions, ou plutôt dont nous soyons possédés. Il n'est pas inutile de reprendre certains de ces aspects qui sont autant de moules romanesques dans lesquels nous donnons forme et profil aux humeurs et aspirations que nous inspire notre commune condition d'hommes du XXe siècle finissant.

Robinson se présente d'abord comme le héros de la solitude. Jeté sur une île déserte, orphelin de l'humanité tout entière, il lutte des années contre le désespoir, la crainte de la folie et la tentation du suicide. Or il me semble que cette solitude grandissante est la plaie la plus pernicieuse de l'homme occidental contemporain. L'homme souffre de plus en plus de solitude, parce qu'il jouit d'une richesse et d'une liberté de plus en plus grandes. Liberté, richesse, solitude ou les trois faces de la condition moderne. Il y a encore moins d'un siècle, l'Européen était lié par sa famille, sa religion, son village ou le quartier de sa ville, la profession de son père. Tout cela pesait lourdement sur lui et s'opposait à des changements radicaux et à des options libres. C'est à peine s'il choisissait sa femme, et il ne pouvait guère en changer. Et toutes ces sujétions s'aggravaient du poids des contraintes économiques dans une société de pénurie et d'âpreté. Mais cette servitude soutenait et réchauffait en même temps qu'elle écrasait. On retrouve cela aujourd'hui quand on voyage dans les pays dits sous-développés. Sous-développés vraiment ? A coup sûr pas sous l'angle des relations interhumaines. Dans ces pays rarement un sourire adressé à une inconnue reste sans réponse. Il vous revient aussitôt, comme la colombe de l'arche de Noé fleurie d'un rameau d'olivier. Spontanément un enfant vous aborde dans la rue et vous invite à venir prendre le thé avec sa famille. Un bébé assis sur le bord du trottoir en vous voyant venir tapote la pierre de la main pour vous suggérer de vous asseoir près de lui. Après cela, débarquant à Marseille ou à Orly, on a froid au cœur en voyant tous ces visages de bois, tous ces visages morts, en sentant les ondes répulsives émises par chacun à l'encontre de tous les autres.

Oui, nous vivons enfermés chacun dans notre cage de verre. Cela s'appelle retenue, froideur, quant-à-soi. Dès son plus jeune âge, l'enfant est sévèrement dressé à ne pas parler à des inconnus, à s'entourer d'un halo de méfiance, à réduire ses contacts humains au strict minimum. Sur ce dressage antihumain se greffe l'obsession anticharnelle qui tient lieu de morale à notre société. Le puritanisme avec ses deux filles — maudites mais inévitables, Prostitution et Pornographie — s'entend à parfaire notre isolement. Assis dans le métro, si je risque un œil sur le journal déployé que lit mon voisin, le voilà qui me fusille du regard et plie rageusement son journal pour l'enfoncer dans sa poche. Car ce journal est à lui, il l'a payé de ses deniers durement et honnêtement gagnés. Il le lisait jouissant paisiblement de son droit le plus indiscutable. Or voici qu'il me surprend en flagrant délit de grivèlerie ! Je mange dans son assiette, je fouille dans sa poche. Je n'ai pas le droit.

Cette scène m'en rappelle une autre toute contraire qui ouvre un petit livre merveilleusement amer et tonique[1]. Cela se passait dans un wagon-restaurant où mangeaient par tables de quatre une soixantaine de voyageurs. Personne ne voyait personne. Personne ne parlait à personne. Le repas terminé, le voisin du narrateur, un solide Helvète franc et buriné, commanda un kirsch. Il plongea un sucre dans son verre et lui sourit : « Je réponds à son sourire, raconte l'auteur. Il plongea alors un second sucre dans son kirsch et l'espace de quelques secondes tendit imperceptiblement sa main dans ma direction. Vraisemblablement il souhaitait que je goûte le " canard " qu'il avait préparé à mon intention. Mais entre nous, entre nos corps, il y avait un mur, un mur infranchissable. Son geste avorta. »

Avec la richesse, une à une les chaînes sociales tombent, l'individu affranchi se retrouve nu, disponible et seul, et ce n'est pas la foule anonyme et indifférenciée où il est perdu qui l'aidera. Alors qu'un immeuble populaire de la banlieue napolitaine reconstitue une sorte de village vertical où chacun est connu, repéré, surveillé certes, mais aussi entouré, soutenu, où on vit toutes portes ouvertes, où on mange les uns chez les autres, les habitants d'un immeuble dit de « grand standing » dans le 16e arrondissement de Paris se retranchent dans une « discrétion » guindée. Il y est de bon ton d'ignorer jusqu'au nom des voisins de palier. Les moyens de transport offrent l'occasion d'observations analogues. On améliorerait sensiblement la vie des automobilistes — et sans doute aussi la sécurité des routes — en remédiant au manque de communication qui les isole dans leur cellule de tôle. Car l'automobiliste est constamment hanté, menacé, oppressé par *l'autre* automobiliste. Et cet autre, il ne peut rien lui dire. Même les injures qu'il profère à son intention sont arrêtées par deux pare-brise. Or il serait techniquement possible d'équiper toutes les voitures de petits émetteurs-récepteurs du type walkie-talkie permettant de se parler dans un rayon d'une centaine de mètres. Au début les injures n'en iraient sans doute que plus vite et plus précisément à leur destinataire, mais on verrait vite s'instituer une sorte de société ayant ses règles minimum de bon usage, et la mentalité automobile s'améliorerait sensiblement.

Malheureusement les trois fléaux qui menaçaient Robinson dans son île sont plus difficiles à conjurer que des colères de chauffard. La folie, la drogue et le suicide n'en sont pas moins des suites de la solitude engendrée elle-même par la richesse et la liberté. A mesure que la société progresse dans le bien-être et la disponibilité, on voit tomber en route un nombre grandissant de victimes trop faibles pour supporter l'isolement qui est le revers commun de ces deux belles médailles.

Il faudrait briser la cage de verre. Et pour cela en prendre d'abord conscience et se persuader qu'elle n'est ni fatale, ni bonne. Il existe au demeurant des truchements, des points de contact qui créent des communautés plus ou moins éphémères à l'intérieur desquelles tout le monde s'entend *a priori* avant même de se connaître. La communauté automobile reste à faire. En revanche celle des motocyclistes existe. Les chevaliers de cuir se tutoient, s'entraident, se retrouvent dans des rassemblements monstres. Il y a aussi bien entendu les réunions religieuses dont Taizé offre l'exemple le plus beau et le plus élevé. Une société soucieuse du bien commun devrait favoriser et même susciter ces groupements qui brisent la carapace de l'isolement, au lieu de les considérer *a priori* avec méfiance, quand elle ne les combat pas avec une hargne stupide au nom de je ne sais quel ordre sinistre. Je songe notamment aux festivals de musique pop, et aussi aux fêtes érotiques qui se donnent ici et là, et singulièrement aux nuits du bois de Boulogne. Rien de plus charmant que tout ce mystérieux remue-ménage, ces signaux furtifs, ces tumultes silencieux, ces ténèbres galantes traversées de rires et d'éclairs. Je veux y voir l'image d'une réconciliation de la richesse et de la liberté avec le plaisir, la gaieté et la communion.

Mais Robinson n'est pas seulement la victime de la solitude, il en est aussi le héros. Car cette solitude qui nous tue et nous rend fous, par une curieuse inversion des valeurs se pare à nos yeux de prestiges délicieux, comme ces poisons meurtriers dont l'odeur, le goût et les effets immédiats possèdent un je-ne-sais-quoi d'une irremplaçable séduction. Qui n'a rêvé de se retirer sur une île déserte ? L'attrait des vacances est inséparable pour beaucoup d'une plage de sable doré, ombragée de palmiers où viennent crouler des vagues de lapis-lazuli. Robinson avait tout cela. Quant au travail accordé à ces paradis ensoleillés, il se ramène à de petites activités de jardinage, de construction et de pêche, ce qu'embrasse habituellement le mot rassurant de « bricolage », et il est bien vrai que Robinson est aussi le saint patron de tous les bricoleurs de plein air.

On voit ce qui fait le prestige de Robinson : cette solitude dont nous souffrons, même et surtout au milieu de la foule anonyme et oppressante, il a su merveilleusement, lui, l'aménager et l'élever au niveau d'un art de vivre. C'est ainsi du moins qu'on imagine communément le héros de Daniel Defoe, et cela nous permet de mieux mettre au jour le mécanisme du mythe. Car le héros mythologique, s'il prend pied au cœur de chaque individu modeste et prosaïque se hausse en même temps au niveau d'une réussite admirable. Il est paradoxalement à la fois le double fraternel de chaque homme et une statue surhumaine qui le met de plain-pied avec l'Olympe éternel. De telle sorte que chaque héros mythologique — et non seulement Robinson, mais Tristan, don Juan, Faust — nous engage dans un processus d'*autohagiographie*. Comme je suis grand, fort, mélancolique ! s'écrie le lecteur en levant les yeux du livre vers un miroir. Vraiment, il ne se savait pas si beau !

Pourtant les années de solitude de Robinson — le seul aspect de l'aventure que connut Alexandre Selkirk — le cèdent en importance à l'autre grand thème du roman dont elles ne sont finalement que la préparation nécessaire, je veux parler de la survenue de Vendredi. Sans doute Robinson devait-il demeurer le seul personnage du roman de Daniel Defoe à posséder une dimension mythologique avant l'époque contemporaine caractérisée par l'épanouissement des disciplines ethnographiques et le démantèlement des empires coloniaux. Or qu'était Vendredi pour Daniel Defoe ? Rien, une bête, un être en tout cas qui attend de recevoir son humanité de Robinson, l'homme occidental, seul détenteur de tout savoir, de toute sagesse. Et quand il aura été dûment morigéné par Robinson, il deviendra tout au plus un bon serviteur. L'idée que Robinson eût de son côté quelque chose à apprendre de Vendredi ne pouvait effleurer personne avant l'ère de l'ethnographie[1]. C'est sur ce point que la vertu proprement mythologique de cette histoire se manifeste le plus crûment. Car il est évident que la rencontre Robinson-Vendredi a pris depuis quelques décennies une signification que le cher Daniel Defoe était à cent mille lieues de pouvoir soupçonner.

Relisant son roman, je ne pouvais en effet oublier mes années d'études au musée de l'Homme. Là j'avais appris qu'il n'y a pas de « sauvages », mais seulement des hommes relevant d'une civilisation différente de la nôtre et que nous avions grand intérêt à étudier. L'attitude de Robinson à l'égard de Vendredi manifestait le racisme le plus ingénu et une méconnaissance de son propre intérêt. Car pour vivre sur une île du Pacifique ne vaut-il pas mieux se mettre à l'école d'un indigène rompu à toutes les techniques adaptées à ce milieu particulier que de s'acharner à plaquer sur elle un mode de vie purement anglais ? Est-ce à dire que nous tentons de redonner vie au mythe du « bon sauvage » de Jean-Jacques Rousseau ? Moins qu'il n'y paraît. Car Rousseau en un siècle de vastes voyages de découvertes se souciait d'explorations et de découvertes comme d'une guigne. Son « bon sauvage » n'était qu'un point de vue abstrait sur notre société en accusation, tout comme le Persan de Montesquieu. Toutes les vertus qu'il prête aux « sauvages » ne sont que l'envers des vices qu'il reproche aux « civilisés ». Et lorsqu'il fait l'éloge du Robinson Crusoé de Daniel Defoe comme du seul roman qu'il fera lire à Emile pour son édification et son amusement, il exclut expressément la présence de Vendredi, début de la société et de l'esclavage domestique. « Dépêchons-nous d'établir Emile dans cette île tandis qu'il y borne sa félicité, car le jour approche où, s'il y veut vivre encore, il n'y voudra plus vivre seul, et où Vendredi qui maintenant ne le touche guère, ne lui suffira pas longtemps. » Seul l'intéresse Robinson, héros industrieux, à la fois sobre et ingénieux, capable de pourvoir lui-même à tous ses besoins sans l'aide de la société. Mais Rousseau ne paraît pas voir que Robinson détruit son île déserte en y reconstituant un embryon de civilisation, comme il pervertit Vendredi en le ravalant au rôle de domestique. Et surtout il lui dénie toute invention, toute créativité en ne lui accordant que des petits métiers hérités de son Angleterre natale.

On ne saurait dire cependant que *Vendredi ou les limbes du Pacifique* soit un roman véritablement ethnographique. Ce roman ethnographique reste à écrire. Son véritable sujet — passionnant et enrichissant n'en doutons pas — serait la confrontation et la fusion de deux civilisations observées comme en bocal — l'île déserte — grâce à deux porteurs-témoins. Robinson est un Anglais du début du XVIIIe siècle issu d'une certaine classe sociale. Vendredi est un Araucanien — un Indien du Chili — de la même époque. Ces deux civilisations étant données d'entrée de jeu dans tous leurs détails — économie, justice, littérature, peinture, religion, etc. — il s'agirait d'observer leur rencontre, leur lutte, leur fusion et l'ébauche d'une civilisation nouvelle qui sortirait de cette synthèse. Daniel Defoe n'a pas abordé ce sujet puisque dans son optique Robinson détient seul *la* civilisation, et qu'il en écrase Vendredi. Mon propos plus proprement philosophique allait dans un sens tout différent. Ce n'était pas le mariage de deux civilisations à un stade donné de leur évolution qui m'intéressait, mais la destruction de toute trace de civilisation chez un homme soumis à l'œuvre décapante d'une solitude inhumaine, la mise à nu des fondements de l'être et de la vie, puis sur cette table rase la création d'un monde nouveau sous forme d'essais, de coups de sonde, de découvertes, d'évidences et d'extases. Vendredi — encore plus vierge de civilisation que Robinson après sa cure de solitude — sert à la fois de guide et d'accoucheur à l'homme nouveau. Ainsi donc mon roman se veut inventif et prospectif, alors que celui de Defoe, purement rétrospectif, se borne à décrire la restauration de la civilisation perdue avec les moyens du bord.

*

Le passage de la philosophie au roman trouvait dans ce petit drame à trois (Robinson + l'île + Vendredi) une occasion privilégiée. Il faudra un jour que je rende justice à Paul Valéry de tout ce que je lui dois, et j'en profiterai pour dresser l'acte d'accusation que j'ai mûri contre lui en vrai fils ingrat et révolté. Les romans que je cherchais à écrire, il en a donné la définition et fourni le modèle avec *Monsieur Teste.* En vérité il se conformait lui-même à un modèle à la fois vénérable et paradoxal, le *Discours de la méthode* de Descartes. Déjà l'épigraphe latine de *Monsieur Teste* indique cette origine *Vita Cartesii res simplicissima.* Dans une lettre à Gide en date du 25 août 1894, il écrit : « J'ai relu le *Discours de la méthode* tantôt, c'est bien le roman moderne comme il pourrait être fait. A remarquer que la philosophie postérieure a rejeté la part autobiographique. Cependant c'est le point à reprendre et il faudra donc écrire la vie d'une théorie comme on a trop écrit celle d'une passion (couchage). Mais c'est un peu moins commode, car, puritain que je suis, je demande que la théorie soit mieux que du truquage comme dans *Louis Lambert...* » C'est probablement le début du premier paragraphe de la deuxième partie du *Discours* qui a provoqué enthousiasme et illumination chez Valéry : « J'étais alors en Allemagne où l'occasion des guerres qui n'y sont pas encore finies m'avait appelé ; et comme je retournais du couronnement de l'empereur vers l'armée, le commencement de l'hiver m'arrêta en un quartier où, ne trouvant aucune conversation qui me divertît, et n'ayant d'ailleurs par bonheur aucun soin ni passion qui me troublassent, je demeurai tout le jour enfermé seul dans un poêle où j'avais tout le loisir de m'entretenir de mes pensées... »

Il y a en effet de quoi jubiler. Nous avons affaire à un mercenaire. Ayant servi en Hollande dans l'armée du prince de Nassau, il la quitte pour s'engager sous les couleurs de l'Electeur de Bavière. L'hiver 1619 étant rude, il prend ses quartiers sur le Haut-Danube, s'enferme, et tandis que grondent les canons de la guerre de Trente Ans, et que Ferdinand, roi de Bohême et de Hongrie, reçoit à Francfort la couronne d'Empereur d'Occident, il invente le Cogito et l'argument ontologique. On conçoit qu'en comparaison d'un pareil *roman,* les histoires de pâles coucheries imaginées plus tard fassent médiocre figure !

Il s'agit en somme de raconter une suite de démarches et de découvertes purement cérébrales sans les dégager de leur gangue historique et autobiographique. Fondre l'essai et le roman, la réussite promettant d'être d'autant plus éclatante que l'essai sera plus abstraitement métaphysique et l'affabulation plus aventureusement picaresque.

Paul Valéry n'a mené à bien qu'une seule œuvre répondant à cette définition. Dans *Monsieur Teste,* il doue un personnage imaginaire d'une certaine organisation cérébrale tout à fait extraordinaire, puis il le lâche dans la nature, et observe le résultat. Ce qui importe — et c'est bien l'essentiel du cas Descartes — c'est que son cerveau monstrueux crée une distance infranchissable entre les événements et le personnage, et offre à celui-ci une distance idéale d'observation. Ainsi Descartes, plongé dans ses pensées, entendait vaguement les fanfares et les canonnades du fond de son « poêle », et en nourrissait ses méditations sur le destin humain. (On songe également à Hegel terminant *La Phénoménologie de l'esprit* à Iéna en 1806, cependant qu'à l'horizon rougeoyant et grondant, l'armée de Napoléon taille en pièces les Prussiens du prince de Hohenlohe.)

Que le thème de Robinson Crusoé se prêtât à une version de ce genre — l'aventure cérébrale noyée dans un contexte romanesque classique — c'est ce qui ne pouvait échapper à Paul Valéry. On trouve dans ses *Histoires brisées* une ébauche de Robinson : « Robinson reconstitue sans livres, sans écrits, sa vie intellectuelle. Toute la musique qu'il a entendue lui revient... Sa mémoire se développe par la demande, et la solitude et le vide. Il est penché sur elle. Il retrouve des livres lus — note ce qui lui en revient. Ces notes sont bien curieuses. Enfin le voici qui *prolonge* et crée à la suite. » Le nom de Vendredi n'est jeté qu'une fois au milieu de ces ébauches, mais le problème d'autrui, de l'absence ou de la présence fantomatique d'autrui, devait bien évidemment se présenter à Paul Valéry qui commenta ainsi un dessin colorié placé en tête de la première édition des *Histoires brisées :* « Quoique son île fût déserte, il mit une plume à son chapeau ; il lui semblait qu'il créât par là quelqu'un qui regardât la plume. »

Car c'est bien là le merveilleux de cette histoire. Les deux volets de Robinson sur son île, *Avant-Vendredi, Avec-Vendredi,* s'articulent parfaitement l'un sur l'autre, le drame de la solitude s'exhalant dans un appel à un compagnon, puis se trouvant soudain étouffé, suffoqué par la survenue d'un compagnon en effet, mais inattendu, surprenant, une déception affreuse — un nègre ! — contenant pourtant toutes les promesses d'une relance prodigieuse de l'aventure et de l'invention. Car il est clair qu'un compagnon tel que Robinson l'attendait — un autre

Anglais, un autre Robinson — aurait fait retomber l'aventure assez platement.

A ces deux parties s'en ajoute dans *Vendredi ou les limbes du Pacifique* une troisième — la souille — qui les précède et donne à l'ensemble une allure dialectique. Il était dans la logique romanesque qu'après avoir vainement espéré qu'on viendrait le chercher et tenté de signaler sa présence ou de construire un canot, Robinson connût une période de désespoir et de déchéance. Il découvre une mare boueuse où une harde de pécaris vient s'engloutir pendant les heures les plus chaudes de la journée. Il imite ces bêtes et se souille, comme un cochon, ne laissant émerger de l'eau croupie que son nez et sa bouche, cependant que les émanations délétères des marais le plongent dans un abrutissement proche de la mort.

A ce degré zéro de sa vie insulaire succède une reprise en main de son destin. Il remonte la pente, s'impose une discipline, organise et cultive l'île comme une colonie anglaise. C'est la période de l' « île administrée ». Nous sommes à l'époque où les puritains anglais envahissent et colonisent, la Bible à la main, les terres vierges du Nouveau Monde. Ils devaient s'inspirer d'une morale de l'accumulation à outrance codifiée dans les *Almanachs* de Benjamin Franklin qui, partant du calvinisme, aboutit à la société libérale et capitaliste. Le Robinson de l'île administrée est possédé par cet esprit qui ne voit de salut que dans le travail et la production. Mais sa solitude rend son travail dérisoire et donne à sa production — de céréales, de viande séchée, de poisson, de fruits — les allures d'une entreprise folle, alors qu'elle se voudrait la sagesse même.

Vendredi paraît d'abord justifier l'organisation maniaque de l'île par Robinson. Il va être le « sujet » unique de ce royaume, le seul soldat du général Robinson, le seul contribuable du percepteur Robinson, etc. Il se plie apparemment à tout avec une docile bonne humeur. Mais sa présence suffit déjà à ébranler l'organisation de l'île, car visiblement il ne comprend rien à tout cela, et Robinson se voit dans ses yeux et ne peut plus désormais ne pas juger sa propre folie. Vendredi sème le doute dans un système qui ne tenait que par la force d'une conviction aveugle. C'est pourquoi quand à la fin il provoque à demi involontairement la destruction de toutes les provisions accumulées par Robinson et de toutes les richesses sauvées du naufrage de son navire, Robinson ne réagit que faiblement, comme s'il avait attendu, presque espéré cette catastrophe.

Dès lors c'est Vendredi qui mène le jeu, il invente et il précipite Robinson dans l'invention où l'Anglais ne s'était hasardé que timidement jusque-là, l'île administrée n'étant qu'une scrupuleuse reconstitution de la civilisation perdue. Le principe de Vendredi est aérien, éolien, ariellien. Ses attributs s'appellent la flèche, le cerf-volant, la harpe éolienne. C'est d'ailleurs ce qui le perdra, car il ne saura pas résister à la séduction du fin voilier anglais qui jettera l'ancre au large de l'île. Robinson a d'abord appartenu au règne terrestre. Il avait du paysan l'âpreté et la lenteur. Il va d'abord jusqu'au bout de cette vocation en aimant son île comme un enfant aime sa mère (épisode de la grotte), puis comme un époux aime sa femme (épisode des mandragores). Mais il subit ensuite une lente métamorphose qui le tourne vers le soleil, et que l'influence de Vendredi portera à son achèvement. La formule du roman pourrait s'écrire sous la forme d'une double équation :

Terre + Air = Soleil
Robinson terrien + Vendredi = Robinson solaire

On a observé que les trois stades de l'évolution de Robinson s'apparentaient aux trois genres de connaissance décrits par Spinoza dans *L'Ethique*. La connaissance du premier genre passe par les sens et les sentiments, et se caractérise par sa subjectivité, sa fortuité et son immédiateté. A la connaissance du deuxième genre correspondent les sciences et les techniques. C'est une connaissance rationnelle mais superficielle, médiate et largement utilitaire. Seule la connaissance du troisième genre livre l'absolu dans une intuition de son essence. Il est certain que la souille, l'île administrée et l'extase solaire reproduisent dans leur succession les trois genres de connaissance de *L'Ethique*. Il n'y manque même pas l'affinité que les stades 1 et 3 entretiennent entre eux par leur immédiateté et leur désintéressement qui les distinguent également du stade 2 (connaissance du deuxième genre et île administrée).

Il va de soi que ce parallélisme ne fut pas délibéré. Mais outre que *L'Ethique* est à mes yeux le livre le plus important qui existe après les Evangiles, et que sa leçon est très profondément inscrite dans mon esprit, je remarque que ces trois étapes répondent à coup sûr à un schéma extrêmement classique et qu'on doit retrouver dans plus d'une doctrine religieuse ou philosophique. Même au niveau le plus trivial — celui de notre vie quotidienne — on en trouverait un lointain équivalent. Car à chaque homme, à chaque femme trois voies s'offrent dans la vie : 1) les plaisirs purement passifs et dégradants — l'alcool, la drogue, etc. ; 2) le travail et l'ambition sociale ; 3) la pure contemplation artistique ou religieuse. Les trois vies de Robinson jettent ainsi un pont entre notre existence de tous les jours et la métaphysique de Spinoza.

*

Un lecteur m'a demandé un jour avec une intention un rien malveillante pourquoi je n'avais pas dédié ce livre à la mémoire de son premier inspirateur Daniel Defoe. N'était-ce pas là le moindre hommage que je pouvais lui rendre ? J'avoue que je n'y ai même pas songé, tant la référence constante de chaque page de ce livre à son modèle anglais me paraissait évidente. En vérité j'avais eu une autre idée de dédicace autour de laquelle j'ai longtemps tourné et hésité pour finalement renoncer. Car le dédicataire me paraissait trop grand, trop respectable, trop éloigné de moi, et je n'avais pas le moyen de lui demander la permission de lui rendre ce dérisoire hommage. Oui, j'aurais voulu dédier ce livre à la masse énorme et silencieuse des travailleurs immigrés de France, tous ces Vendredi dépêchés vers nous par le tiers monde, ces trois millions d'Algériens, de Marocains, de Tunisiens, de Sénégalais, de Portugais sur lesquels repose notre société et qu'on ne voit jamais, qu'on n'entend jamais, qui n'ont ni bulletin de vote, ni syndicat, ni porte-parole. En toute logique, en toute justice une partie importante de la presse écrite, de la radio, de la télévision devrait non seulement leur être consacrée mais leur appartenir. Notre société de consommation est assise sur eux, elle a posé ses fesses grasses et blanches sur ce peuple basané réduit au plus absolu silence. Tous ces éboueurs, ces fraiseurs, ces terrassiers, ces manœuvres, ces trimardeurs, il va de soi qu'ils n'ont rien à dire, rien à nous dire, rien à nous apprendre, tout à gagner au contraire à notre école et d'abord à apprendre à parler une langue civilisée, celle de Descartes, de Corneille et de Pasteur, à acquérir des manières policées, et surtout à se faire oublier des stupides et bornés Robinson que nous sommes tous. Cette population bâillonnée mais vitale, tolérée mais indispensable, c'est le seul vrai prolétariat qui existe en France. Prenons garde que la voix de cette foule muette n'éclate pas tout à coup à nos oreilles avec un bruit de tonnerre !

V

Les météores

La foudre est un météore, comme la rosée.

Joseph de Maistre.

Le Roi des aulnes était le roman d'un grand solitaire en proie à la machine subtile et irrésistible du destin. *Les Météores* raconte l'histoire d'un couple si profondément uni que chacun de ses membres trouve son destin dans la personne de l'autre. Voilà un emploi réitéré du beau mot de *destin* qui demande une explication.

Destin : *enchaînement nécessaire et inconnu des événements,* dit le dictionnaire. A ces trois caractéristiques, il faut en ajouter une quatrième qui est le moi, l'individu humain plus ou moins impliqué dans cet enchaînement, lequel échappe à la fois à sa volonté *(nécessaire)* et à son intelligence *(inconnu).* On ne penserait guère en effet au destin à propos d'actions et de réactions physico-chimiques se déroulant dans une planète inhabitée. Il y a lieu de parler de destin lorsque les événements qui m'arrivent — qui font et qui défont ma vie — trahissent une logique supérieure, une nécessité intelligible qui ne m'apparaissent cependant que partiellement. Dans *Le Roi des aulnes* — comme dans *Les Météores* — la vie des héros devient de plus en plus intelligible à mesure que les événements — principalement historiques dans le premier roman, géographiques dans le second

— viennent l'enrichir et l'éclairer. Cette élucidation progressive entraîne un assentiment de plus en plus intime à une histoire dont la solidarité avec l'ordre cosmique et le caractère strictement personnel se dévoilent conjointement de jour en jour. Par la reconnaissance, le *fatum* devient *amor fati*. Le véritable sujet de ces romans, c'est la lente métamorphose du destin en destinée, je veux dire d'un mécanisme obscur et coercitif en l'élan unanime et chaleureux d'un être vers son accomplissement.

Le thème gémellaire me poursuivait depuis longtemps. On le voit apparaître dans *Vendredi* (« Folio », p. 231) lorsque Robinson imagine qu'il pourrait être le frère jumeau de Vendredi, non un jumeau selon la course horizontale de la vie, mais un *gémeau*, issu d'une génération verticale, céleste. Dès cette première allusion le mot *météore* apparaît avec cette idée que les frères jumeaux ont naturellement une relation intime et comme originelle avec le ciel.

Dans cette ébauche initiale, j'avais indiqué déjà que les jumeaux n'ayant qu'une seule âme pour deux corps devaient posséder une chair deux fois plus dense, riche et lourdement... charnelle que les singuliers. Cette déduction n'est pas sans fondement concret. Qui a observé des jumeaux ne peut échapper à la fascination de leur corps, dont la corporéité en quelque sorte se trouve grossièrement soulignée par la duplication. Cette super-chair devait naturellement intéresser l'amateur de chair fraîche qu'est Abel Tiffauges. Il découvre les charmes de la gémellité grâce aux pigeons qu'il réquisitionne, puis mange avec des sentiments mêlés (p. 155 et 166), puis ce sont des enfants est-prussiens (p. 303), Haro et Haïo, jumeaux-miroirs de surcroît, dont il prend possession avec une joie hagarde, et qui sont plus tard empalés de part et d'autre de leur camarade Lothar, comme en un puéril Golgotha.

Nul doute que la source première des *Météores* ne se trouve dans la fascination de la super-chair gémellaire. Mais dès l'abord le thème gémellaire s'est révélé d'une infinie richesse. Tout d'abord il intéresse au premier chef la biologie à laquelle il offre une occasion privilégiée de faire le départ dans l'être vivant entre ce qui revient au milieu et ce qui doit être mis sur le compte de l'hérédité. En effet des vrais jumeaux ayant un seul et même bagage héréditaire, s'ils sont placés dans des milieux différents, tout ce qui les rapproche est de nature héréditaire, tout ce qui les différencie de nature mésologique.

Hérédité, milieu. Il existe sans doute peu d'alternatives aussi fécondes et lourdes de conséquences que celle-ci. Le débat est certes d'abord biologique. L'être vivant n'est en somme qu'une certaine formule héréditaire livrée durant toute son existence aux caresses et aux agressions des milieux qu'il traverse. Johann Mendel et Ivan Pavlov lui apportent chacun leur grille de déchiffrement, génétique pour le premier, mésologique pour le second.

Mais l'alternative déborde largement le laboratoire et envahit tous les domaines à commencer par celui des options politiques. On entend dire souvent par exemple que les notions de droite et de gauche ont perdu toute signification actuelle et doivent être reléguées au magasin des accessoires polémiques, d'autant plus qu'au cours des dernières décennies elles se sont chargées de jugements de valeur implicites, positif pour la gauche, négatif pour la droite, de telle sorte que tout le monde se réclame de la gauche, personne ne veut être de la droite. La tradition héritée du XIXe siècle en effet oppose aux aspirations de gauche des masses prolétariennes misérables une coalition de droite rassemblant les nantis, cramponnés à leurs privilèges. La gauche contre la droite, c'était le mouvement vers la justice contre l'immobilisme d'un ordre établi oppresseur.

Ce tableau a évidemment changé depuis que dans nombre de pays une révolution a chassé les classes régnantes, miné les couches possédantes et installé à leur place un pouvoir socialiste qui s'est révélé finalement comme une oligarchie de hauts fonctionnaires. Dès lors que la gauche tient le pouvoir, elle veut le garder et s'oppose avec violence non seulement à toute nouvelle révolution, mais à toute espèce de changement, qualifié automatiquement de contre-révolutionnaire. Autant dire qu'elle devient conservatrice, et l'expérience prouve que la rigueur du conservatisme socialiste, la férocité réactionnaire avec laquelle il écrase toute manifestation pouvant remettre en question si peu que ce soit l'ordre établi n'ont rien à envier aux monarchies de droit divin de jadis. S'ensuit-il qu'il existe une gauche réactionnaire et une tyrannie spécifiquement de gauche, ou faut-il dire que tout pouvoir est naturellement orienté à droite ?

C'est là que l'alternative hérédité-milieu nous vient opportunément en aide. Car aussi longtemps que ces deux pôles de la pensée biologique exerceront leur attraction contradictoire, il y aura une biologie de droite — mettant tout sur le compte de l'hérédité — et une biologie de gauche — pour qui seule le milieu est déterminant, et par extension une droite et une gauche.

L'Ancien Régime fondait les privilèges sociaux sur les ancêtres, sur les « quartiers de noblesse », sur la transmission de père en fils des titres, des fonctions, de la fortune, et cela allait jusqu'à la charge suprême, la couronne royale. Bien des siècles avant qu'une biologie digne de ce nom existât et que les premiers principes de la génétique fussent posés, l'hérédité était donc le fondement de tout l'édifice social. Bien entendu il s'agissait d'une hérédité au sens le plus large du mot puisque l'adoption pouvait introduire dans les lignées familiales des greffes qui avaient ensuite tous les droits d'une descendance authentique. Le racisme était encore loin.

Plus tard la bourgeoisie remplaçant l'aristocratie à la tête du pouvoir, le caractère plus nettement biologique de l'hérédité comme critère de droit aux privilèges sociaux s'accentua. Il y avait des hommes qui étaient faits *physiquement* pour cultiver la terre, travailler en usine ou servir comme domestiques. Ces gens-là pouvaient être heureux, mais à leur manière, en mangeant, buvant et dormant selon des normes plus modestes, plus frustes que celles exigées de plein droit par les patrons bourgeois. Pas plus qu'on ne fait coucher un cheval dans un lit, on ne met une salle de bains à la disposition d'une famille de journaliers. Ce serait même contraire à leur intérêt bien entendu. Dickens rapporte cette idée très remarquable qui aurait eu cours dans l'Angleterre victorienne : on commet une faute grave, impardonnable, criminelle en faisant manger de la viande aux enfants du peuple. Cette nourriture de maître ne peut faire d'eux que des dévoyés, des révoltés. Les grèves et les émeutes n'ont pas d'autre cause[1]... Il va de soi que cette idéologie trouvait un terrain particulièrement propice dans les territoires d'outre-mer où les nations industrielles de l'époque se constituaient de vastes empires coloniaux.

La troisième étape de l'idéologie héréditaire correspond à une ultime radicalisation. C'est le racisme nazi. Selon les doctrinaires du IIIe Reich, il y a le bon sang et le mauvais sang, et le partage a le poids d'une inéluctable fatalité. Le mauvais sang — juif, gitan, levantin — ne peut être amendé et appelle une destruction pure et simple. Qu'on en ait conscience ou non, il y a dans la surévaluation de l'importance de l'hérédité un pessimisme absolu et très caractéristique de l'idéologie de droite dont l'exaspération mène logiquement aux camps d'extermination et aux fours crématoires.

C'est d'un parti pris inverse que s'inspire l'idéologie de gauche. Là au contraire tous les hommes sont égaux en droit et en fait à leur naissance. Le bagage moral, intellectuel, affectif est le même pour tous. Mais, dès les premières heures qui suivent la naissance, le milieu commence son œuvre — enrichissante pour les uns, destructrice pour les autres — et instaure une inégalité qui est l'autre nom de l'injustice. Certains hommes ont été façonnés pendant toute leur enfance et leur adolescence par une famille où la misère et l'alcool avaient fait le vide. D'autres en revanche sont enrichis avant même qu'ils ouvrent les yeux par un bruissement de culture et de raffinement. Plus tard l'enfant issu d'un milieu modeste sera systématiquement freiné dans son développement, mais surtout le mal qu'il a subi dans ses toutes premières années — alors que l'âme est façonnée et édifiée par la ruée des impressions venues du dehors — en aura fait un être irrémédiablement diminué.

Si le parti pris héréditaire conduit aux pires aberrations, l'option mésologique poussée à ses ultimes conséquences n'est pas moins folle. On a vu la science biologique et l'agriculture soviétiques menées à la ruine au cours des années 50 par l'école de Lyssenko et de Mitchourine qui faisait litière de tout l'acquis de la génétique considérée comme bourgeoise, et prétendait notamment faire naître de l'avoine, du seigle et de l'orge à partir de semence de blé dur convenablement traitée. C'était simplement appliquer dans toute sa rigueur à la botanique le principe cher à l'idéologie de gauche : une éducation idoine peut faire à volonté de n'importe quel enfant un mathématicien, un homme d'Etat ou un manœuvre.

On peut observer que les régimes tyranniques se présentent sous des aspects assez différents selon qu'ils découlent d'une idéologie héréditaire ou d'une idéologie mésologique. La tyrannie héréditaire — dont le dernier type le plus pur fut le IIIe Reich national-socialiste — crée une société apparemment normale où l'on peut vivre sans histoire à condition bien entendu de ne pas attaquer le régime ni les gens en place, et de ne pas appartenir aux espèces humaines promises *a priori* à la destruction. De là notamment les concordats passés par le pouvoir nazi avec les églises catholique et protestante. Pour l'individu condamné, la mort frappe verticalement, comme la foudre tombant d'un ciel bleu. C'est l'enlèvement et l'assassinat pur et simple dont la *Nuit des longs couteaux* du 30 juin 1934 fournit le parfait modèle.

La tyrannie de gauche agit rarement de façon aussi directe. Elle commence par envelopper toute la population d'un réseau horizontal qui modifie la vie quotidienne dans tous ses détails. C'est la bureaucratie, première forme d'oppression mésologique. Sa seconde forme revêt l'aspect d'un milieu encore, mais piégé, empoisonné où l'homme à abattre est poussé comme une bête qu'on refoule dans des marécages. C'est le procès politique truqué, puis l'archipel du Goulag. On s'étonne parfois qu'un pouvoir aussi fort s'embarrasse de ces formes, organise ces procès parodiques qui ne trompent personne et soulèvent un scandale international. C'est que sa nature mésologique l'oblige à n'attaquer ses adversaires que latéralement, par la périphérie, à l'opposé de l'assassin de droite qui frappe de façon ponctuelle, en plein cœur.

Où est la vérité ? A coup sûr pas dans les partis pris idéologiques. Ce qui pourrait inquiéter la gauche, c'est que l'hérédité possède avec la génétique une science dont les rapides progrès sont peu discutables. A l'inverse, le milieu ne constitue pas un terrain d'étude scientifique bien précis. Ivan Pavlov avec ses réflexes conditionnés ne pèse pas lourd devant les acquisitions impressionnantes de la science des gènes et des chromosomes. La sagesse serait sans doute de désamorcer la polémique en posant par principe que l'homme se déduit à 100 % de son hérédité et à 100 % de son milieu. L'homme passe l'homme, a écrit Pascal. Peut-être pourrait-on exprimer cette même idée par ces 200 % dont le paradoxe mesurerait la part de la liberté.

Ce qui demeure certain, c'est que les parents fournissent à l'enfant aussi bien son hérédité que le milieu de ses premières années, exerçant ainsi sur lui une influence redoublée — pour le meilleur et pour le pire. Des parents anxieux lèguent à leurs enfants un naturel anxieux, mais en outre ils les font grandir dans l'atmosphère anxieuse qu'ils entretiennent dans la maison. Cette duplication du poids des parents sur les enfants, désastreuse dans le cas de l'alcoolisme par exemple, devient au contraire bénéfique dans celui d'une famille tout entière douée pour la musique. Mais pour une famille de musiciens, combien y en a-t-il d'alcooliques ?

Il n'empêche que la sujétion de l'homme à son milieu paraît beaucoup moins pesante que la tyrannie d'une hérédité. On peut changer le milieu où l'on vit, on peut aussi changer *de* milieu, mais qui brisera jamais la courbure d'une hérédité, ce dessin tatoué au plus intime de la cellule vivante ? A cela s'ajoute une leçon qui ressort à l'évidence de l'observation de la nature et de la vie. On dirait que la vie considère le poids héréditaire comme un fardeau qu'elle s'efforce de secouer. Déjà la reproduction par mâle et femelle aboutit à une diversification infinie des individus grâce à une sorte d'énorme cocktail chromosomique, alors que le bloc héréditaire se transmet immuable et inaltéré dans tous les types de reproduction agame, parthénogenèse, ou scissiparité, propres aux espèces « inférieures ». On dirait qu'à chaque génération nouvelle la vie s'efforce d'effacer, de faire table rase des vestiges de la génération antérieure, et que les « informations » transmises malgré ce lavage sont autant de bavures. Il semble bien que lorsque les adolescents s'affirment dans leur originalité contre les adultes, lorsqu'ils repoussent les traditions et les conseils de leurs parents, et revendiquent un commencement absolu, ils entrent pleinement sans le savoir dans les vues de la nature pour laquelle chaque homme devrait être le premier de la Création. Si le respect de l'hérédité et la foi dans le passé sont caractéristiques de la droite, la nature se situe résolument à gauche. La non-transmissibilité des caractères acquis a valeur de manifeste.

Les prolongements littéraires et même romanesques de cette alternative ne sont pas négligeables. Pour prendre deux exemples de taille, on a dit de Balzac qu'il était « de droite » et de Victor Hugo qu'il était « de gauche ». C'est en effet ce que confirme notre critère appliqué aux deux grands bagnards évadés, le Vautrin de Balzac et le Jean Valjean de Victor Hugo[1].

De façon déjà caractéristique, Victor Hugo nous livre en détail les origines de Valjean, la généalogie d'un bagnard en somme. Il avait volé un pain pour nourrir les sept enfants de sa sœur restée veuve. Cela suffit pour l'envoyer au bagne. Il y est abreuvé de souffrances, d'humiliations et d'injustices. Il sort de là noir comme suie, et tout le roman nous montre son lent travail de réhabilitation et de réinsertion dans le corps social dont un méchant hasard l'avait exclu. Au départ, c'était donc un homme normal, banal, une cire vierge. Tout le reste n'est que le fruit des circonstances[2].

Bien différent est le cas de Vautrin. Balzac ne se donne pas la peine de nous fournir ses origines. Il nous est livré en bloc avec sa force, sa jovialité, ses bâillements de grand fauve. Tout le bonhomme a l'aspect massif, fatal et indivis d'un patrimoine héréditaire. Ce serait l'incarnation du mal s'il n'y avait en lui l'innocence d'une force de la nature. Pour rendre ce destin encore plus profondément viscéral, Balzac le fait homosexuel. Cela signifie qu'il aimera d'amour

Rubempré, mais aussi qu'il haïra les femmes, sentiment doublement fatal aux yeux de Balzac, la femme représentant dans sa mythologie, d'une part le ciel moral et mystique (Séraphita), d'autre part la société (on « arrive » par les femmes ; les clefs de la fortune se trouvent dans leur salon). Henriette de Mortsauf *(Le lys dans la vallée)* assume ces deux rôles à la fois. Ange de pureté, elle guide Félix de Vandenesse dans le monde parisien.

Vautrin rejette tout cela. Il appartient à l'envers de la société et prétend la plier à sa volonté de puissance. Lui aussi entend puiser sa force dans l'amour, mais ce sera en faisant de Rubempré l'instrument docile de ses machinations. Malheureusement Rubempré a la faiblesse et l'inconsistance d'un petit hétérosexuel prisonnier du système social, de ses valeurs et de ses femmes. Amoureux d'une femme, fou d'ambition sociale, il renie Vautrin qui avait fini par se faire passer pour son père, puis, tel Judas, il se pend par désespoir.

Il est hors de doute que Vautrin a plus de relief que Valjean, lequel paraît en comparaison bien fade et superficiel. Est-ce simplement parce que Balzac est plus grand romancier que Victor Hugo ? Est-ce parce que les personnages définis et menés par le milieu — héros de gauche — sont moins impressionnants que ceux qui plient tout à une passion purement intérieure ? Cette question se pose également si l'on compare Corneille et Racine. Les héros de Corneille sont des pères tranquilles projetés dans la tragédie par une circonstance tout extérieure et fortuite — la gifle de don Gormas à don Diègue — alors que ceux de Racine la portent en eux comme le secret même de leur cœur. La dispute se poursuit à tous les niveaux de siècle en siècle. Mes antécédents philosophiques me soufflent une réponse. Si le héros de droite anime un drame plus grand et plus valeureux que le héros de gauche, c'est qu'il entretient avec ce drame une relation essentielle et non pas accidentelle comme le héros de gauche. Or en tout état de cause, il y aura toujours un primat de l'essence sur l'accident.

Le moteur des *Météores* emprunte son énergie à ce grand débat. Car si le couple gémellaire apparaît au départ — alors que les jumeaux sont encore très jeunes — comme une cellule close sur son trésor héréditaire, cette cellule subit bientôt l'assaut du monde extérieur. Les jumeaux prennent des partis inverses. Paul se veut le conservateur de l'intimité et des jeux gémellaires, Jean secoue la tutelle de son frère et cède aux charmes inconnus et âpres du monde des « singuliers ». Certes ce monde singulier, si on le compare au monde gémellaire — à la société Jean-Paul — semble bien boiteux, impur et en proie aux vicissitudes du temps et du vieillissement. Mais il donne des satisfactions qui pour maigres et rares qu'elles soient possèdent au goût de Jean une saveur incomparable, âcre et musquée comme certaines baies du désert. Autant dire que si l'on devait situer politiquement les deux frères, Paul serait à droite, Jean à gauche.

Je n'ai pas inventé le bonheur gémellaire. Je l'ai rencontré dans les entretiens que j'ai eus avec des jumeaux, dans de nombreuses études consacrées à la gémellité. Il n'a pas que des aspects positifs. Les statistiques font ressortir une proportion plus grande de célibataires chez les jumeaux que chez les singuliers. Pourquoi les jumeaux se marient-ils moins que les autres ? Evidemment parce qu'ils possèdent un partenaire donné de naissance et pour la vie. Pour la vie ? Pas toujours. On peut imaginer un jumeau quittant son frère, excédé de vie commune et jouissant jusqu'à la fin de ses jours des charmes de la solitude. Aux U.S.A. on a épluché les annuaires des grandes écoles, les *Who's Who* et en général les listes des gens ayant en principe réussi dans la vie. On y a trouvé *quinze fois moins* de jumeaux et de jumelles que dans l'ensemble de la population. Nul doute, la gémellité n'est pas un atout pour réussir dans la vie. Mais si les jumeaux réussissent moins bien dans la vie ne serait-ce pas parce qu'ils réussissent mieux leur vie ? Dans bien des cas le succès social ou d'argent n'est que la compensation d'un échec plus profond et moins visible.

Le malheur gémellaire — la « trahison » d'un des jumeaux —, tel que *Les Météores* le racontent, est lui aussi fidèle à un schéma habituel. Au cours d'un entretien, une jeune femme célibataire dont la sœur jumelle s'était mariée m'a donné de leur commune histoire l'interprétation suivante : « C'était moi que ce garçon courtisait. Je l'ai repoussé par fidélité à ma sœur. Je voulais sauver notre bonheur. Alors il s'est tourné vers elle, ce qui lui fut facile étant donné notre ressemblance. Et elle, la garce, elle est partie avec lui ! » Je me suis gardé de prendre cette interprétation pour argent comptant. Il est probable que la sœur ou son mari m'aurait raconté leur histoire autrement. Mais vraie ou imaginaire, cette interprétation est caractéristique du destin gémellaire. Rares sont les jumeaux séparés qui se sont éloignés l'un de l'autre d'un commun accord. Et la phrase terrible que je prête à Paul après le départ de Jean, je l'ai trouvée telle quelle dans une enquête sur la gémellité : « Quand on a connu l'intimité gémellaire, toute autre intimité ne peut être ressentie que comme une promiscuité dégoûtante[1]. »

Y a-t-il une sexualité proprement gémellaire ? Sans doute, mais il faut se garder de l'interpréter en termes « singuliers ». Il est couramment admis que la très grande majorité des enfants découvrent la sexualité par la masturbation. S'agissant de deux frères jumeaux ou de deux sœurs jumelles élevés dans l'intimité physique la plus complète, il va de soi qu'ils découvriront la masturbation *ensemble* et connaîtront d'emblée ce qui ne constitue pour les singuliers qu'une étape seconde et souvent tardive, le couple sexuel[2]. La différence est importante et confère aux jumeaux cette sorte d'éminence qui constitue le sujet principal des *Météores*. Il est d'autre part certain que les malentendus, désaccords et mésententes dus à l'écart de deux physiologies différentes sont aplanis autant qu'il se peut entre frères et sœurs jumelles. Chacun possède du corps et des nerfs de l'autre une connaissance innée, divinatrice, infaillible. L'ajustement immédiat et parfait des deux partenaires leur est donné de naissance. On conçoit que l'accouplement avec un partenaire singulier apparaisse aux jumeaux et aux jumelles comme une aventure hasardeuse et somme toute assez scabreuse.

Faut-il parler à leur propos d'homosexualité ou d'inceste ? Certes non, car ces deux termes sont trop faibles même ajoutés l'un à l'autre pour rendre compte de la réalité gémellaire. Trop faibles, parce que l'homosexualité et l'inceste pratiqués par des singuliers ne sont que deux approches grossières et imparfaites de la gémellité. On ne rend pas compte d'un fait original par sa contrefaçon, on rend compte d'une contrefaçon par l'original qu'elle imite. On peut dire de certains cadres parisiens qui vont quinze jours par an en montagne qu'ils y mènent plus ou moins la vie des montagnards alpins. On ne dira pas des montagnards alpins qu'ils connaissent toute l'année la vie des cadres parisiens en vacances. En fait d'inceste et d'homosexualité, la gémellité apparaît comme un absolu inaccessible. C'est l'original d'une authenticité indiscutable dont l'inceste et l'homosexualité tirent des copies maladroites. Sur le bonheur sexuel gémellaire et la lente « sortie » du couple hors de la cellule pour arriver à la sexualité mixte en passant par l'inceste maternel et l'homosexualité singulière, je citerai la lettre (anonyme) que j'ai reçue d'un couple de jumeaux après la parution des *Météores* :

Monsieur,

Nous sommes deux frères jumeaux (vrais jumeaux), aussi vous devinez avec quel intérêt personnel nous avons lu votre gros ouvrage *Les Météores.* Aujourd'hui adultes, notre gémellité s'est résorbée et nous avons une autonomie de vie. Il reste toutefois entre nous une amitié et une tendresse pour la vie, je crois. Cette séparation psychologique s'est opérée sans traumatisme vers notre vingtième année. Notre enfance et notre adolescence ont été UNE sur tous les plans. Physiquement nous nous ressemblions comme deux gouttes d'eau, même taille, même cheveux bruns, même coupe de cheveux, même visage, vestimentairement aussi. On ne nous désignait jamais à l'école ou en colo de vacances par nos prénoms, mais sous le vocable unique les « jumeaux ». Chacun de nous était le meilleur copain de l'autre, on était inséparables, sensiblement identiques. Plutôt jolis, nous attirions nos camarades et nos professeurs (chouchoutage), mais nous étions jaloux l'un de l'autre et refusions chacun de notre côté les entreprises de séduction de camarades plus âgés ou d'adultes, comme ce fut le cas en colo de vacances. Dès qu'on avait une friandise en extra, le jumeau cherchait aussitôt son autre lui-même pour la partager. Nous nous souvenons ainsi avec *émotion* d'une moitié de crêpe bretonne que nous avions chacun à la main quand nous nous sommes rencontrés dans le parc de l'école, également inquiets de ne pas nous retrouver pour nous l'offrir. Nos liens étaient d'ordre affectif, mais aussi sensuels. Nous nous masturbions « à la collégienne », c'est-à-dire mutuellement avec bouche-à-bouche final. Puis nous avons découvert la fellation vers treize ans ; chacun avala le sperme de l'autre comme le mélange des sangs dans les amitiés particulières. Vers quinze-seize ans, nous avons essayé de nous joindre plus intimement et nous avons franchement copulé, actif et passif, chacun son tour. Quant à nos désirs hétérosexuels, ils se polarisaient sur notre mère. Nous avons eu tous deux des relations sexuelles avec notre mère entre notre début de puberté et notre seconde adolescence. Ce petit secret familial, loin de nous rendre jaloux l'un de l'autre, chose curieuse, nous rapprocha dans une sorte de franc-maçonnerie. Jusqu'à dix-huit ans nous n'avons connu le plaisir sensuel que sous cette forme endogamique incestueuse, entre frères, et entre mère et fils. Personne à l'extérieur ne soupçonna je crois la particularité de nos mœurs familiales intimes, bien que nos parents fussent divorcés et que notre mère n'eût pas d'amant en titre. La gémellité parfaite est sans doute un *piment* érotique et une incitation à l'inceste. S'aimer soi-même dans le visage-miroir de l'autre est sans doute le secret de l'attrait sensuel de l'inceste qui est si fort et si refoulé. Il faut avoir pratiqué l'inceste pour apprécier cette saveur particulière (ce narcissisme au fond !) qui rend l'amour normal fade à côté. Notre gémellité nous a valu, adolescents, de nombreuses propositions : modèles nus pour peintres et photographes, photographes pornos amateurs qui nous offraient gros pour photographier nos ébats à la fois pédérastiques et incestueux de jumeaux parfaits. Notre père lui-même bien que coureur de jupons n'était pas insensible au charme équivoque de ses deux jumeaux. Certains de ses gestes et attouchements avec nous dépassaient ceux de la tendresse ou de la familiarité paternelle habituelle. Cela alla même assez loin certain soir chez lui (il est vrai que nous étions tous les trois pas mal éméchés après une soirée dans une boîte de nuit à strip-tease pour fêter notre dix-septième printemps). Le lendemain une sorte de gêne s'établit entre notre père et nous — et plus jamais nous n'en parlâmes. Un petit secret familial de plus ! L'alcool révèle parfois notre gémellité sexuelle qui est en tout être je crois : à la fois hétéro et homophile. Passé dix-huit ans, nous avons tenté l'exogamie (les amours « singulières » comme vous dites). Nous l'avons tentée, mais d'abord ENSEMBLE. Nous avons eu une maîtresse commune, une dame fort mûre, dont nous aurions pu être les petits-fils, très vicieuse et fort stimulée par notre gémellité, et nous avons été entretenus en « couplet » par le même homme, un veuf sexagénaire fort généreux, obsédé par l'inceste et la gémellité. Dans ces deux liaisons triangulaires, la femme comme l'homme encourageaient pour leur plaisir visuel personnel nos caresses gémellaires. Néanmoins vers vingt ans, par un mystère de la Nature, nous avons pu enfin tenter une vie sensuelle autonome presque sans douleur. Nous avons pu coucher avec filles ou garçons sans avoir le « jumeau » comme nécessaire stimulant sensuel à nos côtés. Par contre cette épuration du désir charnel dans notre amour fraternel renforça nos liens affectifs et intellectuels, nos besoins d'échange d'idées quotidien. Notre vie intime reste à tous deux bisexuelle avec une dominante hétérosexuelle toutefois.

Votre livre nous a captivés malgré sa longueur et les outrances de certains personnages (l'oncle Alexandre), bien que nous ne soyons ni pudibonds, ni sensiblards, et pédérastes pratiquants depuis notre tendre enfance. Nous préférons l'admirable *Roi des aulnes.*

Recevez, Monsieur, les compliments et la sympathie de deux lecteurs jumeaux.

On le voit, l'inceste et l'homosexualité constituent pour ces jumeaux non leur état gémellaire naturel, mais des premières concessions au monde singulier et des étapes vers la sexualité mixte, c'est-à-dire à l'exogamie et à l'hétérosexualité.

C'est pourquoi les deux homosexuels des *Météores,* l'oncle Alexandre comme son ami l'abbé Thomas Koussek, ne sont que des personnages secondaires en dépit de l'éclat flamboyant d'Alexandre. Il y a là un risque de contresens, et plus d'un lecteur n'a vu dans le roman que l'histoire d'Alexandre et a été déçu par sa mort qui, se situant aux deux tiers du livre, laisse une immense et incompréhensible coda. J'avoue bien volontiers que j'ai été débordé *fabricando* par ce personnage un peu trop voyant et envahissant. J'ai réagi sans brutalité — une ablation complète aurait été possible — pensant que le roman gagnait avec Alexandre non seulement en force, mais en subtilité. Chronologiquement les deux premiers chapitres auraient dû être intervertis. Le récit y aurait trouvé l'avantage d'un départ plus rapide. Mais le déséquilibre en faveur d'Alexandre se serait encore aggravé, objection décisive. Je me console de cette excroissance imprévue d'un personnage par deux prestigieux précédents. Balzac et Proust n'avaient certainement pas prévu la place exorbitante que prendraient respectivement Vautrin dans *La Comédie humaine* et Charlus dans *A la recherche du temps perdu,* œuvres de foule que ne devrait dominer aucune figure majeure. Tout romancier doit savoir que s'il lâche dans son œuvre le personnage d'un grand homosexuel flamboyant, il devra renoncer à le contenir dans des limites congrues. Patrick Modiano dans son roman subtil et charmant, *Villa Triste,* en a fait lui aussi l'expérience.

Personnage secondaire, Alexandre n'en est pas moins une pièce essentielle de l'ensemble. Une quantité de couples mixtes — Edouard et Maria-Barbara, Ralph et Déborah, Olivier et Selma, Urs et Kumiko — tournent autour du couple des jumeaux comme des satellites autour d'une planète principale. C'est que les couples hétérosexuels plongés dans les vicissitudes du temps et de l'histoire dont ils fournissent eux-mêmes la substance par leur vie et celle de leurs enfants sont fascinés par la cellule gémellaire en droit inaltérable, éternelle, stérile. Et les héros auxquels ils s'accrochent pour calmer leur angoisse d'êtres éphémères et putrescibles ne sont que des jumeaux déguisés en couples mixtes, mais possédant le privilège gémellaire de la jeunesse éternelle. Tels sont Tristan et Iseult ou Roméo et Juliette, à l'abri du vieillissement mais tout à fait réfractaires à la procréation.

Entre la planète gémellaire et les satellites mixtes, Alexandre jette un pont. Alexandre, c'est l'hybride, c'est le bâtard, beaucoup plus intéressant et romanesque comme tel que les êtres d'ordre et de légalité. Hybride, Alexandre l'est parce qu'il participe à la fois des jumeaux et des singuliers. Car il est singulier, étant né sans frère jumeau. Mais il refuse sa condition et revendique des privilèges gémellaires. Au lieu de se marier et d'avoir des enfants en bon singulier, il cherche en gémissant un frère jumeau qui n'existe pas. Paul le compare au *Bourgeois gentilhomme*, ce personnage de Molière, roturier voué par sa naissance à vendre du drap et à marier ses filles, et qui, par une sorte d'usurpation de condition, refuse ce modeste destin, et prétend pratiquer les armes, la danse et la philosophie, privilège d'aristocrate[1].

Il n'en reste pas moins qu'Alexandre et Koussek, parce qu'ils sont des pseudo-jumeaux, parviennent par cette voie à des pseudo-vérités gémellaires non dépourvues d'intérêt malgré toute leur imperfection. Koussek apporte au roman sa dimension religieuse. Elle aurait dû être majeure et justifier le titre primitif *Le Vent Paraclet* annoncé dès la parution du *Roi des aulnes.* Mon projet initial visait à une resacralisation des phénomènes célestes par une fusion de la théologie et de la météorologie, l'une apportant l'esprit, le sacré, le divin, l'autre la très concrète poésie de la pluie, de la neige et du soleil. Il s'agissait d'effacer la différence des deux sens du mot ciel *air, atmosphère* et *séjour de Dieu et des bienheureux,* et de rejoindre le culte solaire ébauché à la fin de *Vendredi.* L'identification du Saint-Esprit à un vent, de chaque vent à un esprit différent devait permettre la construction d'une théologie éolienne. Les jumeaux y auraient eu la place centrale d'intercesseurs entre le ciel et la terre. Ce rôle leur est assigné dans plusieurs mythologies où il est admis que des jumeaux commandent aux nuages et à la pluie, comme le rapporte Frazer dans son *Rameau d'or.* Cette fonction s'explique d'ailleurs très logiquement. En effet : jumeaux = fécondité extraordinaire de la mère. D'autre part : pluie = fertilité de la terre. De là une affinité profonde entre jumeaux et pluie qui se traduit dans l'usage de certaines populations tropicales de promener des bébés jumeaux au milieu des champs stérilisés par la sécheresse, comme les catholiques le Saint-Sacrement le jour des Rogations.

En réalité le roman s'est développé dans un sens beaucoup plus profane. Le sacré n'y apparaît que de façon sporadique. Les études que j'ai pu faire sur Joachim de Flore, le millénarisme et la place du Saint-Esprit dans la théologie orthodoxe avec l'aide d'Olivier Clément, professeur de théologie orthodoxe à l'institut Saint-Serge, m'ont passionné et enrichi, mais n'ont pas trouvé le prolongement romanesque que j'espérais. Du vent Paraclet (le Saint-Esprit rendu à la météorologie) j'attendais qu'il se métamorphosât doublement en chair et en paroles. La troisième personne de la Trinité en effet assume la fécondation de la Vierge Marie, puis le don des langues aux apôtres, interventions commémorées respectivement par les fêtes de l'Annonciation et de la Pentecôte. Thomas Koussek, jumeau du Christ, aurait pris une importance majeure comme prophète du Saint-Esprit. L'œuvre en sa prolifération autonome s'est développée dans d'autres voies, celles du temps et de l'espace concrétisés par le grand voyage initiatique de Paul. Koussek reste avec Alexandre l'homme d'une percée latérale, marginale qui éclaire de façon biaise l'ensemble de l'édifice. Par exemple il résout le problème de la gémellité dépariée — le sort du jumeau restant après la disparition ou la mort de son frère — qui est le sujet de tout le dernier tiers du roman — en posant que l'apôtre Thomas-le-Didyme (Thomas-le-Jumeau) est jumeau absolu, jumeau divin, n'ayant pour frère jumeau que Dieu lui-même dans la personne du Christ. Il divise le monde en trois sphères, le ciel relevant du Père, la terre domaine du

Fils, le Saint-Esprit habitant cette zone intermédiaire, vivante et bruissante, météorologique en somme, qui enveloppe la terre comme un manchon plein d'humeurs et de tourbillons. Tout cela n'est pas sans affinité avec l'apothéose finale de Paul cloué sur son lit d'infirme, mais se confondant avec le ciel grâce à ses membres gauches amputés et doués d'une expansion infinie (phénomène des membres fantômes). De même sa compréhension directe sans langage médiateur de la voix des herbes et des astres a été pressentie par Koussek et ses rêves de langue profonde, langue lourde dont les mots sont les semences mêmes des choses et non leur reflet partiel et menteur, comme le sont les mots du langage humain[1].

La force d'Alexandre se situe ailleurs. D'abord il est l'oncle scandaleux des jumeaux, le frère du père. Je crois en l'importance d'un personnage de ce genre pour les enfants. Le père c'est l'ordre, l'honorabilité, la sagesse. L'oncle appartient à la même génération, mais dénué d'autorité et de responsabilité. Quelle n'est pas sa séduction ! J'ai eu moi aussi un oncle scandaleux. Ce n'est pas le lieu ici de raconter son histoire qui est triste, violente et exemplaire. J'espère bien maintenant être devenu l'oncle scandaleux de mes neveux et nièces.

Le personnage d'Alexandre a eu plusieurs modèles. Le principal est une femme, Louise Falque qui est citée (p. 250) à propos d'un épisode authentique de sa vie et que j'ai connue dans sa retraite de Barbizon. Louise Falque qui a maintenant dépassé quatre-vingts ans a été élevée par un père récupérateur dans les gadoues de Miramas. A quatorze ans son père lui offre sa première pipe, et elle abandonne définitivement ses vêtements de femme. Je manque rarement quand je descends dans le Midi de m'arrêter à Barbizon pour lui faire visite. C'est un gnome minuscule au cheveu gris coupé ras, appuyé sur deux cannes qui m'apostrophe aussitôt d'une voix éraillée et goguenarde, sans lâcher sa bouffarde. Elle vieillit en compagnie de son amie de toujours le peintre Germaine Hennes, et c'est un spectacle déchirant que celui de ces deux solitaires qui s'enfoncent dans la maladie et la folie cramponnées l'une à l'autre. Chacune me prend à part pour me dire : « Ma pauvre amie est bien mal, mais si elle meurt avant moi, je me tue. » Lors de notre dernière rencontre Falque m'a expliqué qu'un couple de bandits s'est installé dans le grenier de sa maison — laquelle n'en comporte pas — et complote sa mort. Elle les entend la nuit discuter entre eux. L'un est vieux et parle avec autorité à l'autre, très jeune, dont la voix mue. Elle a fait venir la gendarmerie qui a inspecté les lieux et s'est contentée de lui confisquer le fusil de chasse qu'elle ne quittait plus. « Ils me croient gâteuse ! » s'exclame-t-elle avec indignation. C'est à elle que je dois l'épisode du chargement de chiens morts qui constituait le premier convoi d'ordures venant de Paris après l'exode de juin 1940 à Saint-Escobille où elle se trouvait toute seule. Lorsque je suis allé dans les dépôts marseillais de Miramas avec Lucien Clergue défaillant d'horreur, c'est encore son souvenir que je cherchais. Ce petit bout de femme est un grand bonhomme. C'est elle qui anime la carcasse batailleuse et inflexible d'Alexandre.

Alexandre, je le vois un peu comme Barbey d'Aurevilly, un peu comme Maurice Barrès, maigre, cambré, insolent, démodé, provocant, plein de morgue et d'humour. Je l'ai soumis — comme les jumeaux, comme le Nain Rouge, comme Tiffauges, comme tous mes personnages un peu monstrueux — à un traitement à deux temps. Après en avoir fait le tour objectivement et de l'extérieur, je me suis installé en son centre, décrivant dès lors le monde et les hommes à travers ses lunettes. Et de même que le jumeau Paul m'avait révélé un monde « singulier », de même que mon nain rouge m'avait appris que la terre est peuplée d'hommes-échassiers qui titubent sur des jambes fragiles et démesurées, de même Alexandre en devenant mon seul point de vue m'a dévoilé la société hétérosexuelle. C'est cela sans doute sa nouveauté et ce qui a tant indigné certains critiques. Car il y a beau temps que le roman a mis en scène des personnages d'homosexuels, et si l'homosexuel n'a pas encore droit de cité dans la société civile, dans la société romanesque c'est chose faite. Mais Alexandre ne se contente pas d'exister, il fait exister les hétérosexuels ! Il parle d'eux sans cesse, il les nomme, il les repère, il les peint en rouge. Horreur ! Car les hétérosexuels prétendaient s'identifier avec la nature, la famille, la morale, la société, et pouvaient croire se fondre ainsi dans le paysage, comme la perdrix au plumage brun tacheté disparaît dans les guérets. Il est vrai que depuis quelques années ils se font bien remarquer avec tout ce bruit de pilule, d'avortement, de divorce, et la grande diarrhée démographique du tiers monde. Pouvaient-ils croire qu'ils allaient encore longtemps pouvoir se faire passer pour l'incarnation même de la nature et de la morale ? Or voici que survient Alexandre qui hurle à l'imposture et les badigeonne de vermillon ! Il y a cent ans, nommer l'homosexualité dans un roman était une audace. L'audace des *Météores*, c'est de nommer l'hétérosexualité.

Quant aux dépôts d'ordures, c'est le niveau zéro de ce roman. Déjà dans *Vendredi*, il y avait cette souille de pécaris dont la boue liquide accueillait Robinson lorsque tout allait trop mal pour lui. Abel Tiffauges *(Le Roi des aulnes)* entourait ses propres déjections de commentaires subtils et passionnés. (Notons au passage que les gémissements que ces pages du roman ont soulevés partent d'une certaine ignorance de la littérature française où l'homme qui se penche sur son pot est presque traditionnel. Sans recherche aucune, je me souviens de scènes de ce genre dans Rabelais, Molière, Huysmans.) J'ai dit que mes romans étaient autant de tentatives pour transcrire en images et en histoires un certain fonds métaphysique. Eh bien, c'est un fait, on dirait que jetée dans le creuset romanesque, l'ontologie se métamorphose partiellement en scatologie ! Et cette fondrière n'est pas purement négative ; on ne peut en détourner les yeux et l'oublier. Elle est au contraire chargée de sens et finement structurée. Dans les vapeurs méphitiques de sa souille, Robinson ivre de désespoir et d'asphyxie voyait se dessiner des visages de sa vie passée. Les déjections sont pour Abel Tiffauges l'objet d'une science prolixe et saugrenue, la coprologie, où Göring est expert. Mais surtout Alexandre voit dans ses gadoues des amas de substance grise faite d'emballages, d'enveloppes, de papiers, etc., c'est-à-dire de formes sans matières — la matière a disparu, le tube dentifrice est vide, etc. — couvertes de signes, toute une littérature bavarde et sans objet, modes d'emploi, informations, publicité, déclaration d'amour ou de haine, etc. Que les ordures ne soient pas une matière indifférenciée, mais qu'elles possèdent au contraire mille formes et mille voix, cela aussi peut révolter certains esprits.

*

En juin 1972, j'ai bouclé le tour de l'Islande en compagnie de Christiane Baroche. Nous y avons rencontré le couple Selma-Olivier, elle faisant fonction de guide, lui fidèle et mélancolique.

En avril 1974, je fus au Japon avec Edouard Boubat. Dans un 747 aux trois quarts vide, il n'y avait que des Japonais en dehors de Boubat, de la femme de l'ambassadeur de France à Tokyo et de moi-même. Nous survolions le cercle polaire quand le commandant vint nous apprendre la mort de Georges Pompidou. Cela m'a rappelé que j'étais dans le Sud marocain quand me parvint avec trois jours de retard la nouvelle de la mort de de Gaulle. Mes grands voyages ne valent rien aux présidents de la République. Nous sommes restés deux semaines au Japon, séjour absurdement trop court pour pouvoir oser écrire quoi que ce soit d'objectif sur ce pays. J'ai tourné la difficulté en donnant au chapitre japonais des *Météores* la forme du journal d'un Français — Paul — qui séjourne pour la première fois et pour une durée d'une quinzaine de jours au Japon. Cette coïncidence totale entre mon héros et moi-même me mettait à l'abri de toute erreur possible. Il convient d'ajouter que j'ai été magnifiquement guidé et documenté par Bernard Frank, éminent japonologue, qui dirigeait alors la Maison franco-japonaise. Dans nos déplacements nous avions pour guide-interprète une minuscule vieille demoiselle au nom apparemment peu sérieux de Mitsou Kikouchi qui nous fut infiniment précieuse. L'une de mes plus fortes impressions me fut donnée par un très vaste restaurant tout en verrières que fouettaient les embruns d'une mer toute proche et fort agitée. On laisse ses chaussures dans un vestiaire *ad hoc,* on chausse des babouches choisies dans un tas énorme et un peu sordide, et on cherche une place au milieu d'une vaste foule en ripaille étagée au rez-de-chaussée, au premier et au second étage. Autour de grandes tables basses des familles entières assises ou à genoux, très endimanchées, çà et là des banquets de mariage, les femmes en kimonos, les hommes en habit, les enfants en uniformes d'écoliers et d'écolières. On chante en claquant des mains. Sur des réchauds à gaz mijotent des marmites de soupe aux cubes de farine de soja. Le plat le plus fréquent rassemble des beignets de poisson, ou bien il s'agit d'un amoncellement de blocs de glace où sont enfouis des coquillages et des morceaux de poisson cru et que couronne un homard amputé de sa queue, mais vivant encore, et dont les antennes s'agitent. Dans ce caravansérail gastronomique, j'ai pensé à Flaubert : c'était curieusement confondus le festin des barbares de *Salammbô* et le banquet de noces de Mme Bovary.

J'avais également sillonné le Canada — avec Edouard Boubat encore — des îles de la Madeleine dans l'embouchure du Saint-Laurent jusqu'à Vancouver dont nous avait ramenés la Canadian Pacific à travers les Montagnes Rocheuses. Mais c'est à coup sûr le chapitre tunisien qui plonge dans l'expérience la plus riche et la plus vive.

Ralph et Déborah dans leur jardin de Djerba appartiennent au monde imaginaire du roman, comme aussi la jeune Hamida que Paul rencontre place Saint-Marc à Venise. Mais ils doivent beaucoup à un autre couple, bien réel celui-là, dont le domaine n'était pas Djerba mais Hammamet, Violett et Jean Henson[1]. De toutes les plages d'Afrique du Nord que je connaisse, Hammamet est la plus verdoyante, celle que bordent les jardins les plus beaux. En 1927 Jean et Violett — il était américain, elle anglaise — achetèrent un vaste terrain sur le golfe et entreprirent de le cultiver et d'y construire une maison. Leur vie dans ce domaine enrichi de jour en jour reste comme un souvenir inoubliable à tous ceux qui y passèrent. Georges Perec les a évoqués dans son roman *Les Choses.* Violett morte la première, Jean l'a suivie le 2 juillet 1974, et leurs tombes se côtoient dans leur beau jardin, à l'ombre des eucalyptus. Quand on a connu ce couple de grands Anglo-Saxons de l'extérieur, leurs conversations, leurs réceptions, les visiteurs prestigieux qui se succédaient à leur table, et qu'après leur disparition on se trouve soudain mis en possession de l'autre face de leur vie — la face privée, intime, secrète — cette maison, son silence, son odeur, ses placards et ses commodes débordants de lettres, de journaux intimes, factures, coupures de presse, photos, télégrammes, devis, manuscrits, on se sent basculer dans un au-delà, dans un pays fantomatique au charme fort et angoissant. La maison Henson enfouie dans son jardin tropical m'est toujours ouverte grâce à Leila Menchari qui en est devenue la veilleuse attentive et fidèle. J'en use avec mesure, car sa solitude est si lourdement peuplée qu'elle m'ôte parfois le souffle, surtout les nuits chaudes quand j'erre nu dans ses galeries à portraits, dans son patio humide, dans ses chambres pleines d'histoires.

Ce qui contribue à m'attacher à la mémoire de ce couple, c'est le vieux regret que j'entretiens d'avoir raté l'un des tournants décisifs de ma vie. Lorsque je suis rentré en France en 1950 après un séjour de quatre années en Allemagne, le système de l'agrégation ayant mis un point final à mes ambitions universitaires, j'aurais dû aller me fixer pour longtemps en pays arabe. J'y aurais assimilé une nouvelle civilisation, une nouvelle langue, une nouvelle religion. Mon appétit cérébral forcené était à la mesure de ces nourritures exotiques.

(Mais est-ce trop tard ? On n'a que l'âge qu'on veut bien se donner et il n'est trop tard que lorsqu'on a décidé qu'il est trop tard. Quand de surcroît on est le contraire d'un précoce et qu'on est décidé à vivre jusqu'à cent ans, il est toujours temps de changer de peau. Le grand obstacle, c'est la richesse, même modeste, ma maison, mon jardin qui me retiennent avec des chaînes d'une redoutable douceur. Quelquefois je me dis : quinze ans, ça suffit. Il faut vendre, aller ailleurs, tout recommencer sur un terrain vierge. Vendre ? J'y pense comme à me faire couper un bras ou une jambe. En vérité on vieillit dans la mesure où on grossit, mais on ne grossit pas que par le ventre, on grossit-vieillit par la place qu'on occupe, par le bonheur qu'on s'est construit sans y penser, instinctivement, au fil des années, et qui vous tient comme un piège.)

Voilà posé le très grave problème de la vie nomade et de la vie sédentaire. Qui n'a rêvé d'avoir deux existences simultanées, l'une de perpétuelle pérégrination, chasse cosmopolite à la chair, aux images, aux paysages ; l'autre coite, casanière, tapie à l'intérieur d'une forteresse de livres, consacrée à la fermentation de la substance cérébrale et à la récolte de ses précieux distillats ? Hélas on n'a qu'une vie, et si on la passe sur les routes, on ne fait rien faute de réflexion, de recueillement, mais si on reste chez soi, l'habitude et la paresse couvrent les choses et les gens d'un voile gris, on ne sent plus rien, on ne voit plus rien, on ne pense plus rien. Je voyage beaucoup — beaucoup trop, grogne un certain grincheux sédentaire qui est en moi — et avec le plus grand profit. Mais j'ai horreur de partir et jamais ne me lâchent en route le remords et l'inquiétude d'avoir abandonné ma maison, mon jardin, mes amis. On s'imagine parfois qu'un célibataire est plus libre de ses mouvements qu'un père de famille nombreuse. C'est le contraire qui est vrai. Car le père de famille, s'il emmène sa femme et ses enfants, emporte l'essentiel avec lui, et comme sa cellule humaine. Au lieu que le célibataire dont la même cellule — éclatée — se compose d'amis, de relations, de visages familiers ne peut rien emmener ; s'il s'en va, il perd tout, il s'exile dans une affreuse solitude.

Ces alternatives — milieu-hérédité, nomadisme-sédentarité — nous ramènent au dernier tiers des *Météores,* à la rupture entre les jumeaux Jean et Paul survenue après la mort de l'oncle Alexandre, et au grand voyage de Paul à la recherche de Jean. Cette mort d'Alexandre constituait techniquement un très dangereux tournant romanesque. Car dans la mesure où ce personnage bruyant et coloré occupe indûment le devant de la scène, sa disparition entraîne une terrible baisse de tension, et plus d'un lecteur m'a dit avoir lâché le roman désormais dépourvu d'intérêt à ses yeux. J'ai ressenti moi-même très durement cette étape, et, Alexandre tué, je suis resté plus d'un mois hébété, incapable d'aller plus loin, mortellement triste. C'était en janvier 1973. Il ne s'agissait en vérité que de la liquidation d'un malentendu. Alexandre avait « rendu » tout ce qu'il pouvait dans l'ordre gémellaire en découvrant la formule :

ubiquité = gémellité dépariée

Cette formule qui lui est inspirée par le jeu de cache-cache des jumeaux surgissant à quelques minutes d'intervalle en des points éloignés de la ville — de telle sorte que s'il n'y avait qu'un seul individu, comme le croit d'abord Alexandre, il faudrait qu'il eût le don d'ubiquité — est l'inversion de la formule que Paul découvre en conclusion de tout le roman et qui le couronne, comme la formule $E = mc^2$ couronne la physique einsteinienne :

gémellité dépariée = ubiquité

Il est vrai que Paul arrive à cette équation non par raisonnement, mais en la vivant douloureusement dans sa chair et après un vaste périple initiatique. C'est tout le sens du grand voyage des jumeaux. Le mouvement est la synthèse du temps et de l'espace. Le voyage de Paul et de Jean s'analyse en un temps gémellaire combiné avec un espace gémellaire.

A l'opposé des langues latines — italien, espagnol, français — qui n'ont qu'un mot pour désigner le temps de l'horloge et le temps qu'il fait, les langues anglo-saxonnes disposent de deux mots, l'anglais *time* et *weather*, l'allemand *Zeit* et *Wetter*, etc. On notera que les latins ne confondent pas tout à fait sans raison ces deux notions. Elles se recoupent en effet en plus d'un point, par exemple dans le cas des saisons. Car les saisons sont définies par les dates du calendrier et commencent ou finissent à une heure précise (Time, Zeit) mais elles possèdent chacune une coloration météorologique parfaitement typée (Weather, Wetter). Le sujet profond des *Météores* n'est autre que la coïncidence perdue, puis retrouvée de ces deux temps, la restauration de l'identité de Time-Zeit et de Weather-Wetter. C'est un grand sujet. Ce n'est pas un sujet tout à fait original, puisqu'il se trouve être également celui d'un roman célèbre, *Le Tour du monde en 80 jours* de Jules Verne.

La première rencontre de Passepartout et de Phileas Fogg est un chef-d'œuvre de comédie. Passepartout est un nomade fatigué. Il a fait tous les métiers — y compris celui d'acrobate — il a traversé vingt pays. Il cherche un havre, une place de tout repos, un maître sans surprise. Aussi est-il enchanté en découvrant Phileas Fogg. Car l'Anglais se révèle dès l'abord comme un maniaque de l'exactitude et de la régularité. On n'imagine pas plus casanier. Il a congédié son domestique précédent parce qu'il lui avait apporté pour sa barbe une eau à 84 degrés au lieu de 86. Les deux hommes sont faits pour s'entendre. « Sur ma foi, se dit Passepartout, j'ai connu chez Mme Tussaud des bonshommes aussi vivants que mon nouveau maître ! » Puis il inspecte les lieux et trouve dans la chambre qui lui est destinée une pendule électrique qui bat « au même instant la même seconde » que la pendule de la chambre de Phileas Fogg. En vérité son nouveau maître est une pendule ambulante. Il s'écrie joyeusement : « Cela me va, voilà mon affaire ! Une véritable mécanique ! »

Quelques heures plus tard, retour imprévu de Phileas Fogg. Passepartout apprend médusé qu'ils partent ensemble faire le tour du monde. Dans dix minutes.

Il convient en effet de préciser que Phileas Fogg, cet obsédé d'exactitude, tout sédentaire qu'il est, connaît par cœur les almanachs et horaires du monde entier. C'est un voyageur à sa façon, un voyageur en chambre. Il possède du voyage une connaissance abstraite, livresque, et il en déduit *a priori* qu'on doit pouvoir faire le tour du monde en quatre-vingts jours. La confrontation de ce savoir *a priori* et de la dure réalité fait tout le contenu du roman, sans doute l'œuvre littéraire la plus profondément philosophique qui fût jamais écrite. Certes le Don Quichotte de Cervantès se rapproche par son ressort principal du principe du *Tour du monde*, puisque son thème est la confrontation de la chevalerie livresque dont le Quichotte s'est gavé avec les médiocres vicissitudes de la réalité moderne. Mais nous sommes loin de la rigueur presque chiffrée du *Tour du monde*.

Voici donc une horloge ambulante en route à travers les continents et les mers. Les obstacles auxquels elle va se heurter sont essentiellement d'ordre météorologique. En somme il s'agit de faire ce voyage *contre vents et marées*. Ces obstacles sont incarnés par Passepartout, ses bévues, ses emportements. C'est que pour ce Français Time et Weather ne font qu'un, et il trouve normal que les heures égrenées par l'horloge soient éclaboussées de pluie et illuminées de soleil. Tandis que Fogg se confond avec son chronomètre, Passepartout est l'homme du ciel changeant, toujours en proie à d'imprévisibles humeurs.

Le chronomètre implacable l'emporte d'abord sur le sympathique acrobate. L'épisode du bec de gaz est un point marqué par Fogg sur Passepartout. Car ce bec de gaz oublié qui brûle inutilement dans la chambre de Passepartout, c'est une sorte de sablier, un chronomètre foggien enfoncé dans la vie privée de Passepartout, et qui le ruine de minute en minute (il calcule qu'il aura en rentrant 1920 heures de gaz à payer sur ses gages).

Mais ce médiocre revers va être éclipsé par des succès brillants. Certes ses bévues compromettent au début les chances de succès de Fogg, mais l'heureuse issue du voyage est l'affaire du seul Passepartout, et Phileas Fogg ne gagne qu'en se ralliant à la vision de son domestique qui confond Time et Weather. C'est Passepartout qui apprend à Phileas Fogg qu'ayant tourné autour de la terre d'ouest en est, c'est-à-dire *au-devant du soleil*, il a gagné vingt-quatre heures, et qu'il revient à Londres au bout de 80 jours — pari gagné —, et non après 81 jours comme lui disait son chronomètre. Il fallait la perception du temps empirique, concrète, solaire de Passepartout pour découvrir cela. On songe aux pages de Kant qui établissent l'irréductibilité de la perception de l'espace à un concept de l'entendement par l'existence de la droite et de la gauche. Quand même il n'existerait au monde qu'une main, il faudrait nécessairement que ce fût une main droite ou une main gauche, et l'entendement avec ses seuls concepts ne comprendra jamais cela.

Prenant audacieusement la place d'un rajah mort sur le bûcher funéraire, Passepartout a sauvé des flammes une jolie veuve hindoue qu'il ramène avec lui à Londres. Il apparaît bientôt que l'impassible Phileas Fogg n'est pas insensible au charme exotique de la jeune femme. Ainsi au terme de ce voyage, le triomphe de Passepartout est complet : il a réussi ce miracle incroyable, faire battre un cœur dans le chronomètre Phileas Fogg. La fusion de Time et de Weather est ainsi consommée.

Il y aurait peu à changer à cette analyse du *Tour du monde en 80 jours* pour qu'elle s'applique aux *Météores.* Les jumeaux Paul et Jean se séparent sur Time et Weather comme Phileas Fogg et Passepartout. Paul est l'homme du ciel astronomique, rationnel, mathématique, totalement prévisible. Jean s'ouvre avec bonheur aux infidélités du ciel pluvieux et ensoleillé. Leur histoire, c'est la conquête de la météorologie par la chronologie, l'irruption des nuages et des aurores dans l'horlogerie des astres. Paul formule lui-même l'immense problème qu'il est appelé à résoudre : « Retrouver Jean. Le faire revenir à Bep. Mais en formulant ce dessein, j'en vois un autre, incomparablement plus vaste et plus ambitieux, se profiler derrière lui : assurer ma mainmise sur la troposphère elle-même, dominer la météorologie, devenir le maître de la pluie et du beau temps... devenir moi-même le berger des nuages et des vents » (*Météores,* p. 389). Cette métamorphose, le voyage en sera le signe extérieur plus encore que l'occasion.

C'est ici le lieu de dire un mot de la théorie du peintre Urs Kraus sur *l'espace qualitatif* (p. 475). La cinétique suppose un milieu parfaitement vide et indifférencié où un mobile quelconque se déplace sans subir lui-même aucune modification. Construction évidemment abstraite dont le contrepied serait sans doute plus proche de l'expérience. Ce contre-pied, c'est un mouvement qui s'inscrirait intégralement dans la substance même du mobile, c'est-à-dire une *translation* qui serait en même temps *altération.*

Cette théorie sort tout entière d'une réflexion sur la philosophie d'Henri Bergson, et elle consiste simplement à appliquer à l'espace les analyses qu'il a consacrées à la notion de temps[1]. A cette notion de temps indifférencié, vide, dont les instants sont tous identiques entre eux, et qui n'est que de l'espace déguisé en temps pour les besoins de la pensée abstraite, Bergson opposait une durée concrète, qualitative, d'une originalité irréductible qui était pour lui la pâte même de la vie. Bref il posait qu'il n'y a pas de temps véritable sans altération. Il est d'ailleurs bien remarquable que le mot même d'altération — catégorie classique s'il en fut, posée par Aristote à l'aube de la pensée philosophique, reprise par Octave Hamelin, idéaliste contemporain de Bergson — ne soit pas cité une seule fois que je sache dans toute l'œuvre de Bergson. Peut-être tout le côté impressionniste de ce philosophe répugnait-il à cette notion par trop rationnelle et éminemment traditionnelle. Bergson qui a construit une philosophie de l'instinct animal et de l'intuition mystique n'était lui-même qu'intelligence et raisonnement. Cette contradiction l'obligeait à s'avancer masqué. Peut-être l'usage de la catégorie aristotélicienne d'altération située au centre même de toute sa philosophie aurait-il fait tomber le masque et découvert le grand rationaliste classique qu'il était en vérité.

Transposée du temps à l'espace, la notion d'altération fait de toute translation à la limite une aventure, voire un voyage initiatique — et cela d'autant plus sûrement que le voyageur sera un personnage du type non pas mésologique mais héréditaire.

(Qu'on me pardonne d'introduire ici une parenthèse personnelle. Quand je rencontre un grand voyageur — reporter, explorateur, ou mieux encore un compatriote que sa profession oblige à séjourner successivement dans tel pays étranger, puis dans tel autre, je suis presque toujours surpris et même un peu scandalisé de constater combien ces milieux différents, ces expériences exotiques ont peu marqué sa personnalité. On dirait que la plupart des hommes sont recouverts d'une couche de vernis imperméable qui les met à l'abri des influences extérieures. Pour eux la translation ne s'accompagne pas d'altération. Cela me frappe parce qu'il en va tout autrement pour moi. Eponge, pierre ponce, les milieux étrangers m'envahissent et me modifient massivement. Pour moi chaque voyage important amorce une mue en profondeur. Alain Bosquet a senti cela quand il a écrit que chez moi l'autobiologie prenait le pas sur l'autobiographie. Je suis un aruspice qui lit son passé, son présent et son avenir en s'ouvrant le ventre, et en examinant ses propres entrailles.)

Le voyage de Paul sur les traces de Jean est initiatique dans la mesure où il le modifie dans sa substance et le mène inexorablement aux mutilations rituelles qu'il subit sous le mur de Berlin. Mais ce voyage n'a jamais cessé d'être relation à son frère Jean, même quand ce dernier se trouvait à l'autre bout du monde. Car l'opposition milieu-hérédité se complique chez les jumeaux par l'apparition d'un troisième terme qui mêle les deux autres et qui n'est que la relation intergémellaire.

Un vivant singulier en effet, c'est un bloc d'hérédité en marche dans un certain milieu. A ce schéma les jumeaux ajoutent l'espace intergémellaire qui les sépare et les unit à la fois, zone de dimension variable et d'échanges intenses. Cet espace qui est réduit au minimum — mais non pas nul — lorsque les jumeaux bébés sont enlacés dans le même berceau en posture fœtale se distend et s'affine — sans jamais se déchirer — si l'un d'eux s'enfuit au loin, et ses dimensions peuvent englober à la fin le monde entier. Ses villes, ses forêts, ses mers, ses montagnes, ses déserts acquièrent alors un sens nouveau grâce à cette grille de déchiffrement gémellaire qui les recouvre. Venise, Djerba, l'Islande, Nara, le Canada, Berlin reçoivent ainsi successivement un statut spatial intergémellaire qui va du minuscule jardin japonais cultivé en pot jusqu'aux espaces vertigineux de la Prairie canadienne par une série de mouvements de contraction et de dilatation analogues au rythme cardiaque systole-diastole. Jusqu'au moment où le frère fuyard disparaît définitivement et où le jumeau survivant désormais seul tenant de l'espace intergémellaire — l'âme déployée — devient semblable à un drapeau claquant dans le vent. Disparu, perdu, mort le fuyard ? Non pas, mais absorbé par l'autre, grâce à ce grand voyage dans l'espace-qualité, grâce à l'altération-initiation subie jusqu'au sang, grâce à la mainmise de l'homme-chronologie sur le ciel météorologique.

VI

Les malheurs de Sophie

La Sagesse est un silence impur.
Ibn Al Houdaïdah.

On imagine aisément ce qu'aurait pu dire un musicologue parfaitement averti faisant le point de la situation à la charnière du XVIIIe et du XIXe siècle : « La musique est étroitement solidaire d'une société qui vient de sombrer et qu'on appellera désormais l'*Ancien Régime.* L'Ancien Régime a disparu, emporté par la Révolution française et l'Empire napoléonien. Avec lui la musique est morte... Si vous en doutez, écoutez Haydn, Händel, Mozart. Vous comprendrez vite que ce sont trois expressions d'un paradis perdu à tout jamais. Sans doute entendrons-nous désormais des chants révolutionnaires et des hymnes guerriers, mais on ne composera pas une seule note de vraie musique sur les ruines d'un monde qui fut exquis. »

Raisonnement impeccable, thèse irréfutable. Car il était bien vrai qu'en 1800 la création musicale était à la lettre impossible. Et tout à coup, il y a eu Beethoven. Avec lui cet impossible devenait réalité et projetait du même mouvement sa possibilité rétroactive dans le passé.

Qu'est-ce que Beethoven ? C'est la musique de Mozart à laquelle par quelque trait de génie inconcevable on aurait incorporé les huées de la populace révolutionnaire et les fanfares de la Grande Armée. Il n'est pour s'en convaincre que d'écouter successivement l'ouverture de*Bastien et Bastienne* de Mozart et le début de la *Symphonie héroïque* de Beethoven. C'est le même thème. Mais la première œuvre date de 1768 — l'année où la comtesse du Barry succède à la Pompadour dans le lit de Louis XV — et a pour auteur un enfant de douze ans qui éblouit toutes les cours d'Europe. Trente ans plus tard, par un paradoxe inouï, le Beethoven de la maturité reprend ce thème d'une fraîcheur puérile, et il le charge de tous les bouleversements que l'histoire a traversés depuis. On pourrait au demeurant faire abstraction des deux compositeurs et considérer ce thème seul, comme s'il avait vécu et vieilli entre 1768 et 1804, passant des rondeurs et roseurs de l'enfance au masque puissamment raviné d'un homme encore jeune, mais qui s'est beaucoup battu.

Cet exemple illustre la part irréductible d'imprévisibilité et à la limite d'absurdité qui entre dans toute création. Il nous fournit également une image saisissante de cette altération immobile que nous avons déjà rencontrée et qui trouve son contraire dans la translation sans altération, symbole de la pensée physico-mathématique. Altération, changement qualitatif, substantiel, irréversible, indéfinissable. Il est bien remarquable que dans notre milieu dominé par la logique scientifique ce mot désigne presque toujours une diminution, une décomposition, un amochement par l'âge, selon la loi de la dégradation de l'énergie. C'est cette même logique qui pose en axiome que rien ne se perd ni ne se crée dans la nature, et qui juge *plus noble* l'énergie mécanique, *moins noble* l'énergie thermique — laquelle constitue pourtant avec la lumière l'un des deux attributs du soleil. Vision scientifique, abstraite, utilitaire, quantitative, vision d'ingénieur. Mais que l'altération puisse être enrichissante, c'est ce que montrent le mûrissement des fruits, le vieillissement des vins, la lente apparition de la sagesse, la métamorphose sous le coup des vicissitudes de l'histoire de *Bastien et Bastienne* en *Symphonie héroïque.* Bref la création.

Création, et plus loin génie, puis sagesse. Il fallait bien que cet essai débouchât sur ces notions périlleuses. Elles renvoient aux valeurs les plus hautes de la vie et prennent racine dans un fonds commun d'autant plus obscur à nos yeux que toute notre civilisation occidentale lui tourne le dos afin de se consacrer à des problèmes et à des solutions techniques. Nous vivons sous le terrorisme d'un savoir abstrait, mi-expérimental, mi-mathématique, et de règles de vie formelles définies par la morale. Tout cela, qui sent la caserne, peut à la rigueur faire une existence, certainement pas une vie.

Tentons d'y voir plus clair, et commençons par la sagesse.

Qu'a-t-on fait de la sagesse ? Sophia, sapientia, wisdom, Weisheit. Aujourd'hui, elle n'est plus que morne docilité chez l'enfant et résignation gâteuse chez le vieillard. « A dents branlantes, sagesse désossée », dit Ambrose Pierce. De Sophie von Kühn, une fillette qui se mourait de phtisie à quatorze ans, Novalis disait : « Je suis philosophe puisque j'aime Sophie. » Historiquement ce touchant calembour sonnait le glas de la philosophie, de la sagesse et de la fillette. Car c'est le romantisme qui fut le vrai fossoyeur de la sagesse.

Pour Socrate, pour Platon, pour Aristote, Sophia,

c'est le meilleur absolument, le Souverain Bien. C'est-à-dire quoi au juste ? Un savoir qui est en même temps règle de conduite, l'action identifiée à l'esprit, une lumière efficace. Inversement la mauvaise action, le crime ne pouvaient avoir d'autre source que l'ignorance, la bêtise, une défaillance de l'esprit. Bêtise et méchanceté ne sont qu'un seul et même manque regardé tantôt sous l'angle théorique, tantôt sous l'angle pratique. Les idées ne meurent jamais tout à fait. Cette vieille sagesse antique, cette identification du savoir et de la moralité, Victor Hugo lui assurait un renouveau inattendu lorsqu'il affirmait : « Ouvrir une école, c'est fermer une prison. » Affirmation généreuse qui identifie lutte contre la délinquance et lutte contre l'analphabétisme. Mais proférée en plein XIXe siècle, son anachronisme saute aux yeux. Car s'il est généreux de faire de l'assassin un homme inculte, on n'évite pas du même coup de faire de l'homme inculte un assassin en puissance. Ce qui est redoutable. Un ignorant est capable de tout. Si un crime se commet quelque part, cherchez la brute illettrée, etc. On voit où peut mener cette pente. En vérité la croyance en l'ancienne sagesse est inséparable du despotisme éclairé le plus redoutable. D'ailleurs accorder à l'homme ignorant et fruste le bénéfice de l'innocence, n'est-ce pas l'enfoncer dans l'animalité ? Les maîtres blancs de l'Afrique du Sud poussent le racisme à son comble en ne soumettant les Noirs qu'à un code pénal atténué, excluant les peines les plus sévères, comme si la négritude était *a priori* une circonstance atténuante. Même à l'égard des animaux, on admet des degrés dans la responsabilité en fonction de l'intelligence qu'on leur prête. Un chien qui vole est puni, non la vache ou le cochon qui s'égarent dans les cultures.

Pourtant la sagesse antique s'est portée gaillardement jusqu'aux plus beaux jours de l'Ancien Régime. Pour nous borner à l'exemple le plus grand, Spinoza (1632-1677) identifiait idée claire et distincte à action, tandis que, selon lui, la passion — c'est-à-dire la passivité et l'émotivité — n'était qu'une idée confuse et mutilée. Tout naturellement il intitule son grand traité de métaphysique *Ethique*. Le sage, y lit-on, c'est l'homme vivant sous la conduite de la raison (théorème XXIV, livre IV). Agir absolument par vertu n'est pas autre chose qu'agir sous la conduite de la raison. Suivent une série de préceptes admirables qui ne sont pas des fragments de pensée vagabonde, mais la déduction géométrique *(more geometrico)* de ces prémisses. Le sage ne pense à rien moins qu'à la mort, car la sagesse n'est pas une méditation de la mort, mais une méditation de la vie. Le sage est plus libre dans la cité où il vit d'après les lois communes que dans la solitude où il n'obéit qu'à lui-même. La joie que nous éprouvons à voir souffrir nos ennemis n'est pas une joie pure, car il s'y mêle une secrète tristesse[1]...

Certes on ne saurait pousser plus loin la fusion de la connaissance vraie et de l'action juste, et rien n'aurait pu choquer plus profondément Spinoza que l'idée selon laquelle la connaissance de la vérité n'ajoute ni ne retranche rien à la conduite de la vie. Cette idée va cependant s'imposer cent ans plus tard sous l'influence de Rousseau et de Kant.

Le premier coup est donné dans l'*Emile* (1762). On connaît son hymne à la conscience morale, mais on n'a peut-être pas assez souligné à quel point il est inséparable d'une attaque en règle contre la raison spéculative :

Conscience, conscience ! Instinct divin, immortelle et céleste voix... sans toi je ne sens rien en moi qui m'élève au-dessus des bêtes, que le triste privilège de m'égarer d'erreur en erreur à l'aide d'un entendement sans règle et d'une raison sans principe. Grâce au ciel, nous voilà délivrés de tout cet effrayant appareil de philosophie : nous pouvons être hommes sans être savants ; dispensés de consumer notre vie à l'étude de la morale, nous avons à moindres frais un guide plus assuré dans ce dédale immense des opinions humaines...

En somme c'est la moralité à la portée de toutes les cervelles. Instinct. Le mot évoque l'animal. Mais il est aussitôt qualifié de divin, et Rousseau affirme que la conscience nous rend semblable à Dieu. La conscience, c'est donc à la fois Dieu et l'animal. Quant à l'homme, un peu oublié, condamné même en tant que ratiocinateur et abstracteur de quintessences, il ne lui reste, écrasé entre la bestialité et la divinité, qu'à obéir aveuglément aux injonctions de la conscience animalo-divine. Ce n'est d'ailleurs ni la première fois, ni la dernière que l'animal et Dieu se rapprochent tout en s'éloignant de l'homme. Le mutisme de la bête est plus proche du silence de Dieu que la parole humaine. Plus tard Bergson fera de l'instinct animal le modèle de la connaissance métaphysique[1]. Pour en arriver là, il faut et il suffit que toute portée métaphysique soit déniée à la connaissance rationnelle.

Kant va s'en charger, et c'est paradoxalement l'apparition avec Newton de la physique moderne qui le détermine. La « découverte » (combien il serait plus juste de parler d'*invention* !) de la loi de l'attraction universelle qui soumet au même principe les planètes et les objets de notre vie quotidienne[1], succès prodigieux de l'observation expérimentale jointe au raisonnement mathématique (une alouette expérimentale + un cheval mathématique) s'accompagne selon Kant de la preuve de l'incapacité totale de l'intelligence en matière métaphysique. De ce *plus* fabuleux dont la connaissance rationnelle vient de s'augmenter, Kant tire un *moins* radical. (A la génération suivante, Auguste Comte adoptera le point de vue inverse et s'efforcera dans sa *Philosophie positive* de *tout* demander à la science : connaissance, politique, religion et le reste.)

Dès lors la sagesse doit disparaître comme guide du bien vivre et bien agir, et faire place à la morale. Charles Seignobos faisait remonter l'invention de l'amour à la fin du XIe siècle. La morale est d'origine beaucoup plus récente puisqu'elle n'a été inventée qu'à la fin du XVIIIe siècle, exactement en 1785, date de la parution du petit livre de Kant intitulé *Fondement de la métaphysique des mœurs.* Rousseau avait préparé le terrain. La Révolution française allait commencer quatre ans plus tard. Dès les premières lignes de son opuscule, le penseur de Königsberg (aujourd'hui Kaliningrad) donne la définition même de la morale : « Il n'y a rien au monde — ni hors du monde — qu'on puisse considérer comme absolument bon, sinon la bonne volonté. » Voilà. Ce bien suprême que toute l'Antiquité gréco-latine et tout le classicisme européen pensaient acquérir par l'effort génial d'une intelligence d'élite portée à son suprême degré de lucidité, c'est devenu tout simplement la résolution de bien faire. Miracle de rabougrissement et de vulgarisation ! Cette bonne volonté seule est un absolu, car la sagesse ne peut promulguer que des impératifs conditionnels. Ses prescriptions supposent toutes le désir d'être heureux, de ne pas souffrir, de couvrir nos enfants et nos amis de bienfaits, etc. Mais aux hommes qui ont une ambition plus haute et plus désintéressée que le bonheur, la sagesse — selon Kant — n'a rien à dire. Toutes les qualités morales secondaires — courage, jugement, lucidité, décision — peuvent être orientées vers le mal et devenir d'autant plus funestes qu'elles sont plus épanouies. Seule la bonne volonté est absolument bonne, cette bonne volonté que l'imbécile et l'illettré possèdent ni moins ni plus que l'homme le plus hautement cultivé.

Il s'agit en vérité d'une triple dégénérescence.

La physique mathématique devient sous l'impulsion newtonienne un modèle de connaissance dont l'autorité confine au despotisme, voire au terrorisme.

L'action complètement détachée de la connaissance dépend d'impératifs catégoriques aussi formels, indiscutables et opaques que les règlements militaires.

En cette même fin du XVIIIe siècle, nous avons vu l'éducation des enfants commencer à se vider de son contenu initiatique pour n'être plus qu'un véhicule d'informations utiles aux carrières professionnelles.

La sagesse morte s'est décomposée en science physico-mathématique, morale formelle et information utilitaire. Est-ce la faute à Rousseau, est-ce la faute à Voltaire, comme le chantait Gavroche sur les barricades ?

*

Sans doute y a-t-il mieux à faire qu'un procès posthume aux grands constructeurs de l'Occident moderne. On doit cependant réfléchir à cette évolution. Vingt-cinq siècles durant, l'humanité occidentale a vécu sous le soleil simple et nu de la sagesse. Un jour ce cœur ardent et rayonnant s'est brisé en mille morceaux. Ils sont encore là à nos pieds, ces débris vénérables, toujours chauds et vivants, mais nous savons qu'il serait vain de vouloir les recoller pour restaurer ce qui fut. Du moins pouvons-nous les ramasser un à un, regarder leur orient, et chercher en nous ce qui reste à l'état naturel et comme sauvage de cette institution immémoriale.

La sagesse est temporelle. Il n'y a que des raisons accidentelles qui s'opposent à ce que j'apprenne la physique, l'astronomie ou la génétique en quelques jours, en quelques heures. Dans la mesure où ces sciences sont des constructions abstraites entièrement assimilables par l'intelligence et la mémoire, le temps de leur assimilation est affaire purement technique qui ne dépend que des méthodes pédagogiques employées. Nul doute que l'enseignement par ordinateur ne permette de réduire notablement ce temps d'apprentissage.

S'agissant au contraire d'une langue vivante, c'est-à-dire par définition plongeant profondément dans la vie concrète, ce que j'en apprendrai par des techniques rapides n'en sera jamais qu'une carcasse décharnée. Là le facteur temps intervient de façon irréductible. L'assimilation véritable d'une langue exige nécessairement une immersion prolongée dans le milieu où elle est parlée.

La citation fondamentale touchant cette solidarité

d'un savoir concret avec une durée irréductible se trouve dans l'évangile selon saint Luc (II) où il est dit : « Jésus progressait en sagesse, en taille et en grâce auprès de Dieu et des hommes[1]. » Il s'agit là d'un processus où le facteur temps absolument essentiel devient incompressible. La sagesse est inséparable de la taille et de l'âge. C'est en ce sens qu'elle comporte toujours une connotation enfantine et justifie l'usage français de parler d'*enfants sages* ou de recommander aux enfants d'*être bien sages.* C'est que la sagesse est un savoir vivant, presque biologique, une maturation heureuse, un accès réussi à l'épanouissement du corps et de l'esprit. Dans la sagesse, le temps est une durée intérieure, vécue et mémorée, sans perte ni oubli, et non le milieu indifférencié où s'inscrit la trajectoire d'un mobile. La sagesse est altération, mûrissement, mue.

C'est pourquoi à la limite un adulte ne saurait être sage. Si l'adultat correspond à une période étale succédant à l'enfance, il signifie débrayage par rapport à la durée. Les instants cessant d'ajouter leur grain de sable à l'être en construction, coulent sur lui, et, ne l'augmentant plus, ils le délitent. L'information n'est plus aventure. Alors la vieillesse impliquée dans ce piétinement n'est plus qu'un naufrage. Il ne faut pas avoir pitié des gâteux : ils ne sont devenus que ce qu'ils étaient déjà.

Au contraire les vies les meilleures ne connaissent pas de phase adulte. L'homme s'enrichit de chacun de ses avatars successifs. L'instant ne cesse jamais d'être prédicat. Un enfant émerveillé reste caché jusque sous le masque du vieillard.

La sagesse est intransmissible. Expérience est un mot trompeur. Il signifie tantôt un essai organisé artificiellement pour vérifier une hypothèse — c'est-à-dire expérimentation. Tantôt le savoir accumulé au fil des ans — c'est-à-dire sagesse. Les Allemands ont deux mots pour cela : *Experiment* et *Erfahrung*.

Or si les résultats d'une expérimentation peuvent facilement se communiquer, rien ne permet de faire profiter un autre de la vision et de la pratique des choses et des gens acquises en toute une vie. Cette vision, cette pratique formulées en des termes toujours insuffisants, feront hausser les épaules des jeunes qui ne sauraient qu'en faire, alors même qu'ils le voudraient. Si les gens d'expérience *(Erfahrung)* cèdent si souvent à l'envie de donner des conseils, c'est que trompés par l'homonymie, ils croient détenir les résultats d'un certain nombre d'expériences *(Experiment)*. En vérité ils confondent deux niveaux de connaissance, l'un profond, obscur, tout mêlé au cœur, aux nerfs et au sexe, l'autre abstrait, cérébral, léger, portatif.

Cette sagesse — qui est fusion du savoir et du faire — il suffit de regarder autour de nous pour constater combien d'hommes et de femmes ne se résignent pas à sa mort et s'accrochent à tous ses succédanés modernes. Mais on dirait que la décomposition de l'antique souverain bien s'étend inexorablement à tout ce qui est apparu ultérieurement à sa ressemblance.

Il est certain par exemple que la religion catholique a fourni au temps de sa splendeur un très vigoureux avatar de sagesse. Le savoir théologique se ramifiait en mille subtilités, lesquelles se résolvaient sur le plan de l'action en interventions il est vrai d'une sommaire brutalité. Il y avait en effet un curieux contraste entre la finesse des distinguos théologiques et la monotonie des bûchers et des massacres sur lesquels ils débouchaient invariablement. Aujourd'hui que théologie et bûchers ont été relégués parmi les vieilles lunes, il ne reste au catholique côté savoir que des dogmes appelant la foi du charbonnier, côté pouvoir qu'un abstentionnisme proche de la passivité. Ce qui est donné de plus positif à l'homme de foi, c'est le réconfort moral d'une appartenance à une communauté. Mais ce lien pour rassurant qu'il soit n'est l'équivalent ni d'une connaissance, ni d'une ligne de conduite. Il se pourrait même qu'il en fût la négation.

C'est ce que montre une autre forme de sagesse moderne, le marxisme. Le marxisme n'est-ce pas en effet une analyse *scientifique* de la société occidentale de la fin du XIXe siècle d'où découle clairement un programme d'action politique ? Entre *Le Capital* et *Le Manifeste* la déduction est rigoureuse. C'est un livre à la main que le communiste descend dans la rue.

Il semble pourtant que les malheurs de Sophie n'ont pas épargné le marxisme plus que le catholicisme. Là aussi savoir et action se dissolvent dans un quiétisme sentimental. Il ne s'agit pas de rappeler aux communistes que socialisme et communisme s'opposent comme les deux étapes d'une dialectique, comme la thèse et l'antithèse, c'est-à-dire comme l'eau et le feu. Que le socialisme se définissant comme une hypertrophie de l'Etat — avec la dictature bureaucratique qu'elle implique et ses deux filles jumelles Pénurie et Tyrannie — alors que le communisme signifie la disparition de l'Etat, on ne passera pas de l'un à l'autre par petites réformes insensibles et indolores, mais bien par une révolution violente, un nouvel Octobre rouge et même un nouvel Ekaterinbourg. Bref qu'il faut noyer le socialisme dans le sang pour que s'instaure le communisme. Ce discours — qui est pourtant la lettre même du marxisme et auquel tous les régimes socialistes existants fournissent une illustration éclatante — perturbe la grande fraternisation des travailleurs. Il est formellement contredit par les dirigeants socialistes qui noient le poisson, et se font passer pour communistes afin d'éviter la liquidation physique — comme les anciens patrons d'usine qui tentaient de faire prendre leur paternalisme pour du socialisme afin d'éviter le pire.

C'est que l'essentiel ne se situe pour les communistes ni dans la tête, ni dans les jambes, mais à mi-chemin des deux, dans la poitrine, dans le cœur. Etre communiste, c'est — comme pour les catholiques — faire partie d'une grande famille, une famille qui a son jargon, ses fêtes, ses querelles, ses rêves. Il n'importe ni de penser, ni de descendre dans la rue, mais de se serrer les coudes, de se tenir chaud. Tout ce qui menace de perturber les affectueuses retrouvailles de la fête à l'Huma relève de la provocation gauchiste. On l'a bien vu en Mai 68 lorsque les étudiants insurgés se sont tournés vers les cellules communistes de Renault. Le malentendu s'est révélé total entre ces jeunes intellectuels qui voulaient changer la société et cette petite-bourgeoisie ouvrière qui ne voulait changer que de voiture avant les vacances.

Religion et politique fournissent peut-être une sagesse, mais ce n'est pas la sagesse authentiquement révolutionnaire qui est création et solitude, c'est la sagesse familiale, rassurante de l'enfant sage, celle qu'on trouve au terme d'un processus de régression et qui semble sortir ratatinée des mains des réducteurs de têtes jivaros.

On ne peut séparer création et solitude. Si la création biologique — paternelle et surtout maternelle — a pour milieu naturel la famille et la société, la création intellectuelle et artistique — de vocation essentiellement révolutionnaire — paraît vouée à un enfantement sans tendresse ni amitié. Les grands créateurs se dressent dans un isolement farouche, comme autant de colonnes dans le désert. Certains qui prétendirent ignorer ce destin en furent cruellement punis. On songe à Jean-Sébastien Bach, ses deux femmes et ses vingt enfants, et à la terrible moisson que la mort fit de son vivant dans cette trop belle famille. Moins téméraire, Léonard de Vinci avait adopté un enfant. Après lui avoir créé les pires avanies, il mourut jeune homme dans une rixe de tripot sans savoir qu'il avait passé sa courte vie auprès de Léonard de Vinci. Oui, le créateur a sujet de gémir. Il voit autour de lui des communautés, des chapelles, des familles, et il rêve. Il imagine un couvent laïc où les cerveaux les plus formidables de son époque mettraient chaque jour en commun leurs lumières dans un oubli des contingences matérielles. Quels pouvoirs ne rayonneraient pas de cette conjonction[1] ! Plus modestement il observe autour de lui des couples qui lui paraissent idéaux — époux-épouse, mère-fils, amie-amie, ami-ami, ami-amie, frère-sœur. Il s'oublie parfois à un petit jeu plein de charme mélancolique. Il prend l'un de ses parents ou ami, et il le retouche selon son cœur. Il se fait ainsi un frère idéal, une sœur idéale, tel ami, telle amie idéale — qui devient aussitôt une épouse de rêve. Quelle exquise douceur d'avoir un être pareil à ses côtés ! Quel enrichissement ! quelle source de création !

Est-ce bien sûr ? Car à mesure qu'il s'enfonce dans le bonheur d'une compagnie idyllique, il sent s'alourdir d'invisibles chaînes. Pire, la fermentation cérébrale qui est sa raison d'être se repose, se dépose, son cerveau met bas les armes, et il verse dans un sommeil serein.

Ainsi donc, se dit-il, la liberté, la solitude et la création ont partie liée. Quand ton cœur pleure de solitude, ton esprit rit de liberté, ton cerveau accouche les inventions les plus surprenantes. Les œuvres sont les fruits du désert et ne s'épanouissent que dans l'aridité. Seigneur, n'écoute pas mes supplications, et si d'aventure j'approche quelque jour l'oasis d'un cœur amical dans un corps accueillant, renvoie-moi à coups de pied au cul dans mes steppes familières où souffle le vent sec et glacé de l'idée pure ! Car l'idéal éteint l'idée comme l'eau le feu.

*

Il faut en prendre son parti, la grande sagesse antique est morte, et personne n'a pu encore lui rendre une vie accordée au monde moderne. Du moins peut-on avoir toujours présentes à l'esprit trois ou quatre vérités qui aident à mieux se conduire. Il n'est en somme que de s'accommoder de l'opération jivaro à laquelle nous faisions allusion, en choisissant toujours le mince bagage du voyageur à pied de préférence aux vastes et tièdes dortoirs des grandes familles spirituelles. Comme ces espèces végétales, grasses et fragiles en plaine, qui développent en altitude, entre un ciel rigoureux et une terre ingrate, une variété plus petite, plus sobre, plus résistante, mais non moins brillante et odorante, on peut se faire une philosophie de disette, une sagesse de subsistance, un vade-mecum de va-nu-pieds.

Jean Cocteau allait dans le sens de cette miniaturisation quand il voulait que l'idée de génie fût humanisée, dédramatisée, replacée au niveau de tous les jours. « J'aime beaucoup, écrit-il, la façon désinvolte avec laquelle Stendhal emploie le mot génie. Il trouve du génie à une femme qui monte en voiture, à une femme qui sait sourire, à un joueur de cartes qui laisse gagner son adversaire[1]. » Après Stendhal, on s'est fait une tout autre idée du génie. On l'a confisqué à tout un chacun pour l'accumuler sur la tête de quelques privilégiés qui s'appelaient Beethoven, Balzac, Victor Hugo, Wagner. Ces phares se dressaient au-dessus d'une foule stupide, stérile, antigéniale, le fameux « bourgeois » de Flaubert. Vision malheureuse, navrante et de surcroît mensongère. Un jour un questionneur professionnel m'a demandé en me dardant un micro dans la figure : « Vous croyez-vous donc génial ? » J'ai répondu sans hésiter « Bien sûr. Comme tout le monde » en écho à Françoise Mallet-Joris disant dans les mêmes circonstances : « Non, je ne crois ni à la banalité, ni à la médiocrité. »

Oui, tout le monde a du génie, lequel n'est pas un énorme et solitaire diamant, mais une poussière scintillante pulvérisée sur tous les hommes. C'est la chose la plus naturelle, la plus quotidienne. Le génie est là dès lors que quelqu'un existe, agit, marche, sourit, parle d'une façon inimitable, unique, évoquant l'infini que contient tout acte créateur. Alors il ne dépend que de nous de le voir, et, l'ayant vu, de célébrer son existence. Car à ce degré de modestie, il est voué au néant par la cécité, par la myopie, par l'hypermétropie — combien répandue cette infirmité qui consiste à ne jamais voir ce qu'on a sous le nez ! — ou par la simple distraction. On ne peut pas ignorer le *Don Juan* de Mozart. On laisse plus facilement échapper l'instant magique surgi inopinément de la rencontre d'un oiseau et d'un rayon de soleil. La beauté est la chose du monde la plus répandue, mais notre regard asservi aux besoins quotidiens ne la voit pas. Il faut l'intervention autoritaire du peintre, du sculpteur, de l'architecte pour déchirer le voile gris que notre fatigue jette sur le monde.

Nous sommes ainsi constamment tentés d'enfermer la beauté dans un quartier réservé — celui des musées, des bibliothèques, des palais, des jardins savamment dessinés — loin de la vie de tous les jours, voire de nous y enfermer avec elle, comme on s'inonde de parfums pour ne rien sentir des odeurs réelles. Certains présentent même cette affreuse difformité du cœur et du sexe : ils distinguent la beauté de ce qui est aimable, désirable, sexuellement émouvant[1]. Cette mise en ghetto de la beauté caractérise un esprit infirme, mutilé sans doute par quelque agression des années d'enfance. Plus généralement, elle est étouffée par nos préoccupations triviales. Pas toujours, heureusement. Il n'y a qu'une circonstance où je me sente roi. C'est par exemple dans la cohue d'un wagon de métro, à six heures du soir, au milieu d'hommes et de femmes harassés, excédés, vidés par des soucis sordides et monotones qui équivalent au néant. Or mes soucis et ma fatigue ne sont pas moindres, mais moi, dans la masse humaine compacte qui oscille au gré des accélérations et décélérations du train, j'ai découvert un visage ravissant, et mon regard se pose sur lui comme un oiseau dans un arbre de fraîcheur. Dans cette atmosphère close et empuantie, j'ai trouvé cette infime et vivante oasis. Je me délecte secrètement. Je m'en mets plein la vue. Au milieu de tous ces indigents, je suis riche comme Crésus.

Il faut aller plus loin que cette dédramatisation du génie que souhaitait Cocteau. Il faut aller jusqu'à une atomisation de l'absolu. Il faut faire droit à la revendication de chaque être, de chaque chose qui crie — d'une voix souvent imperceptible — pour être reconnu comme absolu.

Qu'est-ce que l'absolu ? C'est étymologiquement ce qui n'a pas de rapport, pas de relation. Terme négatif par conséquent qui bloque simplement l'activité spontanée, aliénante et scientifique de notre esprit. Car nous sommes dressés à tisser constamment un réseau relationnel où nous sommes pris avec les choses et les gens qui nous entourent. Chaque objet, chaque homme se trouve nié en lui-même pour renvoyer à d'autres objets, à d'autres hommes, à des fonctions, à des modes d'emploi, à des valeurs extrinsèques dont les étalons se situent ailleurs, très loin, nulle part. Notre regard ricoche sans cesse de point en point, ne pouvant s'arrêter sur rien, ne voyant finalement plus rien.

Pour retrouver l'absolu, il n'est que de couper ces liens. Considérer chaque visage et chaque arbre sans référence à autre chose, comme existant seul au monde, comme indispensable et ne servant à rien, selon le mot que Cocteau appliquait à la poésie. Un verre d'eau, rien ne m'empêche en le buvant de m'y noyer tout entier, de m'absorber dans sa fraîcheur, son goût de roche, le serpent froid qu'il fait descendre en moi, tandis que mes doigts se serrent pour ne pas glisser sur sa surface embuée. La pomme — son poids dans ma main, sa peau vernie, le craquement de sa pulpe sous mes dents, l'acidité qui envahit mon palais — mérite un moment d'attention totale, une éternité attentive et sensuelle.

Mais c'est sans doute en ces lieux privilégiés entre tous, une île déserte, un jardin clos, que l'absolu, cette fleur métaphysique, s'exalte le mieux sous ses deux formes extrêmes.

L'île déserte devenue expression géographique de l'absolu, c'est la conclusion de *Vendredi ou les limbes du Pacifique.* Robinson parvient à ce stade et en prend conscience lorsqu'une goélette anglaise vingt-huit ans après son naufrage lui offre l'occasion de regagner son Angleterre natale. Il refuse de partir. Il ne quittera pas le climat d'éternité et de jeunesse inaltérable qu'il a découvert en Speranza au terme d'une longue et douloureuse métamorphose accomplie sous l'influence de Vendredi.

Une île est un espace de terre entouré d'eau de toutes parts. Cette définition commune présente déjà une affinité avec l'étymologie même du mot *absolu.* Mais bien entendu, l'île doit être distinguée du continent, lequel pourrait s'accommoder de la même définition. La différence tient certes d'abord à la dimension, mais cette dimension entraîne elle-même un critère plus essentiel. Une île subit l'influence climatique de la mer sur toute son étendue, tandis que le continent est assez vaste pour échapper en partie à cette influence. Par exemple l'Angleterre étant entièrement soumise à un climat océanique est une île, alors que l'Australie dont le centre connaît un climat excessif est un continent.

Donc l'île, balayée de bout en bout par le souffle océan, relève du domaine marin. Et si la terre est mémoire, altération, tourment infligé par le temps, la mer au contraire offre aux intempéries une surface élastique et inaltérable. La mer ne sait pas vieillir. Une pierre nous raconte sa propre histoire, une histoire millénaire par chacune de ses aspérités, de ses usures. La vague marine est jeune comme au premier jour du monde.

L'île obéissant à l'injonction océane baigne dans l'éternité. Le climat océanique gomme les contrastes entre les mois, noie les saisons dans une continuité indifférenciée. A la limite l'île ne connaît qu'une seule saison, la belle saison. Une brise iodée berce les palmes des cocotiers dans un ciel imperturbablement céruléen. L'homme-île qu'est devenu Robinson participe pleinement de ces privilèges. Il jouit d'une jeunesse éternelle. Qui donc aurait la force mauvaise d'imaginer une vahiné vieille, édentée et radoteuse ? La femme-île reste inaltérablement fraîche et désirable. Si Robinson refuse de quitter Speranza, c'est parce qu'il pressent le terrible coup de vieux qu'il attraperait en réintégrant la société.

Tout opposé est le régime du jardin. Création continentale, il ne sort pas de la ronde des saisons. Au jardin en fleurs succède le jardin fruitier, puis il se couvre des rousseurs de l'automne, et l'un de ses plus purs avatars est le jardin-sous-la-neige. L'homme-jardin vieillit bien. Il prend de la bouteille et son visage s'enrichit de chacune de ses rides. Le cimetière qu'il voit de sa fenêtre, s'il habite un presbytère, est un autre jardin. Quant à l'absolu jardinier, il ne s'étale pas dans une durée infinie, il se contracte dans un instant mystique.

C'est le parti que j'ai choisi. Mon jardin couvre deux mille mètres carrés, superficie idéale, car ainsi je peux tout juste venir à bout de son entretien sans l'aide d'un jardinier. Sa forme carrée et les vieux murs qui l'entourent ajoutent à sa perfection. Mais dès qu'on parle jardin, il convient de dépasser la géométrie plane et d'intégrer la troisième dimension à notre méditation. Car l'homme-jardin par vocation creuse la terre et interroge le ciel. Pour bien posséder, il ne suffit pas de dessiner et de ratisser. Il faut connaître l'intime de l'humus et savoir la course des nuages.

Mais il y a encore pour l'homme-jardin une quatrième dimension, je veux dire métaphysique. Chaque matin d'été, en grillant mon pain et en laissant infuser mon thé devant la fenêtre grande ouverte par laquelle s'engouffrent et déferlent sur moi l'odeur des graminées et le souffle des tilleuls, je comprends soudain que le temps se contracte, que l'espace se limite à ces quelques pieds carrés, clos de pierre, qu'un être — mon jardin justement — s'épanouit seul dans une immobilité exorbitante qui est celle de l'absolu. La première touche du soleil levant se pose rose sur le tronc blanc d'un certain bouleau qui brille alors comme un corps de chair au milieu des sapins noirs. La terre, le ciel, et, entre les deux, le fouillis végétal s'imposent souverainement. La fauvette courbe jusqu'au sol la tige du vieil églantier. Le hérisson s'endort serré comme un gros poing velu à l'ombre des cosmos. Tout humide encore de ses chasses nocturnes, la chatte vient vers moi à pas recueillis. Le présent s'éternise dans une imprévoyance et une amnésie divines.

NOTES

P. 11.

Du bon usage des occupations : en janvier 1759, les Français occupent Francfort. Le comte de Thoranc, lieutenant du roi, originaire de Grasse, s'installe chez les Goethe. Il y restera deux ans. Wolfgang a dix ans. Le gentilhomme provençal va lui apprendre le français et l'initier au théâtre et à la peinture. Pourtant l'hostilité du père ne désarmera pas à l'égard de l'occupant, et Wolfgang se trouvera tiraillé entre les deux hommes.

P. 12.

1. Relisant un jour *Madame Bovary* en présence de ma mère, je tombe sur une phrase si belle dans son « hénaurmité », comme disait justement Flaubert, que je ne peux m'empêcher de la lui lire à haute voix. Il s'agit de M. Homais disant d'Emma Bovary : « C'est une femme de grands moyens et qui ne serait pas déplacée dans une sous-préfecture. »

J'oubliais que j'avais devant moi la fille du pharmacien de Bligny-sur-Ouche. Elle me rappela que dans ce petit bourg la ville de référence n'est pas la préfecture, Dijon, mais la sous-préfecture, Beaune, beaucoup plus proche. Et qu'en effet c'était — c'est peut-être encore — pour les gens de Bligny un signe d'urbanité que de fréquenter la société de Beaune.

Où le coup de pouce caricatural de Flaubert apparaît, c'est lorsqu'il fait parler Homais d'une « sous-préfecture ». Le pharmacien de Bligny aurait dit : « C'est une femme de grands moyens et qui ne serait pas déplacée à Beaune. »

P. 19.

1. Cf. *La Mort Sara,* Plon, où Robert Jaulin rapporte les épreuves initiatiques auxquelles il a tenu à se soumettre en Afrique centrale.

P. 26.

1. Notamment l'ouvrage majeur sur ce sujet *Les Jumeaux, le couple et la personne* de René Zazzo.

P. 27.

1. *L'Attachement,* ouvrage collectif de la collection « Zethos » créée par René Zazzo.

P. 32.

1. Le professeur Léon Robin s'était rendu célèbre à la Sorbonne par le commentaire qu'il ne manquait jamais d'ajouter à cette ligne de la *Monadologie :* « Où diable Leibniz a-t-il pris que l'on entre et que l'on sort par les fenêtres ? » s'étonnait-il. Puis après un silence lourd de réflexion : « Peut-être voulait-il parler de portes-fenêtres ? »

P. 46.

1. Frédéric Lange, l'auteur d'un livre profond et réjouissant : *Manger ou les jeux et les creux du plat,* Seuil, a attiré mon attention sur l'aspect humoristique de cette formule. En effet était-ce bien la peine d'agencer si curieusement toutes ces lettres pour aboutir à un pareil résultat ? Ce zéro, me dit-il, ouvre à la fin de la formule l'orifice arrondi et dérisoire d'un vide-ordures.

P. 48.

Publié dans *Le Coq de Bruyère.*

P. 54.

1. Ce livre fondamental a paru bizarrement aussi sous le titre : *Le Pur et l'impur.*

P. 60.

1. Cf. notamment Georges Snyders : *La Pédagogie en France aux* XVII*e* *et* XVIII*e* *siècles,* P.U.F.

P. 83.

1. A l'époque on rentrait les gerbes dans la ferme, puis à la batteuse on séparait le grain de la paille, indispensable pour l'étable et l'écurie d'où elle ressortait sous forme de fumier. Aujourd'hui l'engrais artificiel a remplacé le fumier. Les bêtes stabulent à sec. La paille devenue inutile à la ferme est restituée à la terre, hachée par la moissonneuse-batteuse.

P. 87.

1. Jean Wahl lui a consacré plus tard une étude magistrale.
2. A l'époque les prisons regorgeaient de « collaborationnistes ». Selon plusieurs témoignages la menace du retour des Allemands « coïncida » avec une amélioration sensible de leur traitement. La lâcheté humaine ne connaît pas de limite.
3. Publiée dans *Le Coq de Bruyère.*

P. 88.

1. L'écrivain russe Guéorgui Vladimov, soumis aux pires vexations par le pouvoir soviétique, a déclaré dans une interview (*Le Monde* du 5 janvier 1979) : « Non, je ne veux pas quitter mon pays. Je ne veux pas devenir un écrivain français, ni un écrivain américain. Je ne peux être qu'un écrivain russe. Je suis né ici, j'ai vécu trop longtemps en Russie, je connais la langue russe, les Russes, et je ne vois pas très bien comment je pourrais vivre en Occident en tant qu'écrivain.

« Le romancier doit vivre avec ses personnages, il doit partager leur destin. Bien sûr, ceux qui sont à l'étranger deviennent plus libres, ils écrivent ce qu'ils veulent, ils ont accès à toutes les œuvres, mais, peu à peu, ils perdent le lien avec la Russie ; après deux ou trois ans, ils ont acquis un mode de pensée occidental, la pensée d'un homme libre. Et petit à petit, la spécificité russe disparaît de leur mémoire... Bien sûr j'ai envie de voir le monde. Mais sans espoir de retour, je ne peux pas partir. »

2. Ces lignes ont soulevé des indignations vertueuses à droite comme à gauche. Elles découlent pourtant simplement de l'identité que je pose entre langue et nationalité. Est français, selon moi, quiconque parle et écrit le français, et il est d'autant plus français qu'il le parle et l'écrit plus et mieux. Léopold S. Senghor, sénégalais de race et de naissance, mais agrégé français de grammaire et admirable poète de langue française, est plus français que la plupart des visages pâles nés au bord de la Seine ou de la Loire. S'agissant de Robert Brasillach, j'aurais pu exprimer la même chose en disant que ses juges écrivaient le français moins bien que lui, bien qu'il ne fût pas — tant s'en faut — un écrivain de premier ordre.

D'autre part j'affectionne tout particulièrement le mot *métèque,* l'un des derniers « gros mots » qui nous restent, et peut-être même le dernier. Lorsqu'il aura disparu — ou, ce qui revient au même, quand sa force d'invective se sera éventée — il ne nous restera plus aucun moyen de transgression verbale.

P. 101.

1. Hans Habe, *Christoph und sein Vater,* Desch, 1966.

P. 106.

1. Voir à ce propos *Le Roi des aulnes,* p. 418 (Folio).

P. 110.

1. L'ouvrage a paru en trois tomes aux Presses de la Cité sous le titre *Pas à pas avec Hitler.*

P. 124.

1. Partant de cette racine j'avais cru forger un mot nouveau dans *Le Roi des aulnes :* pédophore (= porteur-emporteur d'enfant). J'ai appris plus tard que le poète grec Méléagre de Gadara avait employé au 1er siècle av. J.-C. le mot *παιδοφόρος* appliqué notamment au vent. Voilà qui jette un pont entre *Le Roi des aulnes* et *Les Météores.*

P. 125.

1. L'admirable roman d'Alphonse Daudet *Sapho* raconte une liaison entre le très jeune Provençal Jean Gaussin fraîchement débarqué à Paris et Sapho, une femme qui n'est plus jeune, un peu ogresse, fatale, dont le corps meurtri par mille liaisons et mille ruptures se referme comme un piège sur le jeune garçon. Le soir de leur rencontre, il l'emmène chez lui. Il habite un hôtel d'étudiants au quatrième étage. Il l'emporte dans ses bras « comme un enfant, car il était solide et bien découplé... et il monta le premier étage d'une haleine ». Le second étage fut plus long, au troisième il râlait comme un déménageur. La montée du quatrième fut une vraie agonie. Daudet aurait dû terminer là son chapitre, et faire confiance à l'intelligence de son lecteur. Hélas, il se croit obligé de commenter assez lourdement : « Toute leur histoire, cette montée d'escalier dans la grise tristesse du matin. »

P. 132.

1. Publié en français aux éditions du Seuil.

P. 136.

1. Du grec, gifle.

P. 183.

1. Ed. Gallimard.

P. 185.

1. Paru aux éditions Fata Morgana.

P. 186.

1. « J'ai autant de muscles qu'Hercule, simplement ils sont plus petits », disait Paul Valéry, traitant à sa façon le problème de la quantité et de la qualité.

P. 189.

1. *Vendredi ou la vie sauvage* (Folio Junior).

P. 190.

1. Du latin *scrupulus, i* : petit caillou pointu.

P. 217.

1. C'est cependant le thème des admirables *Images à Crusoé* de Saint-John Perse.

P. 223.

1. Roland Jaccard, *L'Exil intérieur. Schizoïdie et civilisation,* P.U.F.

P. 227.

1. Enfant, j'avais été pourtant très impressionné par un album de Benjamin Rabier violemment anticolonialiste : *Le Fond du sac* (1921).

P. 245.

1. Cette idée se retrouve tout entière dans le premier sens du mot *acharner*. Les éleveurs d'oiseaux et de chiens de chasse les « acharnaient », c'est-à-dire leur donnait le goût de la prédation et du combat sanglant en les nourrissant de chair fraîche.

P. 250.

1. Un troisième grand bagnard évadé de la littérature française mériterait une étude particulière, le Tartuffe de Molière.

2. Des étudiants de Paris VII ont attiré mon attention sur l'aspect *phorique* du personnage de Valjean. Ce grand chaste fait connaissance de Cosette en portant son seau d'eau. Il réalise la plénitude de la possession en la portant dans ses bras. Finalement il sauve son fiancé Marius en le portant dans les égouts de Paris.

P. 254.

1. Cette phrase pour monstrueuse qu'elle soit n'en jette pas moins une certaine lumière sur la psychologie du couple normal et constitue un excellent exemple du profit

qu'on peut tirer pour la connaissance des cas ordinaires de l'observation des cas extraordinaires. A un ami qui incarne le parfait mari et père de famille, je demandais récemment s'il n'avait jamais eu la tentation de tromper sa femme. Il me fit cette réponse après un moment de réflexion : « Eh bien non, vois-tu, coucher avec quelqu'un que je ne connais pas, ça me dégoûterait plutôt. » N'y a-t-il pas une certaine affinité entre cette phrase supernormale et celle apparemment pathologique du jumeau ? L'une et l'autre traduisent l'instinct endogamique — l'horreur sexuelle de l'étranger — qui veille en tout un chacun.

2. Interrogée sur ses relations physiques avec sa sœur, une jumelle trouve cette très belle formule : « La nuit, il se passait des choses, mais le jour nous n'en parlions jamais. »

P. 260.

1. J'ai toujours été surpris que personne n'ait jamais dénoncé l'esprit violemment réactionnaire de cette comédie de Molière, satire féroce d'un roturier qui a osé toucher au domaine culturel, chasse gardée de l'aristocratie.

P. 262.

1. Le thème du langage absolu connaît une série d'approches qui sont les échanges des débiles mentaux entre eux, le gazouillis des bébés, le parler d'Adam et d'Eve, les rythmes du débile Franz tirés du métier Jacquard et des feux de nuit, la cryptophasie des jumeaux, le logos du pentecôtiste Koussek, les grimoires de la vieille Méline, enfin l'oreille cosmique donnée à Paul amputé.

P. 268.

1. Cf. « Le voyage à Hammamet » dans *Voyages,* numéro spécial de la *N.R.F.*, d'octobre 1974.

P. 276.

1. Principalement dans son *Essai sur les données immédiates de la conscience.*

P. 285.

1. Ces quelques lignes suffiraient à faire de Spinoza l'anti-Pascal par excellence. Tout le reste est à l'avenant.

P. 286.

1. « Il y a des choses que l'intelligence cherchera toujours, mais que par elle-même elle ne trouvera jamais. Ces choses, l'instinct les trouverait, mais par lui-même il ne les cherchera jamais. » Henri Bergson, *L'Evolution créatrice.*

P. 287.

1. Les corps s'attirent réciproquement en raison directe de leur masse et en raison inverse du carré de leur distance.

P. 290.

1. Cette simple phrase contient deux mots dont l'ambiguïté est précieuse. *Ηλιχία* signifie à la fois âge et taille. *Χάρις* réunit, comme sa traduction française *grâce*, le charme physique (chorégraphique) et la bénédiction divine.

P. 294.

1. Voir à ce propos *Le Jeu des perles de verre*, roman de Hermann Hesse. Mais que la cérébralité ne puisse tenir lieu de tout, c'est ce que montre *in fine* la tendre et ironique noyade du héros.

P. 296.

1. Jean Cocteau, *Le Foyer des artistes*, Plon.

P. 297.

1. Gide sur Proust : « Il me répond que d'abord, ce qui l'attire, ce n'est presque jamais la beauté, et qu'il estime qu'elle a peu à voir avec le désir. » André Gide, *Journal*, « La Pléiade », p. 694, Gallimard.

DU MÊME AUTEUR

Aux Éditions Gallimard

VENDREDI, OU LES LIMBES DU PACIFIQUE (roman). Folio 959.

LE ROI DES AULNES (roman). Folio 656.

LES MÉTÉORES (roman). Folio 905.

LE VENT PARACLET (essai). Folio 1138.

LE COQ DE BRUYÈRE (contes et récits). Folio 1229.

GASPARD, MELCHIOR & BALTHAZAR (récits). Folio 1415.

VUES DE DOS. Photographies d'Édouard Boubat.

GILLES & JEANNE (récit). Folio 1707.

LE VAGABOND IMMOBILE. Dessins de Jean-Max Toubeau.

LA GOUTTE D'OR (roman). Folio 1908.

PETITES PROSES. Folio 1768.

LE MÉDIANOCHE AMOUREUX (contes et nouvelles).

Pour les jeunes

VENDREDI OU LA VIE SAUVAGE. Folio Junior 30. Illustrations de Georges Lemoine et Bruno Pilorget. Folio Junior 445.

PIERROT OU LES SECRETS DE LA NUIT. Album illustré par Danièle Bour. Enfantimages.

BARBEDOR. Album illustré par Georges Lemoine. Enfantimages. Folio Cadet 74.

L'AIRE DU MUGUET. Folio Junior 240. Illustrations de Georges Lemoine.

SEPT CONTES. Folio Junior 264. Illustrations de Pierre Hézard.

LES ROIS MAGES. Folio Junior 280. Illustrations de Michel Charrier.

QUE MA JOIE DEMEURE. Conte de Noël dessiné par Jean Claverie. Enfantimages.

Aux Éditions Belfond

LE TABOR ET LE SINAÏ. Essais sur l'art contemporain.

Aux Éditions Complexe

RÊVES. Photographies d'Arthur Tress.

Aux Éditions Denoël

MIROIRS. Photographies d'Édouard Boubat.

Aux Éditions Herscher

MORTS ET RÉSURRECTIONS DE DIETER APPELT.

Aux Éditions Le Chêne-Hachette

DES CLEFS ET DES SERRURES. Images et proses.

Au Mercure de France

LE VOL DU VAMPIRE. Notes de lecture. Idées 485.

—

Impression Bussière à Saint-Amand (Cher),
le 17 octobre 1990.
Dépôt légal : octobre 1990.
1er dépôt légal dans la collection : septembre 1979.
Numéro d'imprimeur : 3273.
ISBN 2-07-037138-7./Imprimé en France.

50840